TELÓN
ÚLTIMO CASO DE POIROT

AGATHA CHRISTIE

Títulos publicados

El secreto de Chimneys
El misterioso caso de Styles
Muerte en la vicaría
Hacia cero
Poirot investiga
El misterio de las siete esferas
Los trabajos de Hércules
Ocho casos de Poirot
Stra. Marple y trece problemas
Parker Pyne investiga
La casa torcida
Asesinato en la calle Hickory
El pudding de Navidad
El espejo se rajó de parte a parte
Un gato en el palomar
Asesinato en el campo de golf
En el Hotel Bertram
El tren de las 4,50
El misterio de Listerdale
Tercera muchacha
Misterio en el Caribe
Noche eterna
Inocencia trágica
Los relojes
El templete de Nasse House
Poirot infringe la ley
El misterio de Sans Souci
Los cuatro grandes
Problema en Pollensa
Las manzanas
El cuadro
Los elefantes pueden recordar
El caso de los anónimos
Testigo de cargo
El misterio de Pale-Horse
Pasajero para Francfort
Némesis
La puerta del destino
Primeros casos de Poirot
Telón
Un crimen dormido

Asesinato en el Orient Express
El asesinato de Rogelio Ackroid
Diez negritos
Cianuro espumoso
Cita con la muerte
El misterio del tren azul
Un triste ciprés
Maldad bajo el sol
El enigmático Mr. Quin
Un cadáver en la biblioteca
Cinco cerditos
Matrimonio de sabuesos
La muerte visita al dentista
Intriga en Bagdad
Navidades trágicas
El misterio de Sittaford
Un puñado de centeno
Cartas sobre la mesa
La muerte de Lord Edgware
La señora Mc Ginty ha muerto
Se anuncia un asesinato
Asesinato en Bardsley Mews
Después del funeral
Tres ratones ciegos
Pleamares de la vida
Sangre en la piscina
Asesinato en Mesopotamia
El testigo mudo
El misterio de la guía de
   Ferrocarriles
El truco de los espejos
Poirot en Egipto
El hombre del traje de color castaño
Muerte en las nubes
Destino desconocido
Matar es fácil
La venganza de Nofret
Trayectoria de boomerang
El misterioso Sr. Brown
Peligro inminente
Tragedia en tres actos

TELÓN
ULTIMO CASO DE POIROT

AGATHA CHRISTIE

EDITORIAL
MOLINO

SELECCIONES DE BIBLIOTECA ORO

Título original:
CURTAIN
© *by Agatha Christie Limited, 1975*

Traducción de
RAMÓN MARGALEF LLAMBRICH

© EDITORIAL MOLINO
Apartado de Correos 25
Calabria, 166 — 08015 Barcelona

Depósito Legal: B. 34.063-1986
ISBN: 84-272-0297-0

Impreso en España   *Printed in Spain*

──

LIMPERGRAF. S. A. — Calle del Río, 17 nave 3 — Ripollet (Barcelona)

GUÍA DEL LECTOR

En un orden alfabético convencional relacionamos
a continuación los principales personajes
que intervienen en esta obra

ALLERTON: Comandante, viudo, un tanto desaprensivo, con mucho partido entre las mujeres.

BOYD CARRINGTON (Sir William): Baronet, inmensamente rico, afamado deportista.

COLE (Elizabeth): Señorita de treinta y cuatro años, todavía hermosa, huésped de la residencia Styles.

CRAVEN: Eficiente enfermera de la señora Franklin.

CURTISS: Enfermero de Poirot, sustituto de George.

FRANKLIN (John): Doctor en medicina, especializado en la investigación de enfermedades tropicales.

FRANKLIN (Bárbara): Esposa del anterior, enferma neurótica.

GEORGE: Antiguo criado de Poirot.

HASTINGS (Arthur): Íntimo amigo y colaborador de Poirot, en diversos casos detectivescos.

HASTINGS (Judith): Atractiva joven, hija de Arthur, ayudante del doctor Franklin.

LUTTRELL (George): Coronel británico, retirado, dueño de la residencia de Styles.

LUTTRELL (Daisy): Esposa del anterior, mujer de agrio carácter y lengua viperina.

NORTON (Stephen): Hombre agradable, aficionado a los pájaros.

POIROT (Hércules): Detective belga, retirado, universalmente conocido por su sagacidad.

Capítulo primero

Quién es el que en el momento de revivir una vieja experiencia, o de sentir una antigua emoción, no se ha sentido asaltado por cierta repentina idea?

«Yo he hecho esto antes...»

¿Por qué estas palabras han de impresionarle a uno siempre tan profundamente?

Ésta fue la pregunta que me formulé cuando me hallaba sentado en mi compartimiento del tren, mientras contemplaba el paisaje plano de Essex.

¿Cuánto tiempo había transcurrido desde la última vez en que yo hiciera aquel mismo viaje? Había pensado entonces, absurdamente, que lo mejor de la vida había terminado para mí. Había sido herido en aquella guerra que para mí sería ya siempre *la guerra*..., un conflicto bélico que sería borrado ahora por otro segundo y más desesperado.

El joven Arthur Hastings había pensado en 1916 que era ya un ser maduro, viejo. Ni siquiera se me había pasado por la cabeza el pensamiento de que para mí la vida se hallaba solamente en sus comienzos.

Había estado desplazándome, aunque yo no lo sabía, para enfrentarme con el hombre que había de dar forma a mi vida, que había de modelarla mediante su influencia. En realidad, me disponía a pasar una temporada junto a mi antiguo amigo, John Cavendish, cuya madre, vuelta a casar recientemente, poseía una casa en el campo, una casa llamada Styles. Yo sólo había estado pensando en la renovación de una antigua amistad, sin prever que en el mínimo plazo de tiempo iba a sumergirme en todas las oscuras complicaciones de un crimen misterioso.

En Styles vi de nuevo a aquel hombrecillo extraño que se llamaba Hércules Poirot, a quien había conocido antes en Bélgica.

¡Qué bien recuerdo mi desconcierto al contemplar la figura cojeante del gran bigote, deslizándose calle arriba!

¡Hércules Poirot! Desde aquellos días había sido el más querido de mis amigos. Su influencia había moldeado mi existencia. En su compañía, lanzados a la caza de otro asesino, yo había conocido a mi esposa, la más cordial y dulce de las mujeres.

Descansa ahora en tierra argentina. Murió tal como ella hubiera podido desearlo, sin prolongados sufrimientos, sin ser presa sucesivamente de las debilidades de la vejez. Pero dejó aquí un hombre que se sentía muy solo y desdichado.

¡Ay, si yo pudiera volver atrás, desandar lo andado, vivir la vida de nuevo! Si aquél hubiera podido ser el día del año 1916 en que por vez primera me dirigí a Styles... ¡Cuántos cambios habían tenido lugar desde entonces! ¡Cuántos huecos se advertían entre los rostros familiares! El mismo Styles había sido vendido por los Cavendish. John Cavendish había muerto. Su esposa, Mary, aquella fascinante y enigmática criatura, vivía en Devonshire. Lauren habitaba en África del Sur, en compañía de su esposa e hijos. Cambios... Notaba cambios por todas partes.

Pero había una cosa que era la misma: me dirigía a Styles para reunirme con Hércules Poirot. Esto resultaba raro.

«Styles Court, Styles, Essex.» Me había quedado estupefacto al recibir su carta, con ese encabezamiento...

Llevaba sin ver a mi viejo amigo un año, casi. En nuestro último encuentro, yo había experimentado una fuerte impresión, quedándome muy entristecido. Era un hombre ya muy viejo, convertido en un inválido, o poco menos, por efecto de la artritis. Se había trasladado a Egipto con la esperanza de mejorar su salud, pero había regresado peor de allí, según me contaba en su carta. No obstante, el tono de su misiva era más bien optimista...

¿Verdad que se siente usted intrigado, amigo mío, al ver el lugar desde el cual le escribo? Aviva antiguos recuerdos, ¿no? Pues sí, me encuentro aquí, en Styles. Imagínese: esto es ahora lo que suele denominarse una casa de huéspedes. Está regida por un típico coronel británico, muy a la antigua usanza, y «Poona». Es su esposa, *bien entendu,* quien la hace funcionar. Es una buena administradora, pero posee una lengua de vinagre, y el pobre coronel sufre mucho por tal circunstancia. Yo, en su lugar, ya le hubiera lanzado un hacha a la cabeza...

Vi su anuncio en un periódico y quise de nuevo volver al sitio que fue mi primer hogar en este país. A mi edad, uno disfruta siempre reviviendo el pasado.

Luego, he tenido ocasión de conocer aquí a un caballero, un «baronet», que es amigo del patrono de su hija. (Esta frase hace pensar en un ejercicio de lengua francesa, ¿verdad?).

Inmediatamente, concibo un plan. Él quiere convencer a los Franklin de que deben venir a pasar aquí el verano. Yo, a mi vez, pretendo persuadirle a usted... de esta manera, coincidiremos todos aquí, nos encontraremos *en famille.* Todo resultará muy agradable. Por consiguiente, mi querido Hastings, *dépêchez-vous*: preséntese aquí con la mayor celeridad posible. He reservado para usted una habitación con baño (todo está modernizado ahora, si bien al estilo del viejo y querido Styles). En lo tocante al precio, estuve regateando con la señora del coronel Luttrell, logrando llegar finalmente a un arreglo *très bon marché*.

Los Franklin y su encantadora Judith llevan aquí unos días. Todo está dispuesto, de modo que no se moleste en inventar pretextos.

A bientôt.
Suyo siempre, Hércules Poirot.

Las perspectivas eran muy seductoras, así que los deseos de mi antiguo amigo no cayeron en saco roto. No había ataduras serias que me retuvieran; no había instalado todavía definitivamente mi hogar... De mis hijos, uno de los chicos se encontraba en la Armada; el otro se había vuelto a casar y explotaba el rancho en la Argentina. Mi hija Grace había contraído matrimonio con un militar, hallándose en aquellos momentos en la India.

Secretamente, Judith, mi otra hija, había sido siempre la acaparadora de todos mis amores y preferencias, aunque jamás la había comprendido. Era una chica morena, extraña, reservada, apasionadamente independiente. A veces se había enfrentado conmigo, dejándome profundamente disgustado y confuso.

Mi esposa habíase mostrado siempre más comprensiva, asegurándome que en Judith no se daba una falta de confianza hacia nosotros, sino que se hallaba gobernada por una especie de enérgico impulso. Pero mi mujer, al igual que yo, había estado también preocupada con la chica. Los sentimientos de Judith, decía, eran demasiado intensos, demasiado concentrados, y su reserva la privaba de la necesaria válvula de seguridad. Pasaba por raros períodos de cavilosos silencios. En otras ocasiones se mostraba feroz, amargamente parcial. Era, indudablemente, el mejor cerebro de la familia. Aceptamos por ello alegremente su pretensión de cursar estudios universitarios. Había cursado su bachillerato de ciencias con aprovechamiento, logrando el puesto de secretaria de un doctor que estaba dedicado a la investigación de las enfermedades tropicales. La esposa del médico en cuestión era casi una inválida.

Ocasionalmente me embargaron ciertas inquietudes, preguntándome si la dedicación de Judith a su trabajo y la devoción que sentía por su jefe, serían o no indicios reveladores de que se estaba enamorando... Me tranquilizaba un poco el carácter puramente profesional de su relación.

Creo que Judith sentía un especial cariño por mí. Lo malo era que por naturaleza resultaba poco efusiva. Mostrábase a menudo desdeñosa e impaciente ante mis ideas, que calificaba de sentimentales y de anticuadas. Con franqueza: delante de mi hija me ponía nervioso muchas veces.

Mis meditaciones quedaron interrumpidas en este punto por la entrada del tren en la estación de Styles St. Mary. Ésta, al menos, no había cambiado. Había transcurrido cierto período de tiempo, pero continuaba instalada en plena campiña, sin una razón aparente que justificara su existencia.

Mientras mi taxi se deslizaba por el centro de la aldea, sin embargo, advertí muchas de las huellas que suele dejar el paso del tiempo. Styles St. Mary había sufrido alteraciones que casi impedían su identificación. Vi gasolineras, un cine, dos hoteles y filas de viviendas iguales, de las que suelen construir en todas partes los organismos oficiales.

Después, me enfrenté con la puerta de la cerca de

Styles. Aquí parecía uno volver a los viejos tiempos. La parte cubierta de vegetación se hallaba, en general, como siempre, pero el camino interior de la finca veíase descuidado, asomando por entre la gravilla algunas matas. Por fin divisé la casa. Exteriormente no presentaba ninguna alteración... Eso sí: andaba necesitada de un buen repaso de pintura.

Al igual que cuando llegara allí por primera vez, años atrás, descubrí una figura de mujer inclinada sobre los macizos de flores. Tuve la impresión de que se me paralizaba el corazón. Luego, aquella figura se irguió, avanzando hacia mí. Me reí de mí mismo. Nadie hubiera podido imaginar un mayor contraste con la robusta Evelyn Howard.

Tratábase de una señora de edad, de frágil aspecto, con los cabellos muy blancos y ensortijados, rosadas mejillas y unos ojos azules muy fríos, que no se avenían con sus modales, excesivamente afectuosos para mi gusto.

—¡Oh! Usted debe de ser el capitán Hastings, ¿verdad? —inquirió—. ¡Vaya! Aquí me tiene con las manos sucias de tierra. Ya ve que no me es posible estrecharle las suyas... Nos sentimos encantados de verle por aquí... ¡La de cosas que hemos oído contar acerca de su persona! Bueno, debo presentarme... Soy la señora Luttrell. Mi esposo y yo compramos esta finca en un arrebato de locura y estamos intentando hacer de ella un pequeño negocio. No sé cuándo llegará ese día... He de hacerle una advertencia, no obstante, capitán Hastings. Soy una mujer de negocios. Suelo amontonar extra sobre extra y, si no los hay, me los invento.

Los dos nos echamos a reír como si se hubiera tratado de una broma del mejor gusto. Pero yo pensé que lo que acababa de decir la señora Luttrell era, probablemente, la verdad. Tras sus maneras de mujer ya entrada en años y cortés vislumbré una dureza de pedernal.

Aunque la señora Luttrell ocasionalmente afectaba un leve acento irlandés, no corría sangre irlandesa por sus venas. Me encontraba ante una pose.

Pregunté por mi amigo.

—¡Oh! ¡Pobre monsieur Poirot! ¡Con qué ansiedad ha esperado su llegada! El corazón se le derretiría a una, aunque lo tuviera de piedra... Me ha tenido muy preocupada, al verle sufrir como sufre.

Estábamos avanzando ya hacia la casa. Ella empezó a descalzarse los guantes para jardinería que había estado usando.

—Algo semejante me ha ocurrido con su preciosa hija —continuó diciendo la señora Luttrell—. Es una muchacha encantadora. Todos la admiramos muchísimo. Sin embargo, yo, por el hecho de ser una mujer de otro tiempo, estimo que es una pena, y hasta un pecado, que una joven como ella, que debería estar asistiendo constantemente a fiestas y bailando con chicos de su edad, se pase la vida entre conejillos de Indias e inclinada sobre un microscopio. Estas tareas deben ser desempeñadas por otra clase de mujeres...

—¿Dónde está Judith? —pregunté—. ¿Anda cerca de por aquí?

La señora Luttrell hizo una mueca.

—¡Pobre muchacha! Se pasa la vida encerrada en el estudio que se encuentra hacia el fondo del jardín. Se lo alquilé al doctor Franklin, quien lo ha llenado de todo género de chismes y bichos: conejillos de Indias, ratones, etcétera. ¡Animalitos! Bueno, creo que no soy una persona enamorada de la Ciencia, capitán Hastings... ¡Oh! Aquí viene mi esposo.

El coronel Luttrell acababa de doblar la esquina de la casa. Era un hombre alto, de suaves maneras, con muchos años encima, una faz cadavérica, y unos ojos azules y cálidos que contrastaban con los de su esposa. Tenía la costumbre de darse continuos tirones de una de las puntas de su pequeño y blanco bigote.

Se comportaba constantemente como una persona indecisa, nerviosa.

—¡George! El capitán Hastings acaba de llegar.

El coronel Luttrell estrechó mi mano con afecto.

—Ha llegado usted en el tren de las cinco y cuarenta, ¿eh?

—¿En qué otro tren hubiera podido llegar presentándose a esta hora? —inquirió la señora Luttrell, con viveza—. Bueno, ¿y eso qué más da? Enséñale su habitación, George. Luego, puede ser que desee ver a monsieur Poirot. ¿O prefiere usted que antes de nada le sirvan una taza de té?

Le aseguré que no me apetecía tomar una taza de té en aquel momento y que lo que realmente ansiaba era saludar cuanto antes a mi amigo.

El coronel dijo:

—De acuerdo. Vámonos. Espero... ¡ejem!... que su equipaje haya sido llevado arriba... ¿eh, Daisy?

La señora Luttrell respondió, muy ásperamente:

—Eso es cosa tuya, George. Yo he estado ocupada con el jardín. No puedo encargarme de todo, ¿verdad?

—No, no, claro. Yo... yo me ocuparé de eso, querida.

Seguí al hombre hasta la escalinata de acceso, en la entrada principal de la casa. Allí nos encontramos con un individuo de grisáceos cabellos, de constitución no muy robusta, que salía a toda prisa, armado con unos grandes prismáticos. Cojeaba levemente y su rostro tenía una expresión ansiosa, infantil. Manifestó, tartamudeando un poco:

—Junto al sicomoro hay un par de nidos...

Al entrar en el vestíbulo, Luttrell me dijo:

—Ése es Norton. Es un tipo muy agradable. Los pájaros le traen loco.

Vi junto a una mesita un hombre de gran talla que, evidentemente, acababa de telefonear. Levantando la vista, declaró:

—Daría cualquier cosa por poder colgar, arrastrar y

descuartizar a todos los promotores y constructores. Nunca hacen nada que esté bien, malditos sean.

Su ira era tan cómica y desesperada que los dos nos echamos a reír. Me sentí inmediatamente atraído por aquel desconocido. Era muy bien parecido, pese a haber rebasado ya los cincuenta años, y su faz estaba muy curtida por el sol. Daba la impresión de haber vivido siempre al aire libre. Podía considerársele perteneciente a un tipo de hombre cada vez más y más raro, un inglés de la vieja escuela, directo, franco, aficionado a los grandes espacios. Parecía estar impreso en él el don del mando.

No me quedé nada sorprendido cuando el coronel Luttrell me lo presentó, diciéndome que se trataba de sir William Boyd Carrington. Había sido, según supe, gobernador de una de las provincias de la India, en cuyo cargo había sabido cosechar muchos éxitos. Era renombrado como una escopeta de primera clase, habiendo practicado durante años la caza mayor. Me dije, entristecido, que en los días de degeneración que vivíamos ya no se daba aquella clase de hombres.

—Muy bien —dijo sir William—. Me alegro de ver en persona a un famoso personaje: *mon ami Hastings* —se echó a reír—. Ese viejo y querido belga se pasa los días hablando de usted, ¿sabe? ¡Ah! También está su hija. Una chica preciosa, por cierto.

—No creo que Judith hable mucho de mí —repuse, sonriendo.

—Naturalmente. Es demasiado moderna para eso. Las chicas de ahora parecen sentirse molestas cuando se ven obligadas a admitir la existencia de un padre o una madre...

—Los padres —contesté— son una desgracia, prácticamente.

Mi interlocutor se echó a reír.

—Bien. No hay que tomar las cosas por lo trágico. Yo no tengo hijos, lo cual es peor. Su Judith es una muchacha muy agraciada, pero terriblemente seria. Es algo que me parece bastante alarmante —el hombre descolgó el teléfono de nuevo—. Espero, Luttrell, que no le importe que envíe al diablo a la primera telefonista que me atiende. No soy un ser muy paciente, como ya sabe.

—Desahóguese —replicó Luttrell.

Empezó a subir por la escalera y yo le seguí. Me llevó hacia el ala izquierda del edificio y al final de un pasillo. Comprendí que Poirot había hecho reservar para mí la habitación que ocupara anteriormente.

Se habían efectuado algunos cambios allí. Avanzando por el pasillo, gracias a que había algunas puertas abiertas, vi que los grandes dormitorios de antaño habían sido convertidos en otros de menores dimensiones.

Mi habitación seguía igual, casi. Ahora contaba con agua caliente y fría, y una pequeña parte de ella había sido acotada con un mamparo divisorio, para que tuviera cuarto de baño. Había sido dotada de esos muebles modernos y baratos que tanto me disgustaban. Hubiera preferido para ella otros que se hubiesen avenido mejor con el estilo de la vivienda.

Mi equipaje estaba en la habitación. El coronel me explicó que la de Poirot quedaba exactamente enfrente. Se disponía a llevarme hasta ella cuando se oyó un grito abajo, en el vestíbulo:

—¡George!

El coronel Luttrell se sobresaltó como un caballo nervioso. La mano derecha se le fue a los labios.

—Yo... yo... ¿Seguro que le agrada todo lo que ha visto? Utilice el timbre cuando desee algo...

—¡George!

—Ya voy, ya voy, querida.

El coronel se alejó corriendo por el pasillo. Me quedé un momento inmóvil, mirándole. Luego, con el corazón latiéndome más aceleradamente, eché a andar, llamando a la puerta de la habitación de Poirot.

Capítulo II

A mi juicio, no existe ningún espectáculo tan triste como el de la devastación física, producida por el paso de los años.

¡Pobre amigo mío! Lo he descrito muchas veces. Ahora, es el lector quien puede apreciar las diferencias existentes con otras descripciones anteriores... La artritis le había obligado a acomodarse en una silla de ruedas, de la cual tenía que valerse para ir de un sitio para otro. Su cuerpo, en otro tiempo relleno, parecía haberse vaciado en parte. Era un hombre pequeño y delgado, ahora. Tenía el rostro cubierto de arrugas. Sus cabellos y su bigote seguían siendo negros, es verdad, de un negro intenso, pero esto constituía un error por su parte, si bien yo no se lo hubiera dicho jamás, por temor a herir sus sentimientos. En las personas, llega un momento en que el tinte se hace demasiado evidente. Había habido un momento en que me sentí sorprendido, años atrás, al descubrir que el negror de los cabellos y el bigote de Poirot procedían de una botella, de un frasco del renglón de la cosmética. Ahora, la falsedad saltaba a la vista, llegando a causar la impresión de que utilizaba una peluca, haciendo pensar además que se había adornado el labio superior con un poco de vello para que se divirtieran los chicos que tuvieran ocasión de verle.

Solamente sus ojos eran los de siempre, astutos, vivos. En aquella ocasión, su expresión se había dulcificado por efecto de la emoción que sentía.

—¡Ah! *Mon ami Hastings! Mon ami Hastings!*

Me incliné y de acuerdo con su costumbre de siempre me abrazó cordialmente.

—*Mon ami Hastings!*

Se echó hacia atrás, inclinando levemente la cabeza a un lado para inspeccionarme.

—Sí... Sigue como antes... La espalda bien derecha, los hombros anchos, unas cuantas canas en los cabellos... *Très distingué.* Mi querido amigo: se ha ido usted desgastando inteligentemente. *Les femmes...* ¿Todavía le inspiran interés? ¿Es cierto?

—¡Poirot, por favor! —protesté—. ¿Es necesario que...?

—Le aseguro, amigo mío, que se trata de un «test»... Es el «test». Cuando las chicas jóvenes se le acercan a uno para hablarle cortésmente, amablemente... ¡oh!, ha llegado el fin. «Pobre viejo», suelen comentar. «Tenemos que ser atentas con él, sí. Debe de ser terrible llegar a su edad.» Pero usted, Hastings... *vous êtes encore jeune.* Todavía se enfrenta usted con determinadas posibilidades. No hay que abandonar el bigote, ni encoger los hombros... Cuando se llega a esto, uno pierde todo el aplomo, toda la confianza que tenía en sí mismo.

Me eché a reír.

—Es usted tremendo, Poirot. Bueno, ¿y cómo se encuentra usted actualmente?

Poirot hizo una expresiva mueca.

—Ya lo ve —respondió—. Estoy hecho un despojo, una ruina. No puedo andar. Soy un inválido. Por fortuna, todavía soy capaz de comer sin ayuda de nadie, pero por lo demás soy como una criatura. Me tienen que echar en la cama, han de lavarme y vestirme. En fin, esto no tiene nada de divertido. Por suerte, aunque la fachada se deteriora, lo de dentro todavía se mantiene en orden.

—Le creo, por supuesto. Ese cuerpo suyo alberga el corazón mejor del mundo.

—¿El corazón, dice usted? Tal vez no haya querido referirme a él. Pensaba más bien en el cerebro, *mon cher*, al aludir a lo de dentro. Mi cerebro funciona todavía magníficamente.

Comprendí, en efecto, que no se había producido ningún deterioro del cerebro en lo referente a la modestia.

—¿Y se encuentra a gusto aquí? —le pregunté.

Poirot se encogió de hombros.

—Esto me basta. Esta casa, ya se hará usted cargo, no es el Ritz, por supuesto, pero... La habitación que me dieron al llegar aquí era pequeña y se hallaba inadecuadamente amueblada. Me mudé a ésta sin que me incrementaran el precio. En cuanto a la cocina... La cocina es inglesa, en la peor de sus manifestaciones. Nos sirven unas coles de Bruselas enormes, duras, el tipo tan del gusto inglés. Las patatas no conocen términos medios: unas veces son sólidas somo piedras y otras aparecen desmenuzadas. Las verduras saben, en general, a agua. En los platos brilla por su ausencia la sal, y también la pimienta...

Poirot hizo una expresiva pausa.

—Me está usted pintando un cuadro terrible —dije.

—No me quejo —respondió Poirot, prosiguiendo, sin embargo, con sus lamentaciones—: Piense, además, en la modernización del lugar. Tenemos los cuartos de baño, los grifos y lo que nos llega por éstos. Agua tibia, *mon ami*, durante casi todas las horas del día. En cuanto a las toallas, ¡son tan finas!... Yo diría que se transparentan.

—No hay más remedio que añorar los viejos tiempos —manifesté, caviloso.

Evoqué mentalmente las nubes de vapor que habían

salido siempre del grifo del agua caliente en el único cuarto de baño que había tenido originalmente Styles, un cuarto en el que se veía una inmensa bañera con los costados de nogal, plantada orgullosamente en el centro del recinto. Recordé también las inmensas toallas y los brillantes recipientes de latón destinados a contener el agua caliente...

—Pero uno no debe quejarse —insistió Poirot—. Me alegro de sufrir... Es por una buena causa.

Me asaltó de repente una idea.

—Poirot: supongo que... ¡ejem!... supongo que no se habrá quedado usted sin nada... Sé muy bien que la guerra ha afectado terriblemente a ciertas inversiones y...

Poirot se apresuró a tranquilizarme.

—No, no, amigo mío. Me encuentro en unas condiciones económicas excelentes. En realidad, soy un hombre rico. No es la cuestión económica el origen de mi presencia aquí.

—Pues entonces ya sé a qué atenerme —repuse—. Sí; ya sé lo que le pasa. A medida que uno avanza en la vida tiende más y más a volver a los viejos tiempos. Uno se empeña en revivir antiguas emociones. En cierto modo, supone algo doloroso para mí estar aquí ahora... No obstante, revivo antiguos pensamientos y emociones que ya casi había olvidado. Me imagino que a usted le sucede lo mismo.

—Nada de eso. Está usted en un error.

—Fueron unos días magníficos aquéllos —dije, entristecido.

—Usted puede decir eso por lo que a su persona se refiere, Hastings. Mi llegada a Styles St. Mary me hace pensar en una época, triste, dolorosa. Yo era un refugiado, un herido, un exiliado de mi hogar y de mi patria, que vivía por caridad en una tierra extraña. No... Aquello no tenía nada de alegre. Yo no sabía entonces que Inglaterra sería mi segunda patria y que encontraría aquí la felicidad.

—Había olvidado esas circunstancias —admití.

—Precisamente. Usted atribuye siempre a los demás los sentimientos suscitados por su experiencia. Hastings era feliz... ¡Todo el mundo era feliz, en consecuencia!

—No, no —protesté, riendo.

—Y en todo caso, no es verdad lo que acaba de señalar —prosiguió diciendo Poirot—: Mira usted hacia atrás y la emoción hace asomar las lágrimas a sus ojos. «¡Oh, los días felices! Entonces, yo era joven.» Pero lo cierto, amigo mío, es que no era tan feliz como afirma, como cree. Usted acababa de ser por aquellas fechas herido gravemente; se encontraba irritado por no ser útil ya para el servicio activo; se encontraba profundamente deprimido por su prolongada estancia en un temible centro que acogía a los convalecientes y... por lo que puedo recordar, hasta se complicó tremendamente la existencia enamorándose de dos mujeres al mismo tiempo.

Solté la carcajada, ruborizándome.

—Qué buena memoria tiene usted, Poirot —comenté.

—Ta ta ta... Recuerdo perfectamente sus melancólicos suspiros cuando murmuraba palabras relativas a las dos atractivas mujeres.

—¿Se acuerda usted de lo que me decía? Pues esto: «Ninguna de ellas será para usted. Pero *courage, mon ami*. Es posible que volvamos a cazar juntos de nuevo y entonces, quizá...»

Guardé silencio. Pues Poirot y yo habíamos estado cazando nuevamente en Francia y fue allí donde conocí a la otra mujer...

Mi amigo me dio unas palmaditas en un brazo.

—Lo sé, Hastings, lo sé. La herida está fresca. Pero no se recree en ella, no mire atrás. Mire adelante, más bien.

Hice un gesto de disgusto.

—¿Que mire adelante? ¿Y qué es lo que puedo ver así?

—*Eh bien,* amigo mío... Hay un trabajo por hacer.

—¿Un trabajo? ¿Dónde?

—Aquí.

Miré fijamente a Poirot.

—Hace unos momentos me preguntó por qué había venido aquí. Ya observó que no le di ninguna respuesta. Se la daré ahora. Estoy aquí porque pretendo localizar a un criminal.

Le contemplé, atónito. Por un momento, pensé que estaba divagando.

—¿Habla usted en serio?

—Naturalmente que hablo en serio. ¿Por qué otra razón iba a indicarle que debía usted reunirse conmigo inmediatamente? Mis extremidades han dejado de ser activas, pero mi cerebro, como ya le indiqué antes, sigue hallándose en perfecto estado. Yo, en definitiva, he hecho siempre lo mismo: permanecer sentado y en actitud reflexiva. Todavía puedo hacerlo... Efectivamente: es lo único que estoy en condiciones de hacer. Para la parte activa de mi campaña cuento con la ayuda inestimable de mi amigo Hastings.

—¿Habla usted en serio, realmente? —pregunté, boquiabierto.

—Desde luego, querido. Usted y yo, Hastings, vamos a dedicarnos de nuevo a la caza...

Necesité todavía varios minutos para convencerme de que Poirot no bromeaba.

Por muy fantástica que se me antojara su idea, no tenía razones para dudar de su buen juicio.

Con una leve sonrisa, subrayó:

—Por fin, se ha convencido usted. Me imagino que al principio ha llegado a pensar que yo no andaba ya muy bien de la cabeza, ¿eh?

—No es eso —me apresuré a decir—. Es que éste no me parece un lugar adecuado para...

—¡Ah! ¿Conque eso opina usted?

—Desde luego, aún no he conocido a todas las personas que habitan en esta casa...

—¿A quiénes ha visto ya?

—A los Luttrell, a un hombre llamado Norton, que parece un tipo inofensivo, a Boyd Carrington... Debo decir que éste me ha sido muy simpático.

Poirot asintió.

—Bueno, Hastings. He de decirle esto: cuando haya conocido al resto de las personas que se encuentran aquí, mi declaración se le antojará tan incomprensible como ahora.

—¿Quienes hay más por esta casa?

—Los Franklin, el doctor y su esposa, la enfermera que cuida de la señora Franklin, su hija Judith... También conocerá a un hombre llamado Allerton, una especie de asesino de mujeres, y la señorita Cole, una mujer de treinta y tantos años. Se trata de personas muy agradables, he de señalar.

—¿Y una de ellas es el criminal buscado?

—Una de ellas es el criminal, sí.

—Pero, ¿por qué...? ¿Cómo...? ¿Por qué piensa que...?

No acertaba a componer mis preguntas. Éstas se asomaban a mis labios atropellándose mutuamente.

—Cálmese, Hastings. Comencemos por el principio. Alcánceme, se lo ruego, esa pequeña cartera de mano del buró. Bien. Y ahora la llave... Eso es...

Del interior de la cartera, Poirot extrajo un puñado de cuartillas mecanografiadas, en unión de una larga serie de recortes periodísticos.

—Puede usted estudiar estos papeles con toda tranquilidad, Hastings. De momento, pasaré por alto los recortes periodísticos. Se trata de informaciones publicadas en la prensa sobre varias tragedias, ocasionalmente imprecisas, a veces muy sugerentes. Para que tenga una idea de los casos, creo que debiera leer el resumen que he hecho.

Profundamente interesado, inicié mi lectura.

CASO A. ETHERINGTON

Leonard Etherington. Hábitos desagradables: ingería drogas y también bebía. Un personaje muy peculiar. Un sádico. Esposa joven y atractiva. Desesperadamente desgraciada por su causa. Etherington murió por haber comido alimentos envenenados. El médico receló algo anormal. La autopsia reveló que era un caso de envenenamiento por arsénico. Un suministro de herbicida en la casa, sustancia adquirida largo tiempo antes. La señora Etherington fue detenida, siendo acusada como autora de la muerte de su marido. Recientemente, había trabado amistad con un hombre del Servicio Civil que regresaba a la India. No hay sugerencias de una infidelidad real, pero sí existen pruebas de haber simpatizado los dos mutuamente. El joven se había comprometido con una chica. Hay dudas sobre si la carta en que se refería a la señora Etherington tal hecho fue recibida por ella después o antes de la muerte de su marido. Ella asegura que antes. Las pruebas contra la mujer son circunstanciales; no hay ningún otro sospechoso probable; accidente extraño. Suscita grandes simpatías durante el juicio a causa del carácter de su marido y del mal trato de que éste la había hecho objeto. El resumen del caso hecho por el juez tendió a favorecerla, insistiendo éste en que el veredicto debía estar más allá de cualquier duda razonable.

La señora Etherington fue declarada no culpable. Todo el mundo opinaba lo contrario, sin embargo. Su vida, posteriormente, resultó difícil. Los antiguos amigos la dejaron de lado. Murió a consecuencia de haber ingerido una dosis excesiva de somníferos, dos años después de haberse visto el juicio. En la encuesta se dio un veredicto de muerte accidental.

CASO B. SEÑORITA SHARPLES

Solterona ya entrada en años. Una inválida. Una mujer difícil, atormentada por el sufrimiento. Era cuidada por su sobrina, Freda Clay. La señorita Sharples murió a consecuencia de una sobredosis de morfina. Freda Clay admitió la existencia de un error, alegando que su tía sufría tanto que se vio obligada a administrarle más morfina de la normal para calmar sus dolores. La policía opinó que aquélla había constituido una acción deliberada, no tratándose de una equivocación. Sin embargo, se consideró que las pruebas aportadas resultaban insuficientes para abrir un proceso.

CASO C. EDWARD RIGGS

Trabajador agrícola. Sospechó que su esposa le era infiel, y que estaba liada con su inquilino, Ben Craig. Craig y la señora Riggs fueron encontrados muertos, de unos disparos. Las balas permitieron demostrar que el doble asesinato había sido cometido con el arma de Riggs. Éste se entregó a la policía, declarando que suponía que él había hecho aquello, pero que no acertaba a recordarlo. Dijo que había perdido la memoria. Riggs fue condenado a muerte. La sentencia le fue conmutada luego por la de cadena perpetua.

CASO D. DEREK BRADLEY

Estaba viviendo una aventura amorosa con una chica. Su esposa se enteró de esto, amenazando con matarle. Bradley murió por haber ingerido una dosis de cianuro de potasio, que le fue colocado en su cerveza. La señora Bradley fue detenida y juzgada como autora del asesinato de su marido. Confesó su crimen en uno de los interrogatorios. Declarada culpable, murió en la horca.

CASO E. MATTHEW LITCHFIELD

Un tirano entrado en años. Cuatro hijas en la casa, a las que no se les permitía ningún placer. No disponían de dinero para sus gastos. Una noche, al regresar a su casa, fue atacado junto a la entrada de la misma, muriendo a consecuencia de un golpe que recibió en la cabeza. Más adelante, tras las investigaciones policíacas, Margaret, la hija mayor, se presentó en comisaría, declarándose autora de la muerte de su padre. Declaró haber procedido así a fin de que sus hermanas pudieran vivir más libremente, antes de que fuera demasiado tarde. Litchfield dejó una gran fortuna. Margaret Litchfield fue declarada demente, siendo internada en Broadmoor, pero murió poco tiempo después.

Había leído con atención aquellas cuartillas, yendo mi confusión progresivamente en aumento. Por último, dejé los papeles, mirando inquisitivamente a Poirot.

—¿Y bien, *mon ami?*

—Recuerdo el caso Bradley —manifesté lentamente—. Leí algunas informaciones sobre el mismo en su día. Ella era una mujer sumamente atractiva.

Poirot asintió.

—Bueno, tiene usted que ser más explícito. ¿Qué significa todo esto?

—Dígame primeramente qué impresión le ha producido lo que acaba de leer.

Yo me sentía muy confuso.

—Lo que hay aquí son cinco resúmenes de otros tantos crímenes. Fueron éstos cometidos en distintos lugares, teniendo por protagonistas a diferentes personas. Hay más: no existe ninguna semejanza superficial entre ellas. Hay un caso de celos; otro se refiere a una esposa desdichada, deseosa de desembarazarse de su marido; en otro se da el móvil del dinero; en el cuarto caso, el criminal no intentó escapar al castigo; el quinto fue francamente brutal, siendo el crimen cometido, quizá, bajo la influencia de la bebida —hice una pausa, añadiendo, dudoso—: ¿Hay algo en común en esos casos que a mí pueda habérseme escapado?

—No, no. Ha sido usted muy preciso en su resumen. Hay sin embargo una cosa que usted ha podido señalar: el hecho de que en ninguno de esos casos existió una *duda* real.

—Me parece que no le entiendo...

—La señora Etherington, por ejemplo, fue puesta en libertad. Pero todo el mundo, no obstante, se hallaba convencido de que era culpable. Freda Clay no se vio acusada abiertamente, pero a nadie se le ocurrió otra solución con respecto al crimen. Riggs declaró que no se acordaba de haber dado muerte a su esposa y al amante de la misma, pero nadie dudó de que él los hubiera asesinado. Margaret Litchfield confesó lo que había hecho. En cada caso, como ve, Hastings, hubo un claro sospechoso y sólo uno.

Fruncí el ceño.

—Sí... Lo que dice usted es cierto. Pero no alcanzo a ver qué particularmente deduce de eso...

—¡Ah! Voy aproximándome ahora a un hecho que usted no conoce todavía. Supongamos, Hastings, que en cada uno de esos casos por mí subrayados hubo una nota común a todos... y externa.

—¿Qué quiere usted decir?

Poirot fue pronunciando lentamente las palabras.

—Intento, Hastings, exponer mis ideas con todo cuidado. Déjeme explicárselo así. Imaginémonos que existe cierta persona llamada... X. En ninguno de esos casos, X (aparentemente) se halla impulsada por un móvil contra la víctima. En un caso, por lo que he podido averiguar, X se encontraba realmente a trescientos kilómetros del lugar del crimen cuando éste fue cometido. No obstante, le diré a usted esto: X tenía una amistad íntima con Etheringon; X vivió durante algún tiempo en la misma población que Riggs; X había tratado a la señora Bradley... Poseo una instantánea en la que aparece X paseando por una calle en compañía de Freda Clay. Por último, le diré que X se hallaba cerca de la casa cuando el viejo Matthew Litchfield murió. ¿Qué le parece todo esto?

Miré fijamente a mi interlocutor.

—Es demasiado —contesté—. La coincidencia puede darse en dos casos, en tres... En cinco, ya me parece excesivo. Por improbable que parezca ha de existir alguna conexión entre esos crímenes.

—Supone usted, pues, lo que yo he imaginado antes, ¿no?

—¿Qué X es el asesino? Sí.

—Pues entonces, Hastings, estará usted dispuesto a dar un paso adelante conmigo. Permítame decírselo: X *se encuentra en esta casa.*

—¿Aquí? ¿En Styles?

—En Styles. ¿Y qué es lo que se puede deducir lógicamente de tal hecho?

Sabía lo que Poirot iba a decirme cuando repuse:

—Siga... Dígamelo...

Hércules Poirot manifestó gravemente:

—Un crimen va a ser cometido en breve... *aquí.*

Capítulo III

Por unos instantes, me quedé absorto, mirando a Poirot, sin replicar.

—No —contesté luego—. Aquí no llegará a suceder tal cosa. Usted sabrá impedirlo.

Poirot me obsequió con una afectuosa mirada.

—Mi leal amigo: estimo mucho su fe en mí. *Tout de même,* creo que en la presente ocasión no se halla justificada.

—¡Bah! Por supuesto que es usted capaz de impedir eso.

Poirot repuso con voz grave:

—Reflexione un momento, Hastings. Uno es capaz de detener a un asesino, sí. Ahora bien, ¿cómo ha de proceder para impedir que sea cometido un crimen?

—Bueno, si usted... Quiero decir... Si usted conoce de antemano...,

Guardé silencio, indeciso. De repente, había visto las dificultades de aquella empresa.

—¿Ve usted? —dijo Poirot—. La cosa no es tan sencilla. Existen, efectivamente, sólo tres métodos. El primero consiste en prevenir a la víctima. Hay que poner a la víctima en guardia. Esto no siempre se consigue... Resulta increíblemente difícil muchas veces convencer a la gente de que se encuentra en peligro grave..., Y sobre todo cuando se afirma que el atacante es alguien que se mueve en sus inmediaciones, que es una persona querida. Todo el mundo se muestra indignado en tales circunstancias, negándose a creer nada. El segundo método consiste en avisar al asesino. Hay que decirle en un lenguaje velado: «*Conozco tus intenciones*». Y añadir, si procede: «Si fulano o fulana de tal muere, amigo mío, tú, seguramente acabarás colgando de una cuerda». Este procedimiento da más resultado que el primero, frecuentemente, pero también se halla abocado al fracaso. Y es que, amigo mío, el criminal suele ser a menudo la criatura más engreída de la tierra. El asesino se cree siempre más inteligente que nadie, y piensa que nadie va a sospechar de él (o de ella); se figura que la policía se sentirá completamente desconcertada, etcétera. Por consiguiente, él (o ella) va adelante con todo, y a uno sólo le cabe la satisfacción de llevarlo (o llevarla) a la horca más tarde. Poirot hizo una pausa, añadiendo, después, pensativo—: En dos ocasiones, a lo largo de mi vida, he prevenido a un criminal: la primera vez, en Egipto, otra... no me acuerdo dónde. En cada caso, el criminal estaba decidido a matar... Esto es lo que puede suceder aquí.

—Usted ha aludido a un tercer método —le recordé.

—¡Oh, sí! El tercer procedimiento exige el mayor ingenio. Hay que adivinar cómo y cuándo va a ser asestado el golpe; hay que estar dispuesto a intervenir en el momento exacto. Es preciso sorprender al asesino, si no *in fraganti*, sí como culpable de unas censurables intenciones, más allá de toda duda.

»Eso, amigo mío —prosiguió diciendo Poirot—, es un asunto extraordinariamente difícil y delicado. Ni por un momento me atrevería yo a garantizar el éxito del procedimiento. Puede que a mí se me tenga por engreído, pero la verdad es que no llego a serlo en tal medida.

—¿Qué método se propone usted aplicar aquí?

—Los tres, probablemente. El primero es el más difícil.

—¿Por qué? A mí se me antoja el más fácil.

—Sí, en el caso de saber cuál es la víctima. Pero, ¿es que no se ha dado cuenta, Hastings, de que aquí no tengo la menor idea sobre la identidad de la víctima?

—¿Cómo?

La pregunta se me escapó instintivamente. Luego, empecé a apreciar las dificultades de la situación. Había, tenía que haber, algo que sirviera de eslabón, que uniera a toda aquella serie de crímenes, pero desconocíamos aquél. No sabíamos cuál era el móvil, el vitalmente importante móvil. Y sin conocer este dato nos era imposible decir quién se veía amenazado.

Poirot hizo un gesto de asentimiento al advertir por la expresión de mi rostro que yo me hacía cargo de las dificultades de la situación.

—Ya ve usted, amigo mío, que la cosa no es tan fácil.

—No —repuse—, no es fácil, en efecto. ¿No ha podido usted hasta el momento presente relacionar de alguna manera los diferentes casos?

Poirot movió la cabeza, denegando.

Reflexioné de nuevo, preguntándole:

—¿Está usted seguro de que no existe un móvil de tipo económico, hábilmente disfrazado, algo semejante, por ejemplo, a lo que descubrió en el caso de Evelyn Carlisle?

—No hay nada por el estilo. Y usted sabe, mi querido Hastings, que lo primero que suelo considerar cuando trato de aclarar enigmas de este tipo es la cuestión económica.

Esto era cierto. Poirot se había mostrado siempre un hombre radicalmente cínico en lo tocante al dinero.

Me quedé pensativo nuevamente. ¿Había por en medio una «vendetta» de una clase u otra? Esto se ha-

llaba más de acuerdo con los hechos. Pero aun así
faltaba el eslabón buscado. Recordé una narración que
yo había leído referente a una serie de crímenes... La
pista la había dado el hecho de haber formado todas
las víctimas parte de un jurado, siendo los crímenes
cometidos por un hombre a quienes los desaparecidos
habían condenado. Algo de ese género tenía que con-
currir en el caso que examinábamos. Me siento avergonzado al confesar que me reservé la idea. Me hubiera
apuntado un tanto muy bueno de haber podido presentarme más tarde ante Poirot con la solución.

Opté por preguntar a Poirot:

—¿Quiere usted decirme ahora quién es X?

Con gran irritación por mi parte, mi interlocutor
hizo un decidido movimiento denegatorio de cabeza.

—Eso, amigo mío, no pienso decírselo.

—¡Qué tontería! ¿Por qué razón?

Poirot parpadeó varias veces.

—Porque usted, *mon cher,* sigue siendo el Hastings
de antes. Conozco perfectamente algunas de sus actitudes. No quiero dar lugar, ¿me comprende?, a que
se quede sentado ante X con la boca abierta y diciendo
claramente, con la expresión de su cara: «Esta persona... que estoy contemplando ahora... es un asesino».

—Usted sabe también que soy capaz de disimular
cuando resulta necesario.

—Cuando usted se esfuerza por disimular algo, todo
sale peor aún. No, no, *mon ami.* Hemos de actuar ambos de riguroso incógnito, usted y yo. Más tarde, cuando ataquemos, atacaremos de golpe.

—Es usted endiabladamente obstinado —repuse—.
Yo me las arreglo muy bien cuando...

Guardé silencio de pronto porque alguien acababa
de llamar a la puerta.

—Adelante! —dijo Poirot.

Entró en la habitación mi hija Judith.

Me gustaría describir a Judith, pero la verdad es que

ninguna vez se me ha dado bien esta clase de cosas.

Judith es alta y camina siempre con la cabeza bien erguida. Tiene unas cejas finas y oscuras y el óvalo de su cara es perfecto, siendo su expresión severa. Hay una nota de desdén en su rostro. He pensado a menudo que sugiere algo trágico.

Judith no se acercó a mí para darme un beso. No es de esa clase de muchachas. Se limitó a sonreír, diciéndome:

—Hola, padre.

Su sonrisa era tímida, de reserva, pero me hizo sentir que a pesar de su falta de efusión experimentaba alguna alegría al verme.

—Bien. Aquí me tienes —contesté.

Frecuentemente, ante los representantes de la generación actual me siento absurdamente nervioso.

—Has hecho muy bien en venir a esta casa —declaró Judith.

—Le estaba hablando de nuestra cocina —explicó Poirot.

—¿Es mala? —inquirió Judith.

—Tú no debes hacer esta pregunta, muchacha. ¿Es que no aciertas a pensar más que en los tubos de ensayo y los microscopios? Uno de tus dedos está manchado de azul de metileno. Malas perspectivas se le ofrecen a tu esposo si no te interesas por su estómago.

—Yo me atrevería a decir que no voy a tener nunca ningún esposo de que ocuparme.

—Ciertamente que lo tendrás. ¿Para qué te creó el *bon Dieu*?

—Supongo que para muchas cosas —manifestó Judith.

—La primera de ellas es *le marriage*.

—Perfectamente —contestó mi hija—. Usted me encuentra un esposo agradable y yo cuidaré con la máxima atención de su estómago.

—Esta chica se ríe de mí —indicó Poirot—. Algún día se dará cuenta de lo sabios que resultan ser los viejos.

Hubo otra llamada a la puerta, entrando entonces el doctor Franklin. Era un hombre de unos treinta y cinco años de edad, alto, angular, con una mandíbula voluntariosa, cabellos rojizos y ojos azules, muy brillantes. Nunca había visto yo un individuo más desgarbado que él. Tropezaba con todo distraídamente.

Tropezó con el biombo que se encontraba cerca de la silla de Poirot y volvió a medias la cabeza, murmurando automáticamente:

—Perdone.

Me dieron ganas de echarme a reír, pero observé que Judith continuaba manteniéndose muy seria. Me imaginé que estaba habituada a aquella clase de cosas.

—Usted se acordará de mi padre —dijo Judith.

El doctor Franklin experimentó una especie de sobresalto, contemplándome con los párpados entreabiertos. Seguidamente, me tendió una mano, diciéndome, vacilante:

—Desde luego, desde luego... ¿Cómo está usted? Oí decir que iba a venir... —volviéndose hacia Judith—. ¿Cree usted que es necesario que nos cambiemos de ropas? En caso contrario, podríamos trabajar durante un rato después de la cena. Si lográramos dejar preparadas unas cuantas placas más para el microscopio...

—Yo deseaba hablar con mi padre —señaló Judith.

—¡Oh, sí! Sí, desde luego —de repente, el doctor esbozó una sonrisa de excusa, una sonrisa infantil—. Lo siento... Siempre pienso en lo mismo. Resulta imperdonable... Me he vuelto egoísta. Perdónenme.

El reloj de la habitación dio unas campanadas y Franklin echó un vistazo al suyo.

—¡Santo Dios! ¿Tan tarde es ya? Me van a dar un disgusto. Le prometí a Bárbara que le leería un poco antes de la cena.

Nos miró alternativamente y se encaminó apresuradamente hacia la puerta, tropezando con el marco de
la misma al salir.

—¿Cómo está la señora Franklin? —pregunté.

—Lo mismo que antes. Peor, quizá —respondió Judith.

—Es una pena que se haya convertido en una inválida —comenté.

—Es algo enloquecedor para un médico —subrayó
Judith—. A los médicos les gusta la gente llena de salud.

—¡Qué duros sois los jóvenes! —exclamé.

Judith respondió, fríamente:

—Me he limitado a señalar un hecho.

—Sin embargo —dijo Poirot—, el buen doctor se
apresura a ir en su busca para leerle un poco...

—Una estupidez —sentenció Judith—. La enfermera
que la atiende puede hacer eso perfectamente... Personalmente, me resulta insoportable oír a alguien leyén-
dome algo en voz alta.

—Bueno, cada uno tiene sus gustos —manifesté.

—Esa mujer es una estúpida —declaró mi hija.

—Un momento, un momento, *mon enfant* —dijo Poirot—. No estoy de acuerdo contigo.

—Sus preferencias se inclinan siempre hacia la no-
vela de escasa calidad. Jamás se interesa por el trabajo de su marido. No se mantiene al corriente de las
nuevas ideas. Se dedica exclusivamente a hablar de su
salud a todos los que tienen paciencia suficiente para
escucharla.

—Continuó opinando —insistió Poirot— que esa mujer emplea su sustancia gris, querida niña, de una forma acerca de la cual tú no sabes nada.

—Es un tipo de mujer muy femenino —dijo Judith—. Le gustan los arrullos, los runruneos... Me imagino que a usted le agradan esas mujeres, tío Hércules.

—En absoluto —declaré—. A él le gustan grandes, impresionantes, y de nacionalidad rusa, a ser posible.

—Así es cómo me delata usted, ¿eh, Hastings? Tu padre, Judith, siempre tuvo debilidad por los cabellos de tono castaño rojizo. Esta clase de cabellos le han traído complicaciones muchas veces.

Judith nos miró a los dos, sonriendo, indulgente.

—¡Qué pareja tan chocante forman ustedes dos!

Dio media vuelta y se fue.

—Tengo que ordenar mis cosas. Es posible que me bañe antes de cenar.

Poirot oprimió un botón que se hallaba al alcance de su mano. Unos momentos después, entraba en el cuarto su criado. Me quedé sorprendido. Aquél era un rostro desconocido para mí.

—¿Cómo es eso? ¿Dónde está George?

George había estado junto a Poirot varios años.

—George ha vuelto a su casa. Su padre se encuentra enfermo. Me imagino que acabará por unirse a mí de nuevo. Entretanto... —Poirot sonrió, mirando al hombre— es Curtiss quien cuida de mí.

Curtiss correspondió a estas palabras con una discreta sonrisa. Era un individuo corpulento, en posesión de un rostro bovino, casi estúpido.

Al ir a cerrar la puerta, observé que Poirot hacía funcionar el cierre de la cartera de mano que contenía los papeles que yo había estado leyendo.

Mi mente era un verdadero torbellino de pensamientos en el instante en que crucé el pasillo para entrar en mi habitación.

CAPÍTULO IV

BAJÉ a cenar aquella noche experimentando la impresión de que de pronto, todo lo que estaba en contacto conmigo se había vuelto irreal.

En una o dos ocasiones, mientras me vestía, llegué a calibrar la posibilidad de que Poirot hubiera imaginado cuanto me había referido. En fin de cuentas, mi amigo era ahora un viejo que sufría un grave quebranto de salud. Me había dicho que su mente seguía funcionando a la perfección, como antes... Sin embargo, ¿era esto así? Se había pasado la existencia estudiando el crimen. ¿A quién podía extrañar que al final viera crímenes donde éstos no se habían dado nunca?

Obligado a llevar una vida inactiva, debía de sentirse profundamente irritado. ¿Qué de particular tenía que un hombre como él se inventara una historia capaz de mantener ocupada su imaginación? Le apetecía lanzarse como otras veces a la caza del hombre. Tratábase de una neurosis perfectamente razonable.

Había seleccionado una serie de sucesos públicamente conocidos, viendo en ellos algo inexistente... Él pensaba en una figura misteriosa, en un asesinato en alta escala. Lo más probable era que, efectivamente, la señora Etherington hubiese dado muerte a su esposo, que el trabajador agrícola hubiese matado a su mujer, que una joven hubiera administrado deliberadamente una fuerte dosis de morfina a su vieja tía, que una esposa celosa hubiese eliminado a su marido, tal como había amenazado hacerlo, que una solterona demente hubiese cometido realmente el crimen de que se acusara luego... En efecto, ¡aquellos crímenes venían a ser exactamente lo que parecían!

A este punto de vista (seguramente el dictado por el sentido común) sólo podía oponer mi fe en la perspicacia de Poirot.

Poirot aseguraba que se estaba planeando un crimen. Por segunda vez, Styles se convertía en escenario de un suceso de ese tipo.

El tiempo confirmaría o negaría su aserto, pero de ser verdad a nosotros nos correspondía la misión de impedir un hecho semejante.

Cuanto más pensaba en aquello, más enojado me sentía. Con franqueza: Poirot acababa de obrar muy arbitrariamente. Solicitaba mi colaboración y, sin embargo, se negaba a confiar en mí por completo.

¿Por qué? Me había dado una razón... ¡Una razón muy inadecuada, seguramente! Yo estaba cansado de aquella necia broma acerca de mi «elocuente compostura». Yo era una persona que sabía guardar un secreto como pocas. Poirot había insistido siempre en algo que resultaba humillante para mí: me tenía por un hombre de mente «transparente», afirmando que cualquiera podía leer en mi rostro lo que pasaba por mi cerebro. Muchas veces había intentado atenuar el golpe atribuyéndolo todo a mi carácter honesto, que detesta todas las formas del engaño y la hipocresía.

Desde luego, me dije, si aquella historia era una quimera, alumbrada por la imaginación de Poirot, su reticencia quedaba fácilmente explicada.

No había llegado a formular conclusión definitiva alguna en el instante en que sonó el gongo, y bajé al

comedor con una mente abierta, pero con los ojos alerta, con objeto de detectar, si era posible, el mítico
personaje llamado X por Poirot.

De momento, estaba dispuesto a aceptar todo lo que
mi amigo me dijera como si hubiese sido una verdad
del Evangelio. Bajo aquel techo se encontraba una persona que había asesinado ya cinco veces, hallándose dispuesta a matar de nuevo.

¿Quién era esa persona?

En el salón, antes de entrar en el comedor, fui presentado a la señorita Cole y al comandante Allerton.
La señorita Cole era una mujer alta, todavía hermosa,
que contaría treinta y tres o treinta y cuatro años de
edad. Instintivamente, me desagradó el comandante
Allerton. Era un hombre bien parecido, entre los cuarenta y los cuarenta y cinco años, de ancha espalda,
con la piel bronceada. Hablaba mucho y la mayor parte de las cosas que decía tenían un doble significado.
Bajo sus ojos se veían esas bolsas que casi siempre
dibuja una vida disipada. Me imaginé que era un individuo que no paraba un momento, que jugaba o que
bebía demasiado. Y, desde luego, tenía que ser, antes
que otra cosa, un mujeriego empedernido.

Según pude apreciar, al viejo coronel Luttrell no le
caían bien aquellos dos personajes. Boyd Carrington
miraba al comandante con despego también. Allerton
triunfaba entre las mujeres. La señora Luttrell correspondía a sus bromas con ahogadas risitas. Él sabía ha-
lagarla con ciertas impertinencias mal disimuladas.

Me irritó comprobar que Judith, asimismo, parecía
disfrutar con su compañía. Nunca la había visto tan
parlanchina... Jamás he acertado a saber por qué razón el tipo de hombre más deleznable cae siempre tan
bien a las mujeres más honestas y formales. Me di
cuenta instintivamente de que Allerton era un inútil...
De entre diez hombres, nueve habrían estado de acuerdo conmigo. De tratarse de diez mujeres, la cosa ha-

bría cambiado: todas hubieran tomado partido por él, probablemente.

Nos sentamos a la mesa. Delante de nosotros fueron colocados los platos, que contenían un viscoso líquido. Paseé la mirada por todas las caras presentes allí, calibrando determinadas posibilidades.

Si Poirot estaba en lo cierto, si su cerebro marchaba como antaño, una de aquellas personas era un criminal peligroso, un loco, probablemente.

Poirot no me había dicho nada al respecto, pero yo me figuraba que X era un hombre. ¿De cuál de los que estaba viendo se trataba?

Había que descartar, seguramente al coronel Luttrell, individuo indeciso, con un aire general de debilidad indudable. ¿Tendría que pensar en Norton, a quien yo viera salir de la casa a toda prisa, con sus prismáticos? Lo juzgaba improbable... Daba la impresión de ser un sujeto agradable, más bien inefectivo, carente de vitalidad. Desde luego, me dije, había habido en la historia del delito muchos criminales menudos, insignificantes... Habían llegado al crimen, precisamente, por esa causa. Siempre les había molestado que la gente no reparara en ellos, ser ignorados indefectiblemente. Norton podía ser un asesino de este tipo. Pero había que considerar su debilidad por los pájaros. Siempre he creído que el amor por las cosas de la naturaleza constituía una nota saludable en un ser humano.

¿Boyd Carrington? Había que eliminarlo definitivamente de la lista. El suyo era un nombre conocido en todo el mundo. Tratábase de un excelente deportista, de un hombre universalmente estimado. También descarté a Franklin. Sabía hasta qué punto Judith le respetaba y admiraba.

Le llegaba el turno al comandante Allerton Me detuve en él, estudiándolo atentamente. Nunca había conocido a un sujeto más desagradable. Le juzgué capaz de desollar a su propia abuela. Unos modales que aspiraban a ser superficialmente encantadores eran el barniz que disimulaba otras cosas. Estaba hablando, como siempre... Contaba una experiencia personal, haciendo reír a todo el mundo. Hacía chistes a costa de su propia persona.

Si Allerton era X, decidí, sus crímenes habían sido cometidos con el propósito de obtener algún beneficio tangible.

Cierto que Poirot no me había dicho concretamente que X fuera un hombre. Consideré otra posibilidad: la señorita Cole. Estaba inquieta siempre, como sobresaltada. Evidentemente, era una mujer de muchos nervios. Era hermosa. Una enorme y hermosa bruja, concreté. No obstante, apuntaban en ella muchos detalles normales. La señorita Cole, la señora Luttrell y Judith eran las tres únicas mujeres que se habían sentado a la mesa. La señora Franklin cenaba en su habitación. La enfermera que la atendía hacía sus comidas después de nosotros.

Tras la cena, me encontraba en el salón, frente a una ventana, contemplando el jardín, pensando en cosas pasadas. Desde allí había visto en otra ocasión a Cynthia Murdoch, una joven de rojizos cabellos, corriendo sobre el césped. ¡Qué encantadora figura la suya, con su blanco vestido!...

Habiéndome quedado abstraído, con la atención fija en estos recuerdos de antaño, me sobresalté al notar sobre mi brazo el de Judith, quien me obligó a apartarme de la ventana, empujándome suavemente hacia la terraza.

—¿Qué te ocurre? —me preguntó, de pronto.

Me asusté.

—¿Que qué me ocurre? ¿Qué quieres decir?

—¡Te has portado de una manera tan extraña durante la cena! ¿Por qué mirabas tan fijamente a todo el mundo esta noche?

Estaba enojado. Ni siquiera me había dado cuenta de que podía llamar la atención de alguien con mi actitud.

—¿Hice yo eso? Supongo que pensaba en el pasado. Estaba viendo fantasmas, quizá.

—Bueno, no me acordaba... Tú estuviste aquí cuando aún eras joven, ¿eh? En esta casa fue asesinada una dama ya entrada en años, ¿verdad?

—Fue envenenada con estricnina.

—¿Cómo era ella? ¿Era una persona agradable? ¿Repulsiva, tal vez?

Consideré las preguntas de Judith.

—Era una persona muy buena, muy amable —repuse, lentamente—. Sumamente generosa. Hacía muchas obras de caridad.

—¡Oh! Se trataba de ese tipo de generosidad...

La voz de Judith sonaba débilmente desdeñosa. Luego, formuló una curiosa pregunta:

—¿Era feliz la gente... que vivía aquí?

No, no había sido feliz. De esto me hallaba bien enterado, al menos. Respondí, simplemente:

—No.

—¿Por qué?

—Porque aquellas personas se sentían aquí como prisioneras. La señora Inglethorp, ¿comprendes?, tenía en su poder todo el dinero, facilitándolo en cantidades muy escasas. Sus hijastros no podían disponer de lo que necesitaban para vivir con alguna independencia.

Creo que Judith hizo una profunda inspiración al llegar aquí. La mano que se apoyaba en mi brazo oprimió éste con fuerza.

—Es una conducta perversa... perversa. Se trataba de un abuso de poder. No debiera ser permitido. Las personas viejas, enfermas, no tienen por qué disponer de un poder que les permita controlar las existencias de los jóvenes y fuertes. No es tolerable que mantengan a éstos atados, irritados, malgastando una fuerza, una energía, aprovechables, que el mundo necesita... Eso se llama egoísmo.

—No son precisamente los viejos quienes monopolizan esa mala cualidad —contesté, secamente.

—¡Oh! Ya sé, padre, lo que piensas: que los jóvenes somos egoístas. Lo somos, tal vez, pero el nuestro es un egoísmo *limpio*. Ocurre que nosotros aspiramos a hacer solamente lo que deseamos. No pensamos en que los demás hagan lo que a nosotros se nos antoja; no queremos imponer nada a nadie; no pretendemos convertir a los demás en esclavos.

—Os limitáis a pisotear, si se tercia, a quienes se interpongan en vuestro camino.

Judith oprimió de nuevo mi brazo.

—¡No seas así! En realidad, yo no he llegado a pisotear a nadie... Y vosotros no habéis sido tan absolutistas, no nos habéis forzado a seguir determinados caminos. Os estamos agradecidos por ello.

—Creo que, por mi gusto, no hubiera procedido nunca así —respondí, sincero—. Fue vuestra madre quien insistió en que debíais aprender de acuerdo con los errores que fuerais cometiendo.

Otro rápido apretón en el brazo...

—Lo sé. A ti te hubiera gustado obligarnos a vivir como un puñado de gallinas en un corral. Esto me desagrada. Me parece que no lo hubiera resistido. Bueno, estarás de acuerdo conmigo, sin embargo, en que unas vidas útiles no deben ser sacrificadas jamás en aras de otras completamente inútiles.

—Esto se da, a veces —admití—. Pero no es necesario recurrir a medidas drásticas... Todo el mundo dispone del recurso de retirarse de la escena si no gusta de su papel.

—Sí, pero yo tengo razón, ¿no? ¿Tengo o no tengo razón?

Su tono era tan vehemente que me quedé mirándola, atónito. La oscuridad era demasiado intensa allí para que pudiera verle bien la cara. Judith continuó diciendo, en voz baja, con un acento que denotaba su preocupación:

—Median muchas cosas, normalmente... ¡Se presenta todo tan difícil!... Hay consideraciones de tipo económico, sentido de la responsabilidad, resistencia a herir a una persona querida... Juegan todas estas cosas siempre... Y existen personas tan carentes de escrúpulos... Ellas saben cómo valerse de tales sentimientos. Hay personas... hay personas que son como ¡*sanguijuelas!*

—¡Mi querida Judith! —exclamé, desconcertado, al observar la furia con que había pronunciado aquellas palabras.

Ella pareció darse cuenta de que se había excedido en su vehemencia. Entonces, se echó a reír, retirando el brazo que se había mantenido en contacto con el mío.

—¿Me he apasionado demasiado quizá? Se trata de una cuestión que me saca de mis casillas. Fíjate: sé de un caso que... Un viejo bruto. Y cuando alguien fue suficientemente valeroso para... cortar el nudo y dejar en libertad a quienes ella amaba, todos la llamaron loca. ¿Loca? ¡Nadie pudo intentar una acción más lúcida! ¡Más lúcida y valiente!

Experimenté un fuerte sobresalto. ¿Dónde, poco tiempo atrás, había oído yo decir algo semejante?

—Judith —me apresuré a decir—: ¿de qué caso me estás hablando?

—¡Oh! No me refiero a personas que tú hayas conocido. Pensaba en unos amigos de los Franklin. Tratábase de un viejo llamado Litchfield. Era muy rico y mataba prácticamente a sus hijas... Nadie podía verlas nunca. Jamás salían. Él estaba loco, realmente, pero no suficientemente, por así decirlo, desde el punto de vista médico.

—Y su hija mayor le asesinó —declaré.

—¡Oh! ¿Es que has leído alguna información sobre

el caso? Supongo que tú considerarás eso un crimen... Sin embargo, hay que pensar que no fue cometido por motivos personales. Margaret Litchfield se fue en busca de la policía, confesándose culpable. Creo que fue muy valiente. A mí me habría faltado valor para hacerlo.

—¿Te habría faltado valor para presentarte ante la policía o para cometer el crimen?

—Para ambas cosas.

—Me alegro mucho de oírte decir eso —respondí, severamente—. Y me disgusta mucho que opines que el crimen puede estar justificado en determinados casos —hice una pausa, añadiendo—: ¿Qué pensó el doctor Franklin ante ese hecho?

—Pensó que a la víctima le estaba bien empleado lo que le pasó —replicó Judith—. Tú lo sabes, padre: hay personas que están pidiendo a gritos que surja alguien que las quite de en medio, que las maten...

—No me agrada nada oírte hablar así, Judith. ¿Quién es el que te ha metido semejante idea en la cabeza?

—Nadie.

—Bueno, déjame decirte que todo esto puede calificarse de disparatado. Todo se reduce a un pernicioso disparate.

—Perfectamente. Dejaremos las cosas así —Judith guardó silencio antes de agregar—: Pretendía, en realidad, pasarte un recado de la señora Franklin. Le gustaría verte, si es que no tienes inconveniente en subir a su habitación.

—Me encantará visitarla. Lamento que se encuentre tan enferma que no pueda hacer sus comidas con todos nosotros.

—¡Oh! Está perfectamente —declaró Judith, con la mayor indiferencia—. Se limita a sacar el mayor partido posible de su estado.

Decididamente, los jóvenes son poco compasivos.

CAPÍTULO V

E RA aquélla la segunda vez que hablaba con la señora Franklin. Tratábase de una mujer de unos
treinta años de edad... Yo la describiría como
perteneciente al tipo «madonna»: unos ojos
grandes y oscuros, cabellos partidos por una raya en
el centro de la cabeza, y una faz alargada, de suave
expresión. Estaba muy delgada y su piel poseía una
extraña calidad de transparencia. Todo en la señora
Franklin hablaba de una extrema fragilidad.

Se encontraba tendida en el lecho, un poco incorpo-
rada con el auxilio de unos almohadones. Vestía una
elegante «negligée», azul y blanca.

Franklin y Boyd Carrington estaban allí, donde les
habían servido el café. La señora Franklin me saludó
levantando una mano y acogiéndome con una sonrisa.

—Me alegro mucho de que haya venido por fin, capitán Hastings. Su presencia le hará bien a Judith. La
verdad es que la chica ha estado trabajando demasiado
últimamente.

—No parece sentarle mal el trabajo —contesté al tomar la frágil mano de la enferma entre las mías.

Bárbara Franklin suspiró.

—Sí. Tiene suerte. ¡Cómo la envidio! Yo creo que
ella no tiene la más leve idea sobre esto, sobre lo que
significa carecer de salud. ¿Usted qué opina, enfermera? ¡Oh! Permítame que les presente... Ésta es la en-

fermera Craven, una mujer tremendamente eficiente... No sé cómo podría arreglármelas sin ella. Me trata como si fuese una criatura.

La enfermera Craven era una mujer alta, bien parecida. Su tez poseía una suave tonalidad y sus cabellos eran de un agradable matiz castaño, tirando a rojizos. Me fijé en sus manos, muy blancas y largas, totalmente distintas de las que yo había visto en la mayor parte de las enfermeras que trabajaban en los hospitales. Era una chica en determinado aspecto taciturna, que a veces se abstenía de contestar. Fue lo que hizo entonces, limitándose a inclinar la cabeza.

—Pues sí —continuó diciendo la señora Franklin—. John ha obligado a esa joven a esforzarse demasiado. Tiene un espíritu este hombre de capataz de esclavos. ¿Verdad que sí, John?

Su esposo se encontraba frente a la ventana, abstraído en la contemplación de algo. Silbaba una cancioncilla para sí y hacía tintinear unas monedas sueltas que llevaba en un bolsillo. Se sobresaltó ligeramente con la pregunta de su esposa.

—¿Decías algo, Bárbara?

—Estaba diciendo que abusas de la pobre Judith normalmente, ya que la obligas a trabajar con exceso. Ahora, estando el capitán Hastings aquí, los dos nos pondremos de acuerdo para impedir que en lo sucesivo siga eso así.

Las ironías no eran precisamente el fuerte del doctor Franklin. Dio la impresión de quedarse vagamente preocupado, volviéndose hacia Judith, inquisitivo. Murmuró:

—Tú debes hacérmelo saber cuando me paso de la raya.

La chica respondió:

—Los dos bromean. Por cierto, ya que hablamos de trabajo... Quería preguntarle si la mancha de la segunda plaquita... Sabe a cuál me refiero, ¿no?...

El doctor Franklin miró a Judith con ansiedad.

—Sí, sí... ¿Te importaría que nos trasladáramos ahora mismo al laboratorio? Quisiera estar completamente seguro...

Sin dejar de hablar, los dos abandonaron la habitación.

Bárbara Franklin se echó un poco hacia atrás, suspirando. La enfermera Craven, con bastante inoportunidad, señaló:

—Yo diría que es la señorita Hastings quien tiene el espíritu de un capataz de esclavos tradicional...

Otro suspiro de la señora Franklin, quien murmuró:

—¡Me encuentro tan deslazada en ese ambiente! Yo hubiera debido, lo reconozco, interesarme más por el trabajo de John. Es que me resulta imposible. Es posible que haya alguna cosa en mí que no marche bien, pero la verdad es que...

Fue interrumpida por un bufido de Boyd Carrington, que se hallaba de pie, junto a la chimenea.

—¡Tonterías, Babs! —dijo el hombre—. No existe nada extraño en ti. No te busques nuevas preocupaciones.

—Es lógico que me preocupe, querido Bill. Todo lo que observo en mí me deja desalentada... Ocurre que... ¡oh!, no puedo evitarlo... Se me antoja todo repulsivo: lo mismo los conejillos de Indias que las ratas, que todos los restantes animales... Sé que es una estupidez, pero ante eso me trastorno, me siento peor que nunca. Mis preferencias apuntan en otras direcciones... A mí me gustan los pájaros, las flores, unos niños que juegan. Tú lo sabes perfectamente, Bill.

Éste se acercó a la enferma, tomando la mano que ella le tendió. La expresión del rostro del hombre había cambiado al mirarla, tornándose tan tierna como la de la mujer. Tratábase de un detalle impresionante, debido a que Boyd Carrington era un tipo esencialmente varonil.

—Tú no has cambiado mucho desde la edad de los diecisiete años, Babs —dijo él—. ¿Te acuerdas del jardín de tu casa, del baño de los pájaros, de los cocoteros?

Boyd Carrington me miró.

—Bárbara y yo hemos sido compañeros de juegos —aclaró.

—¡Bill! —protestó ella.

—Bueno, no voy a negar que te llevo quince años. Pero lo cierto es que yo he jugado contigo siendo tú una niña, cuando yo era ya un muchachuelo. Te he llevado muchas veces a cuestas, querida, sobre mis hombros. Más adelante, al regresar a casa, te encontré convertida en una bella joven, a punto de pisar los escenarios del mundo. E hice todo lo que pude por ti en el terreno del golf, enseñándote a jugar ¿Te acuerdas?

—¡Oh, Bill! ¿Cómo podría olvidarlo?

—Los míos vivieron normalmente en esta parte del mundo —me explicó ella—. Y Bill solía pasar temporadas en casa de su anciano tío, sir Everard, en Knatton.

—Todo un mausoleo era aquello... Bueno, lo es, todavía —manifestó Boyd Carrington—. En ocasiones, me desespero: creo que no llegaré nunca a lograr que sea habitable.

—¡Oh, Bill! Podría quedar convertido en una maravilla... ¡en una auténtica maravilla!

—Sí, Babs, pero lo malo es que carezco de ideas. Yo sólo acierto a pensar en unos cuartos de baño, en unos cuantos sillones cómodos... No se me ocurre nada más. Allí lo que se necesita es el concurso de unas manos femeninas.

—Te dije que te ayudaría. Y no lo dije por cumplir, ¿estamos?

Sir William miró con un gesto de duda a la enfermera Craven.

—Siempre que no flaqueen tus fuerzas, podría llevarte allí en el coche. ¿Usted qué opina, enfermera?

—¡Oh, que sí, sir William! Yo creo que eso le haría un gran bien a la señora Franklin. Habrá que procurar, naturalmente, no cansarla con exceso, sin embargo.

—Trato hecho, entonces —dijo Boyd Carrington—. Ahora procura pasarte toda la noche durmiendo. Tienes que hallarte en la mejor disposición mañana.

Los dos nos despedimos de la señora Franklin, saliendo de allí juntos. Cuando descendíamos por la escalera Boyd Carrington me dijo:

—Usted no podría imaginárselo... Era una criatura verdaderamente adorable a los diecisiete años. Yo regresaba de Birmania... Mi esposa había fallecido allí, ¿sabe? No me importa reconocer que me enamoré perdidamente de ella. Contrajo matrimonio con Franklin tres o cuatro años más tarde. No creo que haya felicidad en esa unión. Es lo que hay en el fondo de su falta de salud. Él no la comprende, no la estima como ella se merece. Su esposa es una mujer sensible. Sospecho que su fragilidad es en parte de origen nervioso. Sáquela usted de sí misma, diviértala, haga que se interese por cualquier cosa y la verá convertida en una criatura completamente distinta. Pero a ese condenado matasanos, lo único que le interesa son los tubos de ensayo y las tribus del África Occidental, con sus costumbres y culturas.

Mi acompañante resopló, irritado.

Pensé que había algo de cierto, quizás, en lo que estaba diciéndome. Pero me sorprendió que Boyd Carrington se sintiera atraído por la señora Franklin, quien, aunque muy bonita, era en fin de cuentas un ser enfermizo, muy frágil, que se veía obligada a vivir recluida casi siempre, lo mismo que un bombón en una bombonera. Boyd Carrington se veía tan lleno de vida que yo me lo hubiera figurado impaciente, incapaz de entenderse con una inválida de tipo neurótico. No obstante, Bárbara Franklin debía de haber sido muy atractiva de adolescente, y hay muchos hombres, especialmente los idealistas (grupo en el que yo había incluido a Boyd Carrington), en los que quedan grabadas muy frecuentemente las primeras impresiones.

En la planta baja, la señora Luttrell nos abordó, proponiéndonos una partida de bridge. Me excusé, alegando que tenía que reunirme con Poirot.

Encontré a mi amigo metido en la cama. Curtiss estuvo moviéndose por la habitación, poniendo orden en todo. Finalmente, salió, cerrando la puerta.

—¡Maldita sea, Poirot! —exclamé—. A esto no hay derecho, hombre. Sigue usted con su antiguo hábito, el de tener siempre unas cuantas cartas escondidas en su bocamanga. Me he pasado toda la noche intentando localizar a X.

—Eso debe haberle hecho aparecer ante los demás como *distrait* —señaló mi amigo— ¿No hizo nadie ningún comentario sobre sus ensimismamientos? ¿No le preguntó nadie si le ocurría alguna cosa?

Me ruboricé ligeramente al recordar las preguntas de Judith. Poirot, creo, descubrió lo que estaba pensando. Sorprendí una leve y maliciosa sonrisa en sus labios. Se limitó a preguntarme, sin embargo:

—¿Y a qué conclusiones ha llegado usted con respecto a tal extremo?

—¿Me lo diría si diese en el blanco?

—Por supuesto que no.

Escruté su faz atentamente.

—Había considerado la posibilidad de que Norton... El rostro de Poirot no se alteró lo más mínimo.

—No he llegado a decidir nada, claro. Ese hombre se me antojó con bastantes probabilidades. Y luego ocurre que... ¡ejem!... pasa inadvertido. Me imagino que el criminal que nosotros buscamos habrá de ser de esta clase.

—Cierto. Pero existen otras maneras de pasar inadvertido.

—¿Qué quiere usted decir?

—Supongamos, recurriendo a un caso hipotético, que un desconocido de siniestro aspecto se presenta aquí semanas antes de que se cometa un crimen. El hombre se destacará perfectamente, ¿no?, sin ninguna razón aparente. Sería mejor, ¿verdad?, que el desconocido fuese una personalidad anodina, dedicada a la práctica de alguna actividad inofensiva, como el deporte de la pesca, por ejemplo.

—O la observación de los pájaros —convine—. Bueno, eso era precisamente lo que yo estaba diciendo:

—Por otro lado —manifestó Poirot—, sería mejor todavía que el asesino fuera ya una destacada personalidad... Digamos que pudiera ser el carnicero. Este personaje encierra una gran ventaja: ¡nadie es capaz de reparar en las manchas de sangre de un carnicero!

—Va usted a parar a lo absurdo. Todo el mundo sabría si el carnicero había reñido con el panadero.

—No en el caso de que el carnicero se hubiese convertido *en tal con el único propósito de disponer de una oportunidad para asesinar al panadero.* De vez en cuando, amigo mío, conviene dar un paso atrás, para disponer de una mejor perspectiva.

Me quedé pensativo, intentando dilucidar si sus palabras contenían alguna sugerencia especial. De tener algún significado concreto, parecían apuntar al coronel Luttrell. ¿Había abierto éste una residencia con el exclusivo objeto de disponer de una oportunidad para asesinar a uno de los huéspedes?

Poirot movió la cabeza a un lado y a otro.

—No será en mi cara donde encuentre usted la respuesta.

—Tiene usted la virtud de sacarle a uno de sus casillas, Poirot —contesté con un suspiro—. De todos modos, Norton no es mi único sospechoso. ¿Qué me dice de ese individuo llamado Allerton?

Poirot, completamente impasible, inquirió:

—¿Qué pasa? ¿No le es simpático el hombre?

—No, por supuesto que no. ¿No le ocurre a usted lo mismo?

Poirot señaló, malicioso:

—Hay que reconocer que ese hombre resulta muy atractivo para las mujeres.

Hice un gesto de desdén.

—Hay que ver a qué extremos de estupidez son capaces de llegar las mujeres... ¿Qué es lo que ven en un tipo como ése?

—¿Quién puede decirlo? Pero siempre ocurre lo mismo. Las mujeres se sienten inevitablemente atraídas por el *mauvais sujet*.

—Sí, pero ¿por qué?

Poirot se encogió de hombros.

—Quizás haya algo en él que nosotros no acertamos a ver.

—¿Qué, qué, concretamente?

—Una nota de peligro, probablemente... Todo el mundo, amigo mío, desea dar un poco de sabor a su existencia con la especia del riesgo. Hay quien busca este frente a los toros. Otras personas se desahogan leyendo. Hay quien lo encuentra en el cine. De una cosa estoy seguro: de que el ser humano rechaza normalmente la seguridad excesiva. Es más, la aborrece. Muchos son los métodos de que se valen los hombres para buscar el peligro... Las mujeres lo encuentran principalmente en lo concerniente a la vida amorosa. Por este motivo, acogen complacidas a quien puede abrigar las ideas de un tigre, a quien esconde sus garras, al que es capaz de saltar, traicionero, en el momento menos pensado. Y dan de lado al hombre de excelentes condiciones que puede resultar un esposo inmejorable.

Consideré estas ideas en silencio, con el ceño fruncido, durante unos momentos.

Seguidamente, volví al tema con que se había iniciado nuestra conversación.

—Ha de comprenderlo usted, Poirot —dije—: me va

a resultar bastante fácil averiguar la identidad de X. No tendré más que mirar a mi alrededor, intentando localizar a la persona que conoce a todos. Estoy refiriéndome a la gente de sus cinco casos.

Subrayé estas palabras, triunfalmente, pero sólo pude obtener de Poirot una mirada burlona.

—Yo no le he hecho venir aquí, Hastings, para entretenerme viéndole avanzar torpe, laboriosamente, por el camino que me he cansado de recorrer... Y permítame decirle que la cosa no es tan simple como a usted le parece. Cuatro de esos casos tuvieron por escenario este condado. La gente que se ha congregado bajo este techo no compone una serie de desconocidos que han llegado aquí independientemente. Esto es un hotel en el sentido habitual de la palabra. Los Luttrell proceden de esta parte del país; habían quedado en mala posición y compraron esta casa, poniéndola en marcha como una aventura. Quienes han venido aquí son amigos suyos, o personas recomendadas por otras amistades. Sir William convenció a los Franklin de que debían venir... Ellos, a su vez, brindaron la idea a Norton, y también, me parece, a la señorita Cole..., y así sucesivamente. Esto quiere decir que existen muchas probabilidades de que haya una persona que conozca a otra que esté relacionada con toda esa gente. A X se le ofrece también la ocasión de atraer a quien sea hacia el punto en que los hechos son mejor conocidos. Tomemos, por ejemplo, el caso del trabajador agrícola Riggs. La aldea en que ocurrió la tragedia no está lejos de la casa del tío de Boyd Carrington. La gente de la señora Franklin también vivía cerca. El hostal de la aldea es muy frecuentado por los turistas. Algunos de los amigos de la familia de la señora Franklin solían hospedarse allí. El mismo Franklin procedió así. Norton y la señorita Cole pudieron alojarse en aquella casa y, probablemente, aún lo hacen en estos tiempos.

»No, amigo mío. Le ruego que no insista en sus torpes intentos para desvelar un secreto que yo me niego a revelarle.

—¡Es que esto se me antoja una insensatez, Poirot! ¡Como si yo no fuese capaz de guardar un secreto! He de decirle que estoy cansado de sus bromas sobre mi «elocuente compostura». No me parecen graciosas.

Poirot replicó, sin alterarse lo más mínimo:

—¿Está usted seguro de que no existe más que una razón, la indicada, para que yo proceda así? ¿Es que no se da cuenta, amigo mío, de que tal conocimiento puede ser peligroso? ¿No ve que lo que a mí me preocupa, sobre todo, es su seguridad?

Me quedé boquiabierto, mirándole. Hasta aquel momento no había sabido apreciar el aspecto citado de la cuestión. Desde luego, tenía razón. Si un asesino inteligente, dotado de numerosos recursos, que ya había cometido cinco crímenes, sin llegar, a su juicio, a suscitar sospechas, descubría de pronto que alguien seguía su rastro... el investigador, ciertamente, se enfrentaba con un gran peligro.

Contesté, con viveza:

—Pero entonces, usted, Poirot... usted mismo se encuentra en peligro, ¿no?

En el rostro de Poirot apareció un gesto de supremo desprecio, acentuado por su estado general físico.

—Yo estoy acostumbrado a eso. Sé protegerme a mí mismo... Y, por otro lado, ¿no dispongo también de mi fiel can a la hora de hallar protección? ¡Estoy refiriéndome a mi excelente, a mi leal amigo Hastings!

Capítulo VI

SUPONÍA que **Poirot** estaba obligado a acostarse temprano. Así pues, me separé de él para que se fuera a la cama cuanto antes, trasladándome a la planta baja. Encontré por el camino a Curtiss, con quien intercambié unas cuantas palabras.

Me pareció éste un hombre obstinado, tardo en cuanto a la comprensión, pero digno de confianza y competente. Llevaba junto a Poirot desde la fecha del regreso de éste de Egipto. Me notificó que su señor andaba regular de salud. Ocasionalmente, había sufrido pequeños ataques cardíacos. Su corazón se había debilitado mucho en el curso de los últimos meses. La robusta máquina física de otro tiempo se deterioraba progresivamente.

Me quedé muy preocupado. Admiraba a Poirot, dispuesto a continuar luchando hasta el fin, aun a sabiendas de que iba cuesta abajo. Incluso ahora, recluido en una silla de ruedas como un inválido, débil, su indomable espíritu le impulsaba a una labor en la que ya anteriormente había demostrado ser un consumado experto.

Me sentía profundamente entristecido. No acertaba a imaginarme la existencia sin Poirot...

Estaban jugando al bridge en el salón. Fui invitado a sentarme a la mesa al finalizar una mano. Pensé que esto podía servirme de distracción momentánea y acepté. Boyd Carrington era quien se marchaba. Me quedé con Norton, el coronel y la señora Luttrell.

—¿Qué dice usted ahora, señor Norton? —inquirió la señora Luttrell—. ¿Formamos pareja contra ellos dos? Nuestra última asociación ha dado un resultado excelente.

Norton sonrió, complacido, pero murmuró que «Quizá... realmente... debía unirse al recién llegado».

La señora Luttrell asintió. Con muy poca gracia, a mi juicio.

Norton y yo jugamos contra los Luttrell. Observé que la señora Luttrell se sentía definitivamente molesta por eso. Se mordió el labio inferior. Sus amables modales de otras veces y su acento irlandés se desvanecieron como por encanto, de momento.

Pronto descubrí por qué. Yo tuve muchas ocasiones de jugar más adelante con el coronel Luttrell. No se le daban mal las cartas. Era un jugador correcto, de tono medio, pero muy dado a los olvidos. De vez en cuando, cometía algún grave error. Pero jugando con su esposa, los errores se repetían uno tras otro, incesantemente.

Evidentemente, su mujer le ponía nervioso. Comportábase torpemente, como un novato. La señora Luttrell jugaba muy bien, aunque no resultaba muy grata con las cartas en la mano. Sacaba partido de cualquier ventaja, daba de lado a las reglas del juego si su adversario las ignoraba. Discutía, defendiéndolas a ultranza, si le favorecían. Era muy aficionada a echar furtivamente una mirada a las cartas de su oponente cuando éste se descuidaba. En pocas palabras: jugaba siempre para ganar.

Pronto comprendí lo que había querido decir Poirot al juzgarla una mujer de avinagrado carácter. Con las cartas en las manos era incapaz de contenerse. Cada vez que su atribulado esposo cometía una equivocación, ella le fustigaba, valiéndose de su lengua para lanzarle un trallazo. Norton y yo nos sentíamos terriblemente incómodos, presenciando el duelo entre los dos. Suspiré, aliviado, cuando dimos la partida por terminada.

Nos excusamos los dos ante la propuesta de otra mano alegando que era ya muy tarde.

Cuando salimos de allí, Norton me habló con toda franqueza, sin rodeos.

—Esto me ha resultado sumamente desagradable, Hastings. Me molestaba ver al pobre viejo maltratado de esa manera. ¡Y cómo encajaba los golpes! ¡Pobre hombre! ¿Qué queda ya en él del enérgico coronel de la India de antaño?

—Ssss...

Norton había ido levantando la voz imprudentemente y y temí que el coronel Luttrell le hubiese oído.

—Eso no está nada bien —insistió Norton.

Repuse, de acuerdo con su modo general de sentir:

—Si alguna vez ese hombre le abriera la cabeza a su mujer de un hachazo, lo comprendería...

Norton movió la cabeza, denegando.

—Nunca hará tal cosa. Se ha vuelto insensible —mi interlocutor prosiguió, remedando al viejo—: «Sí, querida... No, querida... Lo siento, querida...» Se va a pasar lo que le quede de vida dándose tirones del bigote y balando como un asustado cordero. Ya no podrá rehabilitarse... ¡aunque quisiera!

Asentí, entristecido. Estaba convencido de que Norton se hallaba en lo cierto.

Nos detuvimos en el vestíbulo. Observé que la puerta que daba al jardín se encontraba abierta. Soplaba el viento dentro de la casa.

—Debiéramos cerrar esa puerta, ¿no cree? —pregunté.

Norton vaciló un momento antes de contestar:

—Bueno... ¡Ejem! No creo que hayan entrado todos ya en la casa.

Una repentina sospecha cruzó por mi cabeza.

—¿Quién está fuera aún?

—Su hija, me parece... Y... ¡ejem!... Allerton.

Intentó dar a su voz una inflexión de naturalidad. Sin embargo, esta información, tras mi charla con Poirot, hizo que me sintiera de súbito inquieto.

Judith..., y Allerton. Quería pensar que Judith, mi inteligente y fría Judith, no llegaría a dejarse conquistar por un hombre de aquel tipo. Me dije que sabría ver perfectamente lo que había dentro de tal sujeto.

Me repetí esto mientras me desnudaba, pero aquella vaga inquietud persistía. Me invadió una profunda desesperación. Me sentía terriblemente desorientado. ¡Ah! ¡Si al menos hubiese tenido a mi lado a su madre! Yo siempre, durante muchos años, había descansado en el buen juicio de mi esposa. Ella siempre había sido sabia, prudente y comprensiva con los hijos.

Sin ella, me sentía como a la deriva. Yo tenía una responsabilidad a la que hacer frente. Su seguridad y su felicidad eran la seguridad y la felicidad mías. ¿Estaría a la altura de las circunstancias? Yo no era un hombre perfecto, ni mucho menos. Tropezaba con frecuencia, cometía errores. Si Judith llegaba a liquidar sus posibilidades de ser feliz, si estaba abocada al sufrimiento...

Sumamente nervioso, encendí la luz, incorporándome en el lecho.

Esto no podía continuar así, decidí. Tenía que dormir, que descansar. Abandoné la cama, dirigiéndome al lavabo, sacando del armarito un frasco de aspirinas, que me quedé contemplando, dudoso.

No... Necesitaba algo más fuerte que una aspirina. Me dije que, probablemente, Poirot, tendría algún somnífero eficaz. Abandoné la habitación, plantándome delante de la puerta de la suya. Decididamente, reconocí que era un abuso despertar a aquella hora a mi viejo amigo.

Inesperadamente, oí un rumor de pasos y volví la cabeza. Allerton avanzaba por el pasillo hacia mí. Había poca luz allí y sólo cuando estuvo muy cerca de mí acerté a ver quién era. Primeramente, no pudiendo contemplar su rostro, me pregunté por una fracción de segundo quién sería. Luego... erguía la cabeza, interesado. El hombre sonreía como para sí y aquella sonrisa me disgustó profundamente.

Enarcó las cejas, extrañado.

—¡Hola, Hastings! ¿Todavía está usted levantado?

—No podía conciliar el sueño —alegué.

—¿No es más que eso? Voy a echarle una mano. Venga.

Entré en su habitación, que era la contigua a la mía. Aquel hombre ejercía una extraña fascinación sobre mí. Ansiaba estudiarlo de cerca, lo más cerca posible.

—Usted suele acostarse tarde— señalé.

—Siempre me ha costado mucho trabajo irme a la cama temprano. Sobre todo cuando hay algo interesante fuera. Es una pena malgastar unas noches tan magníficas como las de ahora.

Se echó a reír... Y a mí aquella risa me cayó muy mal.

Entré con él en el cuarto de baño. Abrió un armarito similar al mío y sacó de él un frasquito que contenía un puñado de tabletas.

—Aquí tiene. Esto le irá bien, de verdad. Va usted a quedarse esta noche como un tronco... Tendrá agradables sueños, además. El *somniol* es una especialidad farmacéutica maravillosa. Ése es el nombre del producto.

El entusiasmo que noté en su voz me hizo ligeramente aprensivo. ¿Era aquel hombre aficionado a las drogas? Manifesté, caviloso:

—¿No será... no será esto peligroso?

—El producto resulta peligroso si se ingiere en cantidad. Es uno de los barbitúricos... cuya dosis tóxica queda muy cerca de la efectiva.

El hombre sonrió. Las comisuras de sus labios se elevaron de una forma muy chocante y desagradable para mí.

—Seguramente, yo no podría adquirir el somniol sin una receta médica... —aventuré.

—Claro que no, amigo mío. Yo en ese aspecto tengo mis recursos, ¿sabe?

Supongo que fue una tontería por mi parte. Ahora bien, suelo tener esos impulsos... De repente, le pregunté:

—Usted conoció a Etherington, ¿verdad?

En seguida me di cuenta de que había dado en algún desconocido blanco. Sus ojos se hicieron más fríos y cautos. Observé que su voz, al replicar, había cambiado de tono, que su inflexión era ligera, carente de firmeza, artificial:

—¡Oh, sí! Claro que conocí a Etherington. ¡Pobre hombre! —Como yo guardara silencio, Allerton prosiguió diciendo—: Etherington tomaba drogas, pero... se pasó de la raya. Uno tiene que saber cuándo ha de parar. Él siguió... Un feo asunto. Su esposa tuvo mucha suerte. De no haber sido considerada con gran simpatía por los miembros del jurado, hubiera sido ahorcada.

Allerton me alargó un par de tabletas. A continuación, me preguntó con aire indiferente:

—¿Usted llegó a conocer bien a Etherington?

Respondí la verdad:

—No.

Por un momento, él me dio la impresión de que no sabía cómo seguir la conversación. Finalmente, se apartó de mí con una leve risita.

—Un tipo curioso —comentó—. No voy a decir que resultaba ser un personaje de comedia, precisamente, pero sí que era un compañero grato a veces.

Le di las gracias por las tabletas, regresando a mi habitación.

Al tenderme de nuevo en el lecho y apagar la luz me pregunté si no acababa de cometer una estupidez.

Pues de pronto tuve la convicción de que Allerton era, casi con toda seguridad, X. Y yo le había dado a entender que sospechaba tal hecho.

Capítulo VII

1

En mi narración sobre los días pasados en Styles he de incurrir en numerosas ocasiones en la divagación. Todo lo que recuerdo de aquella época se me presenta como una serie de conversaciones, de palabras y frases sugerentes que se me quedaron grabadas en el subconsciente.

Antes de nada, en seguida, comprendí hasta dónde llegaba la enfermedad de Hércules Poirot. Era un hombre desvalido, ciertamente. Estaba convencido de que era verdad lo que me había dicho: que su cerebro continuaba tan despejado como siempre Ahora bien, la envoltura física se había ido desgastando hasta tal punto que inmediatamente me hice cargo de que mi papel había de caracterizarse por su actividad, una actividad superior a la habitual. Tenía que convertirme, por así decirlo, en los ojos y los oídos de Poirot.

Todos los días, Curtiss cogía a su amo en brazos y le trasladaba adoptando todo género de precauciones a la planta baja, adonde había sido llevada previamente su silla de ruedas. Luego, conducía a Poirot al jardín, situándolo en un lugar ideal invariablemente, donde no hubiera corrientes de aire. Otros días, cuando hacía mal tiempo, lo llevaba al salón.

Siempre había una persona u otra que se sentaba junto a Poirot, dándole conversación, distrayéndole. Pero esto no era lo mismo que si Poirot hubiese podido seleccionar a su acompañante. Ya no estaba en condiciones de quedarse a solas con una persona por él escogida.

Al día siguiente de mi llegada, Franklin me llevó a un viejo estudio emplazado en el jardín, el cual había sido modificado de una manera esencialmente práctica, con objeto de que resultara útil para determinados propósitos científicos.

Tengo que dejar constancia aquí de una cosa: mi mente no tiene nada de científica. Al hacer referencia a los trabajos del doctor Franklin, por tanto, lo más seguro es que me valga de términos o expresiones inadecuadas, suscitando así los irónicos comentarios de las personas instruidas en ciertas graves disciplinas.

Por lo que yo, un simple abogado, pude colegir, Franklin estaba realizando experimentos con varios alcaloides derivados del haba del Calabar, las *fisostigmina* venenosa. Supe algo más sobre el particular a raíz de la conversación que sostuvieron un día Franklin y Poirot. Judith intentó ponerme al corriente del asunto con toda formalidad, situándose en un plano técnico casi incomprensible para mí. Se refirió como una consabida erudita a los alcaloides, a la fisostigmina, a la eserina, a la fisoveína y geneserina. Luego, me habló de la prostigmina o éster dimetilcarbónico, etc., citando otras sustancias más por el estilo...

Todo aquello, en suma, era chino para mí, y al final provoqué un acentuado gesto de desdén en Judith al preguntarle qué *bien* podía reportar todo eso a la humanidad. No hay ninguna pregunta que disguste más al científico... Inmediatamente, Judith me miró despreciativa, embarcándose en otra serie de misteriosas y sabias disquisiciones. Según pude descubrir, buceando en sus frases, en el África Occidental había unas tribus cuyos miembros mostraban una curiosa inmunidad frente a una temible enfermedad denominada «jordanitis», cuyo descubrimiento se debía a un doctor apellidado Jordan. Era una dolencia tropical extraordinariamente rara, que en una o dos ocasiones había sido contraída por personas de la raza blanca, con fatales resultados.

Conseguí sacar a Judith de sus casillas señalando que hubiera sido más sensato tratar de dar con alguna especialidad farmacéutica capaz de contraatacar los efectos secundarios del sarampión.

Compadecida de mí, sumamente desdeñosa, Judith me explicó con toda claridad que la única meta que valía la pena alcanzar en el campo de la ciencia no era el beneficio de la raza humana, sino la ampliación de los conocimientos humanos.

Examiné algunas plaquitas de vidrio en el microscopio, estudié varias fotografías de los nativos del África Occidental (nada seductores, por cierto), vi de reojo una rata medio adormilada en su jaula... y me apresuré a abandonar el laboratorio, con el deseo de respirar un poco de aire puro.

Como ya he dicho, el interés que todo aquel asunto podía inspirarme fue avivado por la conversación de Franklin con Poirot.

El doctor dijo:

—He de hacerle saber que esa sustancia, Poirot, queda más bien dentro de su campo que del mío... Con ella se lleva a cabo una prueba que sirve (es lo que se supone) para probar la inocencia o la culpabilidad de una persona. Las tribus del África Occidental creen en tal cosa, a pies juntillas... O creían, al menos. Ya sabe usted que el progreso lo invade todo. El caso es que esos hombres mastican la sustancia confiando en que la misma ha de matarles si son culpables, resultando inofensiva si son inocentes.

»No todos mueren. Esto es lo que siempre ha sido

pasado por alto hasta ahora. Existen muchas cosas detrás de eso, a mi juicio. Hay dos especies distintas de esa haba... Son tan iguales que apenas puede advertirse la diferencia. Sin embargo, difieren en algo. Las dos contienen fisostigmina, geneserina y todo lo demás, pero en la segunda especie se puede aislar (es lo que yo pienso, al menos) otro alcaloide... Y la acción de ese alcaloide neutraliza el efecto de los otros. Hay más: esa segunda especie es regularmente comida por una especie de círculo interior, en un ritual secreto... Y las personas que la comen nunca se ven aquejadas de jordanitis. Esta tercera sustancia ejerce un notable efecto sobre el sistema muscular, sin efectos deletéreos. Se trata de algo decididamente interesante. Por desgracia, el alcaloide puro es muy inestable. Sin embargo, estoy obteniendo resultados. Aunque lo deseable es una investigación más insistente *sobre el punto*. ¡Es un trabajo que hay que llevar a cabo! Sí... Sería capaz de vender mi alma al... —El hombre guardó silencio de pronto. La sonrisa se dibujó de nuevo en sus labios—. Dispense la expansión. ¡Suelo acalorarme demasiado con estas cuestiones!

—Como usted ha insinuado —dijo Poirot, plácidamente—, mi profesión se tornaría más fácil si yo pudiera comprobar la inocencia y la culpabilidad de una manera tan simple. ¡Ah! Si existiera una sustancia que tuviera las virtudes que se atribuyen al haba del Calabar...

Franklin contestó:

—Bueno, sus problemas no terminarían ahí. En fin de cuentas, ¿qué es la culpabilidad?, ¿qué es la inocencia?

—Creo que no debiera existir ninguna duda en cuanto a eso —subrayé.

El doctor se volvió hacia mí.

—¿Qué es el mal? ¿Qué es el bien? Las ideas sobre estos conceptos cambian de un siglo a otro. Lo que usted estaría comprobando sería, probablemente, una interpretación de la culpabilidad o una interpretación de la inocencia. Efectivamente, eso carecería de valor, en suma, como prueba.

—No sé cómo puede usted llegar a tal conclusión.

—Mi querido amigo: supongamos que un hombre cree que posee el derecho, por divino decreto, a matar a un dictador, a un prestamista, a un alcahuete, o a cualquier persona que infiere ataques a su moral. Comete entonces una acción que usted considera censurable, delictiva..., pero que él estima inocente. ¿Qué puede pintar en todo eso el haba del Calabar famosa?

—Seguramente —manifesté—, cuando se comete un crimen debe de existir una sensación de culpabilidad...

—A mí me gustaría poder matar a muchas personas, a montones —declaró el doctor Franklin, despreocupadamente—. No vaya usted a pensar que mi conciencia no me permitiría dormir tranquilamente después. Yo opino, personalmente, que un ochenta por ciento de la raza humana debiera ser eliminada. Lo pasaríamos mucho mejor todos sin los desaparecidos.

Franklin se levantó, echando a andar, dando grandes zancadas y silbando una cancioncilla, alegremente.

Me quedé mirándole, pensativo. Poirot me recordó su presencia con una leve risita.

—Tiene usted, amigo mío, el aspecto de una persona que acaba de dar con un nido de serpiente. Esperemos que el doctor no practique nunca lo que predica.

—Bueno, supongamos que ocurre lo contrario...

2

Tras algunas vacilaciones, decidí que debía efectuar un sondeo en el ánimo de Judith, pensando desde luego en Allerton. Estimaba que tenía que estar al corriente de sus reacciones. Yo sabía que ella era una joven equilibrada, capaz de cuidar de sí misma, y me resistía a creer que pudiera sentirse peligrosamente atraída por un sujeto como Allerton. Me imagino que abordé el tema porque pretendía pisar terreno firme en aquel asunto.

Por desgracia, no conseguí lo que me proponía... Actué con cierta torpeza. No hay nada que moleste tanto a los jóvenes como los consejos de sus mayores. Intenté dar a mis palabras un tono despreocupado y afectuoso. Me parece que fracasé en mis propósitos.

Judith se volvió hacia mí hecha un erizo.

—¿Qué significa esto? —se preguntó—. ¿Un aviso paternal para que sepa defenderme ante el lobo feroz?

—No, no, Judith, eso no...

—Tengo la impresión de que el comandante Allerton no es persona de tu agrado.

—Con franqueza: no. Sospecho que a ti también te sucede lo mismo que a mí...

—¿Por qué no ha de gustarme el hombre?

—Pues... ¡ejem!... ¿No es tu tipo, eh?

—¿Qué tipo consideras tú, padre, que es el mío?

Judith siempre ha sabido aturdirme. Me moví, nervioso. Ella me observaba, con los labios ligeramente dilatados, en una desdeñosa sonrisa.

—Por supuesto que no es de tu agrado —me dijo—. Yo, en cambio, lo encuentro sumamente divertido.

—¡Oh! Divertido, quizá...

Quise dar por terminada aquella conversación.

Judith señaló, marcando mucho las palabras, para que no se me escapara ninguna:

—Es un hombre muy atractivo. Cualquier mujer te dirá lo mismo que yo. Los varones, desde luego, no son capaces de verlo.

—Es natural —añadí, con idéntica torpeza que al principio—. Anoche estuviste con él hasta muy tarde, por ahí fuera...

No pude seguir. La tormenta estalló entonces.

—Verdaderamente, padre, no sé cómo puedes llegar a esto. ¿Es que no te das cuenta de que tengo ya años para saber cuidar de mis intereses personales? No tienes derecho a controlarme, a vigilar mis pasos. No irás a seleccionarme los amigos, ¿eh? Estas intromisiones en las vidas de los hijos es lo que nos irrita más de los padres. Yo te quiero mucho... Ahora bien, soy ya una mujer y mi vida es mía. No me vengas con predicaciones.

Me sentí sumamente dolido ante estas descorteses declaraciones, a las cuales no supe qué responder. Judith no tardó en separarse de mí.

Tuve la impresión de que acababa de hacer más mal que bien con mis palabras.

Encontrábame absorto en mis pensamientos cuando me sacó de mi ensimismamiento la voz de la enfermera de la señora Franklin, preguntándome:

—¿En qué piensa usted, capitan Hastings?

Me volví hacia la recién llegada, acogiendo de buen grado su interrupción.

La enfermera Craven era, realmente, una mujer de muy buen ver. De maneras muy vivas, resultaba, desde luego, una persona agradable e inteligente.

Acababa de situar a su paciente en un sitio donde daba bien el sol, a escasa distancia del improvisado laboratorio.

—¿Se interesa la señora Franklin por los trabajos de su marido? —inquirí.

La enfermera Craven hizo un gesto burlón.

—Es una labor la de ese hombre de carácter excesivamente técnico. He de decirle, capitán Hastings, que no nos hallamos ante una mujer inteligente.

—Creo que está usted en lo cierto.

—Por supuesto, los trabajos del doctor Franklin sólo pueden ser apreciados por una persona con conocimientos médicos. Él es un cerebro privilegiado, un individuo muy brillante. ¡Pobre hombre! A mí me da lástima.

—¿Le da lástima?

—Sí. He visto repetido este caso muy a menudo. Se ha equivocado en la elección de esposa, es lo que quiero decir.

—¿Cree usted que ella no es la esposa ideal para el doctor?

—¿Y usted qué opina? Son dos personas que no tienen nada en común.

—Él parece sentir una gran estima por ella —manifesté—. Se muestra constantemente atento, pendiente de sus deseos.

La enfermera Craven se echó a reír y su risa, ciertamente, no me gustó nada.

—¡Ya se ocupa ella de que eso sea así!

—¿Piensa usted que explota su posición... su salud, o falta de salud, mejor dicho? —pregunté, dudoso.

La enfermera Craven repitió su risa de unos momentos atrás.

—Poco puede enseñársele en lo tocante a los procedimientos a emplear para que se salga con la suya. Todo queda orientado siempre a su antojo. Hay muchas mujeres así... Son listas, hábiles como demonios. Cuando alguien les opone resistencia, se limitan a echarse hacia atrás, cerrando los ojos, haciéndose las enfermas, adoptando una actitud patética... Y cuando no, arman una trapatiesta, señalando a sus nervios como culpables de todo... Pero, bueno, la señora Franklin es del grupo de las patéticas. Se queda toda una noche sin dormir, por ejemplo, y por la mañana cualquiera puede verla muy pálida y extenuada.

—Pero ella es realmente una inválida, ¿no? —inquirí, sobresaltado, casi.

La enfermera Craven me miró de un modo muy particular, manifestando secamente:

—¡Oh! Naturalmente.

Seguidamente cambió de tema de conversación, con sorprendente brusquedad.

Me preguntó si era cierto que yo había estado en la casa con anterioridad, durante la Primera Guerra Mundial.

—Sí, desde luego, es cierto.

Bajó la voz.

—Aquí fue cometido un crimen, ¿no? Me lo dijo una de las criadas, una mujer ya entrada en años.

—Sí, sí.

—¿Y estaba usted aquí entonces?

—En efecto.

La mujer pareció estremecerse.

—Esto lo explica todo, ¿no?

—Explica... ¿qué?

La enfermera Craven miró brevemente a su alrededor.

—El... aire particular de esta casa... su atmósfera en general... ¿No se ha dado cuenta? Yo, sí. Hay algo que no está en orden aquí, algo malo... ¿Me entiende?

Guardé silencio unos instantes, reflexionando. ¿Era verdad lo que aquella mujer acababa de indicar? ¿Ocurría, quizá, que una muerte violenta, por ejemplo, dejaba una huella invisible en el escenario en que había ocurrido, una huella que era perceptible, de una manera u otra, años más tarde? ¿Había en Styles rastros concretos del suceso vivido allí en el pasado? En aquella casa, entre sus muros, en el jardín, una idea criminal había ido desarrollándose, tomando cuerpo, por así decirlo, traduciéndose luego en un hecho terrible.

¿Flotaba algo indefinible en aquel aire?

La enfermera Craven interrumpió mis reflexiones, manifestando de pronto:

—Una vez estuve en una casa en la que se cometió un crimen. Jamás he olvidado aquello. Es imposible olvidar una cosa así. Tratábase de un paciente mío. Tuve que ir a declarar, me sometieron a un interrogatorio. Me cayó muy mal aquello. Es una experiencia muy desagradable para una joven...

—Es lógico. Lo mismo, sé...

Guardé silencio. Boyd Carrington acababa de aparecer en la esquina de la casa.

Como de costumbre, su grande y boyante personalidad parecía barrer todas las sombras, todas las preocupaciones raras. Era un hombre tan bien conformado, tan sano, de aspecto tan saludable, a consecuencia de su vida al aire libre, que suscitaba exclusivamente optimismo y sentido común.

—Buenos días, Hastings. Buenos días, enfermera. ¿Dónde está la señora Franklin?

—Buenos días, sir William. La señora Franklin se encuentra al fondo del jardín, bajo el abeto que hay en las inmediaciones del laboratorio.

—Supongo que Franklin estará dentro del laboratorio...

—Sí, sir William... En compañía de la señorita Hastings.

—¡Qué chica ésta! ¿Cómo ha consentido en dejarse recluir en una mañana como ésta? Debiera usted protestar, Hastings.

La enfermera Craven se apresuró a decir:

—¡Oh! La señorita Hastings se siente muy feliz. Le gusta ese trabajo... Y el doctor no podrá arreglárselas sin ella, estoy segura.

—¡Condenado doctor! —exclamó Boyd Carrington—. Si yo tuviera la suerte de tener de secretaria a una chica tan linda como Judith me dedicaría a cuidar de ella en lugar de estar pendiente de los conejillos de Indias y demás bichejos.

Era ésta una broma que a Judith le habría caído muy mal. La enfermera Craven, en cambio, la celebró mucho, coreándola con sus risas.

—¡Oh, sir William! —exclamó, luego—. No debe usted decir esas cosas. Creo que todos nos figuramos lo que sería en tal situación. Pero ocurre que el doctor Franklin es un hombre tan serio... Él sólo vive para su trabajo.

Boyd Carrington declaró, despreocupadamente:

—Bueno, al parecer su esposa se ha situado estratégicamente, con el fin de no perder de vista a su marido. Yo creo que se siente celosa.

—¡Usted sabe demasiado, sir William!

La enfermera Craven daba muestras de sentirse encantada con este *badinage*. A continuación manifestó, en un tono que denotaba su pesar:

—Tengo que ocuparme ahora de que le sea servido a la señora Franklin su café con leche de costumbre...

Se alejó caminando lentamente y Boyd Carrington estuvo mirándola hasta el último momento.

—Una joven muy atractiva, ¿eh —comentó luego—. Tiene unos cabellos y unos dientes preciosos. Un buen ejemplar del bello sexo. Debe de ser muy aburrida su vida, siempre entre gente enferma. Una mujer se merece mejor suerte.

—Supongo que tarde o temprano acabará casándose —comenté, a mi vez.

—Espero que sea así.

El hombre suspiró... Por mi cabeza cruzó la idea de que estaba en aquellos momentos pensando en su difunta esposa. Mi interlotutor me preguntó seguidamente:

—¿Le gustaría acompañarme hasta Knatton? Así vería usted aquello.

—De acuerdo. Pero antes quisiera saber si Poirot me necesita para algo.

Poirot estaba en la terraza, bien acomodado. Me animó a que hiciera aquel desplazamiento.

—Vaya, Hastings, vaya usted a Knatton. Creo que es una hermosa finca. Debe usted verla.

—No quería apartarme de usted...

—¡Mi fiel amigo! Tiene que acompañar a sir William. Es un hombre encantador, ¿verdad?

—Una gran persona —repuse, con entusiasmo.

Poirot sonrió.

—¡Oh, sí! Yo sabía que le agradaría.

III

Aquella excursión fue muy de mi agrado.

No solamente porque hizo un día magnífico, un es-
tupendo día de verano, sino también por las condiciones de mi acompañante.

Boyd Carrington poseía ese magnetismo personal,
esa experiencia que da la vida y los viajes, cosas que
determinan un don de gentes inestimable en el ser humano. Me refirió historias de sus años de estancia en
la India me puso al corriente de las costumbres y sa-
beres de las tribus de África Oriental... Todo lo que me
contó me pareció tan interesante que por unas horas
olvidé las preocupaciones relativas a Judith y las inquietudes suscitadas por las palabras de Poirot.

Me complacieron mucho, además, las manifestaciones de Boyd Carrington relacionadas con mi amigo.
Sentía por él un gran respeto. Por él y por su obra. Resultaba muy triste su postración física actual... Boyd
Carrington no era dado a formular palabras de compasión. Parecía pensar que una existencia como la de
Poirot constituía en sí misma una rica recompensa, pu-
diéndose dar aquél por satisfecho.

—Por añadidura —declaró—, su cerebro continúa
siendo el de siempre.

—En efecto —corroboré.

—Es un gran error pensar que por el hecho de tener
las piernas casi inservibles un hombre, su mente ha de
encontrarse en el mismo estado. Nada de eso. Normalmente, el trabajo mental perjudica mucho menos de lo
que uno cree. La verdad es que no me atrevería a co-

meter un crimen por donde estuviera Hércules Poirot...

—Mi amigo acabaría atrapándolo a usted, si tal hiciera —manifesté, sonriendo.

—Es lo más probable... Bueno —añadió mi interlocutor, muy serio—, ocurre también que yo obraría con mucha torpeza en una situación semejante. No sirvo para forjar planes, ¿sabe? Soy demasiado impaciente. Si yo cometiera alguna vez un crimen sería a consecuencia de un impulso repentino, de pronto...

—Este tipo de crimen es el más difícil de aclarar, en muchos casos.

—No creo. Lo más probable es que yo dejara pistas de todo género, pistas que me apuntarían a los ojos del investigador. Es una suerte que no haya venido al mundo con una mente criminal. Sólo hay una clase de hombres que yo no vacilaría en matar si no se me ofreciera otra alternativa: el chantajista. Quizá le toque esto, ¿eh? Siempre he pensado que a los chantajistas debieran fusilarlos. ¿Qué dice usted a esto?

Confesé que compartía su punto de vista.

Pasamos a ver las obras que se habían llevado a cabo en la casa. Un joven arquitecto fue en busca nuestra para explicárnoslo todo.

Knatton databa en su mayor parte de la época Tudor. A la finca le había sido agregada un ala más tarde. No había sido modernizada ni sufrido alteraciones tras la instalación de dos primitivos cuartos de baño a mediados del siglo anterior.

Boyd Carrington me explicó que su tío había sido como un ermitaño. Le desagradaba el trato con la gente y había estado viviendo en un rincón de la gran casa. Boyd Carrington y su hermano habían sido tolerados allí, pasando en el lugar sus vacaciones escolares antes de que sir Everard se convirtiera en el recluso que fue después realmente, por voluntad propia.

El viejo se había mantenido soltero, gastando a lo largo de su vida una décima parte de su elevada renta.

Después de haber efectuado los pagos consiguientes de la transmisión de bienes y otras cosas, el actual baronet descubrió que era un hombre muy rico.

—Pero también un solitario —dijo, suspirando.

Guardé silencio. Mi simpatía era demasiado sincera para expresarla con palabras. Yo era, asimismo, un solitario. Desde la muerte de Cinders, me consideraba algo así como la mitad de un ser humano.

Un tanto a destiempo, luego, expresé parte de lo que sentía.

—¡Oh, sí, Hastings! Pero usted tuvo algo que yo nunca poseí.

Hizo una pausa y después, con frecuentes interrupciones, mi interlocutor esbozó su tragedia.

Había disfrutado de la compañía de una esposa joven y bella. Era una atractiva criatura, colmada de encantos, aunque víctima de una oscura herencia. Casi todos su familiares habían muerto a consecuencia de los abusos alcohólicos y ella fue víctima de la misma maldición. Un año después de la boda, la joven sucumbía por idéntica razón. Él no le reprochó nada en ningún momento. Se hizo cargo: aquella tara hereditaria había sido demasiado fuerte para que ella pudiera eludirla.

Tras el fallecimiento de su esposa, había llevado una solitaria existencia. Entristecido por su experiencia, decidió entonces no volver a contraer matrimonio.

—Solo, se siente uno más seguro —explicó, simplemente.

—Sí. Creo que comprendo perfectamente sus sentimientos.

—Todo aquello fue una verdadera tragedia, que me hizo envejecer prematuramente, dejando un amargo poso en mi vida —Boyd Carrington hizo una pausa, añadiendo después—: Es verdad... Una vez sentí la tentación de probar de nuevo. Pero... ¡era ella tan joven! Estimé que no era justo ligarla a un hombre desilusionado. Era yo demasiado viejo... Ella, una niña, casi, no había sido castigada por la vida.

Boyd Carrington calló, moviendo la cabeza expresivamente.

—¿No resultaba lógico que ella también opinara sobre el caso?

—No lo sé, Hastings. Pensé que no. Al parecer, yo... yo le gustaba. Pero... ya se lo he dicho: ¡era tan joven! Siempre la recordaré tal como la vi el día de nuestra separación. Había inclinado la cabeza levemente a un lado, mirándome desconcertada... Su menuda mano...

Calló nuevamente. Sus palabras me hacían evocar una figura que se me antojaba vagamente familiar, aunque no acerté a averiguar por qué.

La voz de Boyd Carrington, repentinamente áspera, interrumpió el curso de mis reflexiones.

—Fui un estúpido —dijo—. Todos los hombres que dejan pasar la ocasión de ser felices sin aprovecharla merecen ese calificativo. Y ahora, aquí me tiene, convertido en propietario de una casa que me viene demasiado grande, sin la graciosa presencia de una mujer que se siente a la cabecera de mi mesa.

En su manera de contarme aquello descubría yo cierto añejo encanto. Sus palabras conjuraban todo un cuadro, una escena de otro mundo, saturado de calma, de serenidad.

—¿Dónde se encuentra esa joven ahora? —inquirí.

—¡Oh! Se casó —Boyd Carrington se apresuró a cambiar de tema de conversación—. Lo cierto es que ahora, Hastings, me encuentro moldeado para seguir llevando la existencia del solterón. Tengo mis personales manías. Vamos a echar un vistazo a los jardines. Han estado descuidados durante mucho tiempo, pero aún se advierte en ellos la calidad que tuvieron, el esplendor de otros días.

Dimos un largo paseo por la finca y a mí me produjo una gran impresión todo lo que vi. Knatton, evidentemente, era una hacienda preciosa y no era de extrañar que Boyd Carrington se sintiese orgulloso de ella. Éste conocía a sus vecinos y a la mayor parte de las personas que se movían habitualmente por la zona, si bien habían aparecido por ella nuevas caras en los últimos tiempos.

Había conocido al coronel Luttrell años atrás, expresando su deseo formal de que la aventura de Styles le diera resultados positivos.

—El pobre Toby Luttrell anda muy apremiado económicamente, ¿sabe usted? —dijo—. Una buena persona. Fue también un excelente soldado, un gran tirador... Una vez, le acompañé en un «safari» africano. ¡Ah, qué días aquéllos! Ya estaba casado por entonces, desde luego, pero su esposa no participó en aquel viaje, gracias a Dios. Era una mujer muy guapa..., Pero siempre ha sido como es ahora: regañona, insufrible. Hay que ver las cosas que llega a aguantar un hombre de una mujer. En el ejército, los subordinados de Toby Luttrell temblaban cuando éste levantaba la voz. ¡Era un ordenancista terrible! Y aquí lo tiene usted ahora, acorralado por su esposa, reaccionando pacíficamente ante sus denuestos. Indudablemente, ella tiene una lengua viperina. No obstante, hay que reconocer que es inteligente. Si existe alguien capaz de convertir Styles en un establecimiento rentable, esa persona es la esposa. A Luttrell nunca se le dieron bien los negocios... La señora Luttrell, en cambio, acabaría por desollar a su abuela si fuese necesario...

—Con los demás, su conducta es bien diferente —me quejé.

Boyd Carrington se echó a reír.

—Lo sé. Con los demás es todo dulzura. ¿Ha jugado usted al bridge alguna vez con ellos?

Contesté afirmativamente.

—Yo tengo la costumbre —declaró Boyd Carrington— de mantenerme lo más alejado posible de las jugadoras de bridge. Voy a permitirme darle un consejo: haga lo mismo que yo. Saldrá ganando.

Le conté lo molestos que nos habíamos sentido Norton y yo en la primera noche de mi llegada.

—Es cierto. Uno acaba por no saber a dónde mirar. —Boyd Carrington añadió—: Ese Norton es un tipo agradable. Lo encuentro muy callado, sin embargo. Se pasa la vida observando las idas y venidas de los pájaros. No ha pensado en disparar sobre ellos, me dijo en una ocasión. ¡Extraordinario! No comprende el deporte de la caza. Yo le contesté que se había perdido muchas emociones... No sé qué puede sacar de pasarse la vida con los prismáticos en las manos, escudriñando entre los ramajes de los árboles.

Ni él ni yo podíamos pensar entonces que el pasatiempo de Norton estaba destinado, quizás, a representar un importante papel en los acontecimientos posteriores.

CAPÍTULO VIII

I

PASABAN los días... Era aquél un período de tiempo que no suscitaba ninguna satisfacción en mí. Experimentaba la sensación, bastante desagradable, de estar aguardando algo.

No ocurría nada. Creo que puedo decirlo así. ¡Oh! Se producían pequeños incidentes, llegaban a mis oídos retazos de raras conversaciones, conceptos relativos a los diversos habitantes de Styles, observaciones aclaratorias... Todo aquello constituía un material aprovechable. De haber conjuntado bien aquellos elementos hubiera podido llegar a conclusiones...

Fue Poirot quien, con unas cuantas enérgicas palabras, me enseñó algo que yo no había sabido ver.

Me estaba quejando por enésima vez por no haberse decidido a confiar del todo en mí. Le indiqué que no era justo. Insistí en que siempre los dos habíamos sabido lo mismo... Sí. Aunque yo hubiera demostrado hallarme en posesión de una mente obtusa; aunque hubiese quedado probado hasta la saciedad que había sido él quien, astutamente, aportara los conocimientos de que disfrutábamos ambos.

Agitó una mano, en un gesto de impaciencia.

—Por supuesto, amigo mío: no es justo. Esto, decididamente, no resulta deportivo. Admito lo que acaba de decir y algo más. Pero es que sucede que esto no es un juego... Aquí no hay *sport* que valga. Usted sólo piensa en descubrir, como sea, la identidad de X. Yo no lo hice venir aquí para esto. No es necesario que se ocupe de tal extremo. Yo conozco la respuesta a esa pregunta. Ahora bien, lo que no sé yo y lo que yo debo averiguar es esto: «¿Quién va a morir muy pronto?» Es una pregunta, *mon vieux*, que no se plantea con el afán de pasar el rato jugando a los acertijos. Se trata de impedir la muerte de un ser humano.

Experimenté un gran sobresalto.

—Naturalmente —contesté, pensativo—. Yo... Bueno, creo que usted ha llegado a decirme ya algo parecido antes, pero la verdad es que no lo había comprendido del todo...

—Pues compréndalo ahora, inmediatamente.

—Sí, sí... Voy a hacer lo posible para...

—Bien. ¿Está usted en condiciones de decirme, Hastings, quién va a morir aquí?

Miré a Poirot, extrañado.

—No tengo la más ligera idea.

—¡Pues debe usted hacerse con una! ¿Para qué está aquí?

Volví a coger el hilo de mis meditaciones sobre el tema.

—Tiene que existir —manifesté— alguna relación entre la víctima y X, así que si me dice quién fue X...

Poirot hizo un movimiento denegatorio de cabeza tan enérgico que temí que se hubiera hecho daño en el cuello.

—¿No le he revelado ya la esencia de la técnica empleada por X? No habrá nada que relacione a X con el suceso. Esto es lo cierto.

—Existirá una conexión, pero oculta, quiere usted decir.

—Tan oculta que ni usted ni yo la veremos.

—Pero, tal vez, si estudiáramos el pasado de X...

—¿En qué forma? No disponemos de tiempo tampoco para eso. El asesinato puede ser cometido en cualquier momento, ¿comprende?

—¿En esta casa?

—En esta casa.

—¿Y no sabe usted quién es, probablemente, la víctima escogida, ni cómo se cometerá ese crimen?

—¡Oh! Si yo supiera eso no estaría apremiándole para que llevara a cabo determinadas averiguaciones.

—¿Basa usted simplemente su suposición en la presencia de X?

Le di a entender que tenía mis dudas... Poirot, cuyo autodominio había ido disminuyendo, conforme perdían fuerza sus piernas, me habló ahora a gritos, casi.

—¡Ah, *ma foi!* ¿Cuántas veces tendré que volver sobre esto mismo? ¿Qué significado tiene para usted el hecho de que un puñado de corresponsales de guerra se sitúen en un punto concreto de Europa? Eso significa, sencillamente, ¡la guerra! ¿Qué quiere decir el hecho de que cierto número de médicos procedentes de varias partes del mundo se congreguen en una ciudad? En este caso, pensaremos que va a celebrarse una convención sanitaria, ¿no? Si usted ve unos buitres revoloteando sobre determinado trozo de terreno, ¿verdad que lo lógico es esperar que haya un cadáver por allí? Si usted ve avanzar a unos cazadores por la campiña, hay que esperar que haya tiros, puesto que están dando una batida. Si usted ve a un hombre deteniéndose de pronto junto al mar para despojarse de sus ropas y arrojarse a éste, lo lógico es pensar que se dispone a salvar a alguien que está en peligro de morir ahogado, ¿no es así?

»Cuando unas damas ya entradas en años y de respetable apariencia se asoman, curiosas, por encima de un seto, hemos de deducir que allí está ocurriendo algo impropio de unas personas de buenas costumbres, algo que atenta contra la moral, seguramente. Finalmente, si llega a su nariz un tufillo culinario delicioso, y ve que varias personas avanzan por un pasillo, en la dirección conveniente, hay que suponer que está a punto de ser servida la comida...

Consideré tranquilamente estos ejemplos. A continuación manifesté, aludiendo al primero:

—No obstante, un solo corresponsal no hace una guerra.

—Desde luego que no. Igual que una sola golondrina no hace verano. En cambio, un criminal, Hastings, sí puede dar lugar a un asesinato.

Eso, por supuesto, era innegable. Pero yo caí en algo en lo que Poirot parecía no haber reparado: hasta los criminales tienen sus períodos de descanso, de puro ocio. X podía estar en Styles con el propósito de tomarse unos días de reposo, sin abrigar necesariamente intenciones asesinas. Poirot se hallaba tan excitado, sin embargo, que no me atreví a hacerle aquella sugerencia. Repuse, simplemente, que allí, de momento, no podíamos hacer nada, que debíamos esperar...

—Esperar a ver qué pasa —remató Poirot—. Esto es precisamente, *mon cher,* lo que no debemos hacer. Observe que yo no le digo que vayamos a triunfar, puesto que, como ya creo haber señalado, cuando un asesino está dispuesto a matar no resulta fácil impedírselo. Pero podemos probar suerte, al menos. Imagínese, Hastings, que tiene un problema de bridge sobre la mesa. Usted puede ver todas las cartas. Todo lo que se le pide es que prevea el resultado...

Moví la cabeza a un lado y a otro.

—No hay nada que hacer, Poirot. No tengo ni la más leve idea. Si yo supiera quién era X...

Poirot levantó nuevamente la voz. La levantó tanto que Curtiss llegó corriendo, procedente de la habitación contigua, mostrándonos una cara de susto terrible. Poirot agitó una mano para indicarle que se fuera. Mi

amigo, a continuación, tornó a hablar, más reposada-
mente ahora.

—Vamos, vamos, Hastings... Usted no es todo lo estúpido que se finge ahora. Usted ha estudiado los casos
de los papeles que le di a leer. Es posible que no sepa
quién es X, pero se halla al tanto de la técnica de X,
de la que emplea para cometer sus crímenes.

—¡Oh! Ya le entiendo.

—Claro que me entiende. Su principal defecto, Hastings, radica en su pereza mental. A usted le agradan
los juegos, los acertijos. No le gusta, en cambio, trabajar con la cabeza rigurosamente. ¿Cuál es el elemento
esencial de la técnica de X? Simplemente, éste: el crimen, una vez cometido, resulta *completo*. Es decir, nos
encontramos con un móvil, hay una oportunidad, hay
un medio, y, lo que es más importante, la persona culpable...

Capté en seguida el punto esencial y comprendí que
había sido un necio al no captarlo antes.

—Ya —repuse—. No tengo más que mirar a mi alrededor, para descubrir a alguien que... que responda
a todos esos requisitos..., la víctima en potencia.

Poirot se reclinó en su silla, con un suspiro.

—*Enfin!* Estoy muy cansado. Dígale a Curtiss que
venga. Usted ha comprendido cuál es su trabajo ahora.
Usted es un hombre activo, está en condiciones de ir
de un lado para otro, puede seguir a la gente, hablar
con todos, espiarlos sin ser visto...

Estuve a punto de exteriorizar una protesta, pero
opté por callar. Nos hubiéramos acalorado los dos demasiado, de plantearse una discusión.

—...Puede usted escuchar las conversaciones que sos-
tienen los demás, dispone de unas rodillas que todavía
pueden doblarse, lo cual le permitirá arrodillarse para
aplicar un ojo a las cerraduras...

—Nunca haré tal cosa —le advertí, indignado.

Poirot entornó los ojos.

—Está bien. No se valdrá de las cerraduras para su labor de espía. Será el caballero inglés de siempre y alguien caerá ante su asesino, inevitablemente. Esto no tiene importancia. Un caballero inglés ha de pensar sobre todo en su honor personal. Su honor es más importante que la vida de un ser humano. Bien. Está comprendido...

—No es eso, Poirot. Es que existen ciertos límites, dentro de los cuales...

Poirot me interrumpió, fríamente:

—Dígale a Curtiss que venga. Váyase ahora. Es usted una persona obstinada y extremadamente estúpida. Quisiera disponer de otro hombre, en quien poder confiar, pero supongo que me veré obligado a seguir con usted y sus absurdas ideas sobre el juego limpio. Ya que no puede valerse de su sustancia gris, puesto que no dispone de ella, válgase de sus ojos, de sus oídos, de su nariz... Siempre y cuando, naturalmente, el empleo de esos sentidos se avenga con los dictados de su honor personal.

II

Al día siguiente, me aventuré a esbozar una idea que se me había ocurrido en más de un momento. Lo hice con ciertas vacilaciones, ya que nadie sabe cómo puede reaccionar Poirot.

—Me consta, Poirot —dije a mi amigo—, que dejo mucho que desear en diversos aspectos. Usted señaló que yo era un estúpido... Es cierto. Por otro lado, me considero un hombre a medias. Desde la muerte de Cinders...

Guardé silencio. Poirot emitió un gruñido indicativo de simpatía.

Continué diciendo:

—Aquí hay un hombre que podría ayudarnos... Se

trata precisamente del hombre que nosotros necesitamos. Es un individuo de cerebro despejado, imaginación, posee grandes recursos... Está habituado a tomar decisiones; es un hombre de gran experiencia. Le estoy hablando de Boyd Carrington. Es el hombre que necesitamos, Poirot. ¿Por qué no confía usted en él? ¿Por qué no ponerle al corriente de todo?

Poirot abrió mucho los ojos, respondiendo sin la menor vacilación:

—Desde luego que no, Hastings.

—¿Por qué? No irá usted a decirme que no es un hombre inteligente, más inteligente que yo, por supuesto.

Poirot manifestó, sarcástico:

—No tendría que esforzarse mucho para demostrar que eso es cierto, Hastings. Sin embargo, deseche esa idea, amigo mío. Nadie más ha de saber lo que nosotros sabemos. ¿Me ha comprendido bien? Seré más explícito: le prohíbo que hable de este asunto con nadie.

Todavía me resistí:

—De acuerdo... Puesto que usted lo quiere así... Pero la verdad es que Boyd Carrington...

—Boyd Carrington... ¿Por qué está tan obsesionado con él? ¿Quién es él, después de todo? Se trata, en fin de cuentas, de un pomposo hombretón, muy satisfecho de sí mismo porque la gente le da el trato de «excelencia». No he de negar, claro, que es un individuo de mucho tacto, de agradables maneras. Pero su Boyd Carrington no tiene nada de personaje maravilloso. Se repite mucho, anda contando siempre la misma historia... Por añadidura, tiene una memoria tan mala que a veces hace suyo lo que uno le refiere, poniéndose en evidencia. ¿Le juzga un tipo de gran habilidad? ¡No hay nada de eso! Es un sujeto fastidioso, aburrido, vacío. En fin, en ese hombre sólo cuentan las apariencias.

—¡Oh! —me limité a exclamar ante tan contundentes consideraciones.

Lo que acababa de decir Poirot acerca de la memoria de Boyd Carrington era cierto. Había tenido un fallo grande. Ahora comprobaba que éste le había caído a Poirot muy mal. Mi amigo le había referido una historia de sus días de policía en Bélgica. Dos días más tarde, hallándonos varios reunidos en el jardín, Boyd Carrington, olvidado por completo de sus antecedentes, había empezado a contar a Poirot la misma aventura con estas palabras a manera de prólogo:

«—Recuerdo que el Chef de la Sûreté de París me contó en una ocasión...»

Me di cuenta en aquellos instantes de que Poirot no le perdonaba el fallo.

Decidí guardar silencio y retirarme.

III

Me trasladé a la planta baja, saliendo al jardín. No vi a nadie de momento y avancé por entre unos árboles enfrentándome con una pequeña elevación rematada por un cenador que se hallaba en avanzado estado de decrepitud. Me senté, encendí mi pipa y me entregué a mis reflexiones.

¿Quién había en Styles que tuviera un motivo concreto para pensar en matar?

Dejando a un lado al coronel Luttrell, quien, bastante justificadamente, hubiera podido pegarle un hachazo, por ejemplo, a su esposa, en el transcurso de una partida de bridge (cosa que seguramente no sucedería nunca), no acerté a pensar en nadie más que pudiera albergar ideas homicidas.

Lo malo era que yo, en realidad, no conocía muchas cosas acerca de las personas que me rodeaban. Ahí estaba Norton, por ejemplo. Y la señorita Cole. ¿Cuáles eran los móviles habituales, que conducían al crimen?

¿El dinero? Boyd Carrington, creía, era la única persona rica del grupo. Si moría, ¿quién heredaría su dinero? ¿Alguna de las personas presentes en la casa? Estimaba que no, pero se trataba de un punto que merecía unas cuantas investigaciones.

Podía dejar su dinero para los investigadores científicos, convirtiendo a Franklin en su depositario. Esto, con las más bien imprudentes declaraciones del mismo sobre el asunto de la eliminación del ochenta por ciento de la raza humana, colocaba al pelirrojo doctor en un apartado especial. Podía suceder también que Norton, o la señorita Cole, fuesen parientes lejanos, heredando automáticamente. Esto parecía un poco traído por los pelos, pero resultaba posible. ¿Saldría beneficiado el coronel Luttrell, un viejo amigo, con la muerte de Boyd Carrington, por el hecho de que éste le asignara alguna cantidad en su testamento?

Con tales hipótesis quedaba agotado el capítulo del dinero como elemento determinante del crimen. Entonces, me puse a considerar otras posibilidades de naturaleza más romántica.

Los Frankin... La señora Franklin era una inválida. ¿Sería posible que estuviese siendo envenenada lentamente? ¿Recaería la responsabilidad de su muerte en el esposo? Era médico, disponía de oportunidades y medios indudablemente. En cuanto al móvil... Sentí un desagradable sobresalto al ocurrírseme la idea de que Judith pudiera llegar a estar implicada en aquel asunto. Yo tenía buenas razones para saber que sus relaciones eran de tipo profesional exclusivamente... Pero, ¿creería en general tal cosa el público? ¿Lo creería un policía escéptico, resabiado? Judith era una mujer joven y muy bella. En muchos crímenes, la causa determinante del delito había sido la persona de una secretaria, de una ayudante de laboratorio. Esta posibilidad me dejó muy preocupado.

Pensé en Allerton, luego... ¿Existiría alguna razón

que justificara la eliminación de Allerton? Si allí tenía que cometerse un crimen, ¡yo elegía a Allerton como víctima! A cualquiera se le ocurrían móviles válidos para acabar con él. La señorita Cole, aunque había dejado ya la juventud atrás, era todavía una mujer de muy buen ver. Ella podía actuar impulsada por los celos, en el caso de que hubiese tenido relaciones íntimas con Allerton. No había razones para estimar que éste fuese el caso. Además, si Allerton era X...

Moví la cabeza, impaciente. Todo esto no iba a llevarme a ninguna parte. Oí un rumor de pasos en la grava y levanté la cabeza. Era Franklin, quien caminaba rápidamente, en dirección a la casa, con las manos hundidas en los bolsillos, con la cabeza proyectada hacia delante. Su actitud general era de abatimiento. Siempre le había visto «en guardia». Habiéndole sorprendido con aquel aire especial, descuidado, llegué a la conclusión de que parecía un hombre profundamente desgraciado.

Tan absorto me hallaba mirándole que no oí otras pisadas más cercanas. Éstas eran de la señorita Cole.

—No la oí acercarse —comenté, poniéndome en pie rápidamente.

Estaba contemplando el cenador.

—Una reliquia victoriana, ¿eh?

—Cierto. Y con muchas telarañas, creo. Siéntese aquí. Sacudiré el polvo del asiento para que no se manche.

Se me había ocurrido que allí tenía la oportunidad de conocer mejor a una de las mujeres que se encontraban en la casa. Estudié a la señorita Cole furtivamente mientras ponía el asiento en condiciones de ser ocupado.

Era una mujer que había rebasado los treinta años, sin llegar a los cuarenta, de faz muy pálida y ojerosa, con un perfil muy enérgico y unos ojos verdaderamente bellos. Observábase en su persona un aire de reserva...

de recelo, mejor dicho. Pensé que me encontraba ante una persona que había sufrido, que, en consecuencia, no ponía mucha ilusión en la vida. Decidí que me agradaría saber algo más acerca de Elizabeth Cole.

Me guardé el pañuelo, diciéndole:

—Ya está. No puedo limpiarla mejor.

—Gracias —repuso ella, sentándose, sonriente.

Me acomodé a su lado. Las maderas crujieron bajo nosotros, pero no sucedió ninguna catástrofe.

—¿En qué estaba usted pensando a mi llegara? —inquirió la señorita Cole—. Debía de tratarse de algo muy absorbente.

—Me fijaba en el doctor Franklin —confesé.

—¿Ah, sí?

No acerté a ver nada que me aconsejara callar lo que había pasado por mi mente.

—Me sorprendió que me pareciera en estos instantes un hombre desgraciado.

Mi interlocutora contestó:

—Naturalmente que es un hombre desgraciado. ¿No se había dado cuenta de ello hasta ahora?

Creo que di muestras de extrañeza. Repuse, vacilante:

—Pues no... no... Yo siempre le había tenido por una persona absorta en su trabajo profesional de un modo exclusivo, desligada de todo lo demás.

—Así se conduce, en efecto.

—¿Y se puede llamar esto infelicidad? Yo diría que ése es el estado perfecto para un ser humano.

—Depende... Deja de serlo cuando uno tropieza con algo que le impide realizar sus deseos.

Miré a la señorita Cole un tanto desconcertado. Ella continuó hablando:

—En el curso del otoño pasado, al doctor Franklin se le deparó la oportunidad de trasladarse a África, con objeto de proseguir allí sus investigaciones. Usted sabe que es un hombre inteligente y activo y que ha realizado una labor de primera categoría en el campo de la medicina tropical.

—¿Y no realizó ese viaje?

—No. Su esposa se opuso. Ella no estaba en condiciones de soportar el clima de la región que habían de visitar. Por añadidura, tampoco accedió a quedarse sola aquí, especialmente teniendo en cuenta que iba a tener que vivir con poco dinero. La remuneración del doctor no era muy elevada.

Consideré, como si reflexionara en voz alta:

—Me imagino que él pensó que debido a su estado de salud no podía dejarla...

—¿Usted sabe muchos detalles acerca del estado de salud de esa mujer, capitán Hastings?

—No, claro... Yo... Ahora bien, se trata de una mujer que está inválida, ¿no?

—Ciertamente que no se encuentra muy bien, que *disfruta* de mala salud —contestó la señorita Cole, secamente.

La miré, pensativo. Veíase perfectamente que sus simpatías se centraban en el esposo.

—Supongo —declaré— que las mujeres carentes de fortaleza física suelen volverse egoístas...

—Sí. Las personas inválidas, las inválidas crónicas, a mi juicio, son muy egoístas normalmente. Quizá no pueda reprochárseles eso. Es muy fácil caer en tal egoísmo.

—Usted, seguramente, no cree que lo de la señora Franklin sea muy grave, ¿eh?

—Bueno, yo no me atrevería a decir tanto. Se trata de una sospecha tan sólo. Ella parece arreglárselas siempre muy bien para conseguir lo que desea.

Reflexioné en silencio durante uno o dos minutos. Se me ocurrió pensar que la señorita Cole estaba familiarizada con las circunstancias particulares del matrimonio Franklin. Le pregunté, curioso:

—Supongo que usted conoce a fondo al doctor Franklin. ¿Es así?

Ella movió la cabeza a un lado y a otro.

—¡Oh, no! Antes de encontrarnos aquí, yo había charlado con ellos un par de veces, no más.

—Pero yo me imagino que él debió de hablarle de sí mismo.

Otro movimiento de cabeza denegatorio.

—Lo que acabo de exponerle a usted, verdaderamente, lo sé gracias a su hija Judith.

Judith, me dije, con bastante amargura, se confiaba a cualquier persona... menos a mí.

La señorita Cole continuó diciendo:

—Judith se encuentra sumamente identificada con su jefe, hallándose siempre dispuesta a salir en defensa suya. Ella condena sin rodeos el egoísmo de la señora Franklin.

—¿Cree usted que es una egoísta, sinceramente?

—Sí, pero veo con claridad su punto de vista. Yo... yo... comprendo a los inválidos. Comprendo también la flexibilidad de que hace gala el doctor Franklin. Judith, desde luego, opina que debe instalar a su mujer en cualquier parte, para poder continuar con su trabajo sin trabas. Su hija colabora entusiásticamente en su labor científica.

—Lo sé —repuse, más bien desconsolado—. Su entrega a esa labor constituye una de mis preocupaciones. No parece una cosa natural... ¿Usted me comprende? Estimo que Judith debiera ser... más humana. Debía interesarle más divertirse un poco, por ejemplo. ¿Por qué no ha de tener sus amigos? ¿Por qué no ha de enamorarse de uno de ellos? En fin de cuentas, es en la juventud cuando uno se lanza a conocer las cosas más diversas... No es lógico que una muchacha como ella viva constantemente entre tubos de ensayo. En nuestra juventud lo pasábamos bien, nos divertíamos, flirteábamos... Usted ya sabe...

Hubo un momento de silencio. Luego, la señorita Cole dijo, muy fría:

—No, yo no sé nada.

Me sentí horrorizado. Inconscientemente, me había expresado como si los dos hubiésemos sido de la misma edad. Recordé de pronto que yo le llevaba más de diez años. Había demostrado una falta de tacto terrible.

Me excusé lo mejor que pude. Ella se apresuró a interrumpirme.

—Oh! Yo no me he referido para nada a eso... Por favor, no siga excusándose. Le he señalado que yo no sabía nada. Es cierto. Nunca supe lo que significaba ser «joven». Jamás lo he pasado bien en la vida...

Algo extraño que advertí en su voz, una amargura infinita, un profundo resentimiento, me dejó perplejo. Contesté, lacónico, pero sincero:

—Lo siento.

Mi interlocutora sonrió.

—¡Oh! No importa ya. No se muestre tan afectado, capitán Hastings. Hablemos de otra cosa.

Obedecí.

—Cuénteme algo sobre las otras personas que se alojan en la misma casa que nosotros —le pedí—. A menos que le sean desconocidas.

—Conozco a los Luttrell de toda la vida. Resulta triste que se vean obligados a intentar esto... Especialmente, por lo que a él respecta. Es un hombre excelente. Y ella es mejor de lo que puede usted estar pensando. Ha tenido que pasarse toda su existencia arañando de aquí y de allá, tornándose al final rapaz. Es lo que suele ocurrir en estos casos. Lo que más me disgusta de ella es que sea tan dada a toda clase de extremos.

—Hábleme del señor Norton.

—Poco se puede decir acerca de él. A mí me parece muy amable, más bien tímido... Quizá pueda ser tachado de estúpido. Siempre estuvo delicado físicamente. Vivió con su madre, una mujer regañona, necia como el hijo. Tenía mucho ascendiente sobre él; murió hace unos cuantos años. Norton es muy aficionado a los pájaros y a las flores, y otras cosas de la naturaleza. Es muy atento... Y a él no se le escapa nada.

—¿Gracias a sus prismáticos, tal vez?

La señorita Cole sonrió.

—Bueno. no me refería exclusivamente a ellos. Es que le considero un buen observador, con prismáticos y sin ellos. Esta cualidad suele darse con frecuencia en las personas que son como él. No le juzgo egoísta, desde luego. Está siempre pendiente de los demás... Sí que podríamos aplicarle en cambio el calificativo de inefectivo... No sé si me entiende.

Asentí.

—¡Oh, sí! La comprendo muy bien.

Elizabeth Cole manifestó de súbito, y una vez más advertí en su voz la inflexión de amargura de antes:

—He aquí la faceta deprimente, la que se aprecia en todos los sitios como éste. Casas de huéspedes regidas por gentes venidas a menos... Se localizan fallos enormes... Se trata en general, siempre, de hombres y mujeres que jamás llegaron a ninguna parte, que nunca llegarán a ningún sitio... Son gentes quebrantadas, derrotadas por la vida, gentes ya viejas, cansadas... liquidadas.

Su voz fue perdiendo intensidad progresivamente. Sentí una tristeza inmensa. ¡Cuánta razón tenía! En aquella casa nos habíamos congregado unas cuantas personas situadas en el crepúsculo de la existencia. *Cabezas grises, corazones grises, grisáceos sueños*... Yo me sentía melancólico y solitario; a mi lado tenía una mujer amargada, saturada de desilusiones. Pensé en el doctor Franklin con sus mabiciones, para las cuales era un serio obstáculo su mujer, una inválida... Me acordé del simple Norton, en todo momento pendiente de los pájaros... Hasta Poirot, el en otro tiempo brillante Poirot, era un anciano recluido en un sillón de ruedas.

¡Qué diferente todo de lo que viviéramos antaño, cuando yo visitara por vez primera Styles! Esta reflexión me afectó mucho. A mis labios afloró una exclamación medio ahogada que traducía mi dolor y mi pesar.

Mi acompañante inquirió, rápidamente:

—¿Qué le ocurre?

—Nada. Me he sentido impresionado por el contraste... Yo estuve aquí, ¿sabe?, hace muchos años, siendo todavía un joven. Pensaba en lo que separaba esto que veo ahora a mi alrededor de lo que contemplé antes.

—Ya. ¿Era esto un hogar feliz entonces? ¿Eran felices todos los que aquí vivían?

Es curioso. A veces, los pensamientos de uno danzan en una especie de caleidoscopio. Es lo que me pasó en aquellos instantes. De repente, barajé caprichosamente numerosos recuerdos. Finalmente, las piezas de aquel mosaico se ordenaron correctamente, como debía ser.

Había sentido pesar por el pasado en sí, no por la realidad. En aquella época, ya lejana, de mi vida, tampoco había encontrado la felicidad en Styles. Evoqué desapasionadamente los hechos. Mi amigo John y su esposa, nada felices, luchando constantemente con la vida, se vieron obligados a irse. Laurence Cavendish se hallaba hundido en la melancolía. Cynthia era una figura juvenil que se desdibujaba, perdiendo todo su brillo, a causa de su falta de independencia. Inglethorp se había casado con una mujer rica, por su dinero y nada más que por su dinero... Ninguna de aquellas personas había sido feliz. Y ahora, todo se repetía, en otros seres. Styles en sí era, decididamente, una mansión desdichada.

Confesé a la señorita Cole:

—He estado dejándome llevar de falsos sentimentalismos. Aquí no se ha conocido jamás la felicidad. Todo ha sido siempre como es ahora. Estos muros sólo han albergado personas desgraciadas.

—Bueno, bueno. ¿Ha pensado en su hija?

—Judith no es una muchacha feliz.

Formulé esta declaración con todo aplomo, igual que si ella me hubiera acabado de hacerme la revelación.

—En cuanto a Boyd Carrington... —murmuré, dudoso—. El otro día estaba diciendo que se sentía muy solo... Yo, aparte de eso, creo que está disfrutando lo suyo, con la casa y con unas cosas y otras...

La señorita Cole me contestó, con viveza:

—¡Oh, sí! Pero el caso de sir William es distinto. Él no pertenece a este mundo como el resto de nosotros. Él procede de un mundo exterior, el mundo del éxito y de la independencia. Ha triunfado en la vida y lo sabe. Sir William no figura en el grupo de los... mutilados.

La señorita Cole había escogido un curioso vocablo para expresar su manera de pensar. La miré fijamente.

—¿Quiere usted decirme por qué se ha valido de esa palabra? —le pregunté.

Impulsada por una feroz energía, me contestó, de pronto:

—Responde perfectamente a la verdad. Hablo de la verdad referida a mi persona, claro. Yo soy una persona mutilada.

—Me doy cuenta de que ha tenido usted que ser muy desgraciada —contesté, dando a mis palabras una inflexión de sincera simpatía.

Me indicó, serenamente:

—Usted no sabe quién soy yo, ¿verdad?

—¡Ejem!... Su apellido, Cole...

—Cole no es mi apellido... Era el de mi madre, de soltera. Luego..., decidí utilizarlo. Yo me apellido realmente Litchfield.

Durante unos momentos, aquél no me dijo nada.

Se me antojó, eso sí, vagamente familiar. Por fin, recordé.

—Matthew Litchfield.

Ella asintió.

—Veo que sabe de qué le hablo. A mi caso deseaba referirme... Mi padre era un inválido y un tirano. No nos permitía que lleváramos una vida normal. No podíamos llevar a nuestros amigos a aquella casa. Nos negaba casi del todo el dinero. No vivíamos en un hogar: estábamos en una prisión.

Mi acompañante hizo una pausa. Sus oscuros y bellos ojos se dilataron.

—Y después, mi hermana... mi hermana...

La señorita Cole hizo una pausa.

—Por favor, no siga. Todo esto es demasiado doloroso para usted. Sé lo que pasó. No es necesario que me lo explique.

—Usted no lo sabe. No puede saberlo. Maggie... Es inconcebible... increíble. Yo sé que fue en busca de la policía, que se entregó a ella, que confesó. Pero... a veces ¡me resisto a creerlo! Estoy convencida de que aquello no era cierto... que aquello no pudo pasar como ella dijo...

—¿Quiere usted decir que...? —vacilé—. ¿Quiere usted decir que todo sucedió de otro modo?

—No, no es eso. Imposible. Lo que contó no encajaba en su manera de ser. No... ¡no pudo ser Maggie!

Las palabras temblaban en mis labios. No llegué a pronunciarlas, realmente. No había llegado el instante de poder decirle:

—Tiene usted razón: *¡no pudo ser Maggie!*

Capítulo IX

Debían de ser alrededor de las seis cuando apareció el coronel Luttrell. Llevaba un rifle en las manos y un par de palomas que acababa de cazar.

Se sobresaltó cuando le di una voz. Se sorprendió al verme en compañía de la señorita Cole.

—¡Hola! ¿Qué hacen ustedes aquí? Este cenador no ofrece ninguna seguridad, ¿saben? Se está cayendo poco a poco. Cuando menos nos lo figuremos... Se pondrá usted perdida de polvo aquí, Elizabeth.

—¡Oh! No hay cuidado. El capitán Hastings ha ensuciado uno de sus pañuelos para evitar que yo me manchara el vestido.

El coronel murmuró:

—¿Sí? De ser así...

Se quedó plantado, mordiéndose el labio inferior. Nosotros nos pusimos en pie, uniéndonos a él.

El hombre parecía estar a muchos kilómetros de allí. Se le veía distraído. Hablando por hablar, seguramente, nos explicó:

—He estado intentando cazar unos cuantos palomos de éstos. Suelen hacer mucho daño, ¿saben?

—He oído decir que es usted un excelente tirador —manifesté.

—¿Cómo? ¿Quién le ha dicho eso? ¡Oh! Boyd Carrington, me figuro... Lo fui, en otro tiempo. Pero eso ya pasó. Los años cuentan mucho.

—¿Qué tal anda usted de la vista? —le pregunté, cortésmente.

—Igual que siempre. De lejos veo perfectamente. Para leer, en cambio, he de utilizar gafas.

Dos minutos después, insistía:

—Sí... Muy bien... Claro que... ¿qué más da eso?

La señorita Cole miró a su alrededor, comentando:

—¡Qué hermosa tarde!

Tenía razón. El sol había descendido mucho hacia el oeste y la luz era dorada, produciendo en la vegetación, especialmente en las sombras, un bello efecto. Reinaba una extraordinaria paz a nuestro alrededor. Era aquélla una tarde típicamente inglesa, por así decirlo, de las que se añoran cuando uno se encuentra en cualquier lejano país del trópico.

Hablé de esto...

El coronel Luttrell asintió.

—Sí, sí... Muchas veces, cuando me encontraba en la India, pensaba en estos atardeceres únicos. Eran momentos de nostalgia, durante los cuales pensaba con ansiedad en el retiro, en la vuelta a la patria, al descanso...

El coronel hizo una pausa. Luego, continuó hablando, pero con otro tono de voz:

—¡Oh, la vuelta al hogar!... Todo resulta siempre distinto de lo imaginado...

Me dije que esto era cierto en su caso, especialmente. Aquel hombre no debía de haber pensado nunca en estar al frente de una casa de huéspedes, tratando de hacerla rentable, en compañía de una esposa huraña, regañona, que se quejaba a cada paso, no dejándolo vivir.

Echamos a andar lentamente hacia la casa. Norton y Boyd Carrington se encontraban sentados en la terraza. El coronel y yo nos unimos a ellos. La señorita Cole se perdió en el interior del edificio.

Estuvimos charlando durante unos minutos. El coronel Luttrell parecía haberse animado. Dijo dos o tres cosas chistosas. Nunca lo había visto yo tan optimista, tan despierto.

—Ha hecho mucho calor hoy —comentó Norton—. Estoy sediento.

—¿Quieren ustedes echar un trago, amigos? A cuenta de la casa, ¿estamos?

El coronel estaba contento, evidentemente. Era feliz en aquellos instantes.

Le dimos las gracias, aceptando su invitación. Él se levantó y se fue.

La parte de la terraza en que nos encontrábamos era la que daba al comedor, cuyo ventanal se hallaba abierto.

El coronel acababa de entrar allí. Abrió uno de los aparadores, sacó una botella y la descorchó. Nosotros no le veíamos. Nos guiábamos por los diversos ruidos, todos ellos identificables.

Y luego, incisiva, enérgica, llegó a nuestros oídos la voz de la esposa del coronel.

—¿Qué haces aquí, George?

—Pues...

La voz del coronel no era más que un susurro. Percibimos unas cuantas palabras de su entrecortado discurso: «...los amigos de ahí fuera...», «...beber algo...»

A sus frases correspondió la mujer con otras bien terminantes y claras.

—No harás tal cosa, George. ¿Cómo se te ha pasado por la cabeza tal idea? ¿Cómo voy a conseguir hacer de esta casa un negocio rentable si tú te pasas la vida yendo de un sitio para otro, invitando a todo el mundo? Las bebidas, aquí, hay que pagarlas. Ya que tú no tienes el menor instinto comercial, me molestaré en recordarte esto cada vez que sea necesario. Bueno, de no ser por mí, en unos días te encontrarías arruinado, en la calle. Tengo que cuidar de ti como si fueras una criatura. Sí: igual que si fueras un crío. No tienes ningún juicio. Dame esa botella. Te he dicho que me la des.

Oímos un nuevo y angustioso murmullo de protesta. La señora Luttrell contestó, más seca que nunca:

—Me tiene sin cuidado el comentario que ellos puedan hacer. La botella ha de volver al sitio que ocupaba en el aparador, el cual, por cierto, pienso cerrar ahora mismo con llave.

Percibimos el ruido de una llave al girar en su cerradura.

—Ya está. Así es cómo debemos proceder.

Ahora, la voz del coronel llegó con claridad a nuestros oídos:

—Creo que vas demasiado lejos, Daisy. Podría ser que esto no pudiera soportarlo...

—¿Y qué es lo que tú tienes que soportar aquí? ¿Quién eres tú, me gustaría saber? ¿Quién gobierna esta casa? Yo, ¿verdad? Pues procura no olvidarlo.

Otro rumor leve, en estos momentos de ropas agitadas La señora Luttrell, evidentemente, había salido a buen paso del comedor.

Transcurrieron unos segundos antes de que reapareciera en la terraza el coronel. En unos minutos había envejecido, se había vuelto más débil. Ésta fue, al menos, la impresión que experimentamos.

Todos, estoy seguro, lamentábamos profundamente el bochornoso incidente. Todos habríamos asesinado de buena gana en aquellos momentos a la señora Luttrell.

—Lo lamento, amigos —dijo el coronel, en un tono de voz quebrada, nada natural—. Por lo visto, nos hemos quedado sin whisky.

Debió de comprender entonces que nosotros nos hallábamos al tanto de lo que había sucedido. De no haberse dado cuenta de ello, lo hubiera advertido de todas maneras, por nuestra actitud. Nos sentíamos profundamente incómodos, molestos..., Norton perdió la cabeza, apresurándose a decir que en realidad a él no le apetecía beber nada, estando la cena tan cerca como estaba... Luego, de pronto, cambió de tema de conversación, formulando una serie de observaciones que no venían a cuento. Fueron aquellos unos momentos malos, verdaderamente. Yo no sabía qué hacer. Boyd Carrington, que era el único que hubiera podido poner remedio a aquella situación airosamente, perdió todas las oportunidades a causa de los parloteos absurdos de Norton.

Por el rabillo del ojo vi a la señora Luttrell, que se alejaba por uno de los senderos del jardín, provista de guantes y de tijeras de podar. Aquella mujer, desde luego, estaba en todo, era muy eficiente, pero a mí no me inspiraba la menor simpatía. Ningún ser humano, bajo ningún pretexto, tiene derecho a humillar a un semejante.

Norton seguía todavía en el uso de la palabra, de una manera febril. Aludiendo a los palomos que se cazaban por allí, se refirió a sus días de colegial. Todos sus condiscípulos se habían reído de él un día, por haberse puesto malo al ver un conejo muerto. A continuación, trajo a colación una larga y aburrida historia sobre un accidente de caza, en Escocia. Todos hablamos entonces, sucesivamente, de los accidentes de este tipo que conocíamos. Finalmente, Boyd Carrington se aclaró la garganta para decir:

—Se me ha venido ahora a la memoria un divertido hecho, del cual fue protagonista uno de mis asistentes, de Irlanda. Se ausentó para disfrutar de unas vacaciones en su pueblo. Cuando regresó de su viaje, le pregunté si lo había pasado bien.

»—¡Oh, desde luego, excelencia! Jamás en mi vida había pasado unas vacaciones más felices que estas últimas.

»—Me alegro, hombre —repuse, un tanto sorprendido por su entusiasmo.

»—Pues sí... ¡Han sido unas vacaciones formidables! Dejé seco de un tiro a mi hermano.

»—¿Disparaste sobre tu hermano? —inquirí.

»—¡Sí, claro! Hacía años que quería hacerlo. Yo me encontraba encima del tejado de una casa de Dublín cuando vi venir por la calle a mi hermano... Yo tenía un rifle en las manos. Era un blanco magnífico... No podía escaparse. ¡Ah! Fue un momento formidable. No podré olvidarlo jamás.

Boyd Carrington sabía contar estas historias, dando a sus palabras un énfasis deliberadamente exagerado. Todos nos reíamos, sintiéndonos ya mejor. Unos segundos después, se marchó. Quería bañarse antes de la cena. Norton se apresuró a comentar, encantado:

—¡Este Boyd Carrington es un tipo espléndido!

Me mostré de acuerdo, y Luttrell dijo:

—Es una gran persona, en efecto.

—Tengo entendido que cae bien dondequiera que esté —manifestó Norton—. Todo aquello en que interviene él va adelante. Posee un cerebro despejado, conoce sus aptitudes... Es, esencialmente, un hombre de acción. Es un triunfador.

Luttrell consideró, reflexivo:

—Hay hombres así. Todo lo que tocan está predestinado para el éxito. Esta clase de hombres no pueden incurrir en el error. Sí... Tienen esa suerte.

Norton movió enérgicamente la cabeza.

—No, no es eso, coronel. No es la suerte lo que gobierna sus vidas —a continuación, citó, intencionadamente—: *«No se encuentra en las estrellas, Bruto, sino en nosotros mismos.»*

Luttrell contestó:

—Quizá tenga usted razón.

Declaré, rápidamente:

—Al menos, ha tenido la suerte, eso sí, de heredar

Knatton. ¡Vaya finca! Pero, claro, ese hombre tendrá que casarse. De lo contrario, se sentiría muy solo en aquella mansión.

Norton se echó a reír.

—¿Habla usted de que se case? ¿Para qué? Para que su esposa se divierta importunándole a cada paso...

Imposible dar con una consideración más desacertada que aquélla. No porque tuviera gravedad en sí, sino por las circunstancias en que era exteriorizada. Norton comprendió que acababa de cometer una imprudencia nada más pronunciar aquellas palabras. Intentó enmendarlas, vaciló, tartamudeó luego y terminó su desventurado discurso con unos largos puntos suspensivos. De haberse decidido a guardar silencio, hubiera quedado mejor.

Él y yo comenzamos a hablar al mismo tiempo. Formulé una observación estúpida acerca de la luz a aquella hora. Norton indicó que iba a entretenerse jugando al bridge después de la cena.

El coronel Luttrell no hizo el menor caso de nuestras frases. Con voz de raras inflexiones, declaró:

—No. Boyd Carrington no se verá nunca importunado por su mujer. No es de los que se dejan... Sabe cómo tiene que comportarse. ¡Es un *hombre*!

Era una situación auténticamente embarazosa. Norton empezó a balbucear algo acerca de la partida de bridge. Mientras hablaba, pasó sobre nuestras cabezas una paloma que acabó posándose en la rama de un árbol, a poca distancia de la terraza.

El coronel cogió su rifle.

—Ahí tenemos a una de esas voraces aves —dijo.

Pero antes de que hubiera podido apuntar su arma, el ave remontó el vuelo, perdiéndose entre los árboles. Imposible abatirla mientras se encontrara allí.

En este mismo momento, sin embargo, la atención del coronel se concentró en una ladera, donde le parecía haber visto moverse algo.

—Por ahí debe de andar alguna liebre, mordisqueando la corteza de esos jóvenes árboles frutales. Y eso que habíamos puesto un poco de tela metálica a su alrededor...

Levantó el rifle y disparó...

Seguidamente, oímos un angustiado grito de mujer. Finalizó con una especie de horrible ronquido.

Al coronel se le fue el rifle de las manos. Su cuerpo se encorvó... El hombre se mordió los labios.

—¡Dios mío!... ¡Es Daisy!

Yo había echado a correr ya por el césped. Norton apareció detrás de mí. Llegué al sitio y me arrodillé. Era la señora Luttrell, en efecto. Había estado atando un palo al tronco de uno de los frutales más pequeños. Las hierbas eran altas allí. Atribuí a esta circunstancia el hecho de que el coronel sólo hubiera advertido un movimiento entre la vegetación. La luz de aquella hora había contribuido a su confusión. La bala había alcanzado a la mujer en un hombro, por el cual sangraba.

Examiné la herida, mirando a Norton. Éste se había apoyado en el tronco de un árbol. Estaba muy pálido, trastornado. Me dijo, como excusándose:

—No puedo ver sangre...

Le contesté, apremiante:

—Vaya en busca de Franklin inmediatamente. Localice a la enfermera si no da con él.

Norton hizo un gesto de asentimiento, echando a correr.

La enfermera Craven fue la primera persona que apareció por allí. Diligentemente, hizo lo necesario para cortar cuanto antes la hemorragia. Franklin llegó a la carrera poco después. Entre los dos, llevaron a la señora Luttrell a la casa, acostándola. Franklin vendó la herida. A continuación, mandó llamar al médico de los Luttrell. La enfermera Craven se quedó junto a la esposa del coronel.

Tan pronto como pude, hablé unos instantes con Franklin.

—¿Cómo se encuentra?

—¡Oh! Se repondrá en seguida. Por suerte, el proyectil no ha alcanzado ningún órgano vital. ¿Qué fue lo que pasó?

Se lo expliqué.

—Ya —me contestó—. ¿Dónde está el viejo ahora? Supongo que habrá sufrido una tremenda impresión. Probablemente, necesita ser atendido con más urgencia que ella. Me parece que ese hombre no anda bien del todo del corazón.

Encontramos al coronel Luttrell en el salón de fumar. Tenía los labios muy azules y estaba muy nervioso. Con voz quebrada, preguntó:

—¿Y Daisy? ¿Está...? ¿Cómo se encuentra?

Franklin se apresuró a informarle.

—Se encuentra perfectamente, coronel. No tiene por qué estar preocupado.

—Yo... creí... un conejo o una liebre... mordiendo la corteza... No sé cómo he podido cometer semejante error. Habrá sido una jugarreta de la luz. Como me daba en los ojos...

—Son cosas que pasan —repuso Franklin, secamente—. He presenciado a lo largo de mi vida un par de accidentes de esta clase. Bueno, coronel... Será mejor que tome algo, para reanimarse. Todavía no se ha recobrado del susto.

—Me encuentro perfectamente. ¿Podría... podría verla?

—En este preciso momento, no. Su esposa está siendo atendida por la enfermera Craven. Pero no esté preocupado. Ella se encuentra magníficamente. El doctor Oliver estará aquí dentro de unos minutos y le confirmará lo que acabo de decirle.

Me separé de los dos hombres, saliendo al jardín. Judith y Allerton avanzaban por un sendero hacia mí.

Allerton había inclinado la cabeza hacia mi hija y los dos se reían.

Aquellas risas, en contraste con la tragedia que acababa de presenciar, hicieron que me sintiera irritado. Llamé a Judith y ella levantó la cabeza, sorprendida. Le expliqué en pocas palabras lo que había pasado allí.

—¡Qué suceso tan extraordinario! —fue el comentario de mi hija.

Me dije que no se hallaba tan afectada como yo me figuré que se sentiría al saber aquello.

La reacción de Allerton fue indignante. El hombre pareció tomar lo ocurrido a broma.

—Le está bien empleado a esa bruja —comentó—. Yo diría que el viejo disparó sobre ella deliberadamente.

—Pues no fue así —contesté con viveza—. Se trata de un accidente.

—Sí, pero yo entiendo de esa clase de accidentes. A veces resultan muy oportunos. De verdad: si el coronel aprovechó la ocasión para pegarle un tiro a su mujer, a mí lo único que se me ocurre es descubrirme ante él.

—No hubo nada de eso —contesté, enfadado.

—No se muestre usted tan seguro. Yo he conocido a dos hombres que dispararon sus armas sobre sus esposas respectivas. Uno de ellos se encontraba limpiando el revólver... El otro apuntó a su mujer, sin más, apretando el gatillo a título de broma. Es lo que explicó. Una salida hábil, ¿eh?

—El coronel Luttrell —repuse, fríamente—, no es de esos hombres.

—No me negará usted que la ocasión era única para lograr la liberación —señaló Allerton, firme en su tesis—. No habían tenido ningún encontronazo, ningún roce, previamente, ¿verdad?

Me separé de ellos muy enojado, tratando al mismo

tiempo de ocultar mi turbación. Allerton se había aproximado demasiado al punto crucial del asunto. Por primera vez, sentí nacer en mi mente la duda...

No me sentí mejor precisamente por el hecho de encontrame con Boyd Carrington. Éste había estado dando un paseo en dirección al lago, me explicó. Cuando le hube explicado lo ocurrido, me dijo, inmediatamente:

—Usted no habrá pensado que el coronel hizo fuego sobre su esposa con la peor de las intenciones, ¿verdad, Hastings?

—¡Mi querido amigo!

—Lo siento, lo siento... No hubiera debido hacerle esa pregunta. Es que... por un momento... pensé..., Usted sabe muy bien que esa mujer ha estado provocando continuamente al viejo.

Los dos guardamos silencio. Ambos nos acordábamos, claro, de la bochornosa y breve conversación que habíamos oído desde la terraza.

Nervioso, preocupado, me trasladé a la planta superior, llamando a la puerta de Poirot.

Se había enterado ya, gracias a Curtiss, de lo que había pasado en la casa, pero tenía gran interés en conocer los detalles completos del suceso.

Desde el día de mi llegada a Styles había estado informándole cotidianamente sobre mis andanzas, dándole a conocer mis encuentros con los demás ocupantes de la casa, y las conversaciones sorprendidas, siempre con los máximos detalles. Comprendí que de esta manera el célebre Poirot se sentía menos imposibilitado, menos aislado. Le proporcionaba la ilusión de participar activamente en todo lo de Styles. Siempre he disfrutado de muy buena memoria y podía referirle las palabras que oyera en labios de los demás casi con toda exactitud.

Poirot me escuchó con toda atención. Estaba esperando que sería capaz definitivamente de desechar la temible sugerencia que ahora controlaba mi mente, por desgracia, pero antes de que pudiera decirme lo que pensaba alguien llamó a la puerta.

Era la enfermera Craven. Se disculpó por interrumpirnos.

—Lo siento... Creí que el doctor estaba aquí. Esa señora ha recuperado el conocimiento y se encuentra preocupada por su marido. Quiere verle. ¿Usted sabe dónde se encuentra, capitán Hastings? No quiero separarme mucho de mi paciente.

Me ofrecí para buscarle. Poirot hizo un gesto de aprobación y la enfermera Craven me dio las gracias cálidamente.

Localicé al coronel Luttrell en una pequeña habitación que casi siempre estaba cerrada. Estaba frente a la ventana, contemplando profundamente ensimismado el jardín.

Volvió la cabeza rápidamente al entrar yo. Sus ojos me miraron inquisitivamente.

Parecía asustado, pensé.

—Su esposa, coronel Luttrell, ha recobrado el conocimiento y pregunta por usted.

—¡Oh!

El color volvió a sus mejillas. Entonces, me di cuenta de su palidez intensa de momentos antes. Añadió, lentamente, con torpeza, como si de pronto se hubiera hecho mucho más viejo:

—Ella... ella... ¿ha preguntado por mí? Iré... iré a verla... en seguida.

Empezó a avanzar hacia la puerta de una manera tan vacilante que me acerqué a él para ayudarle. Se inclinó pesadamente sobre mí cuando subíamos por la escalera. Respiraba con dificultad. Franklin ya lo había previsto: el viejo coronel había sufrido una impresión muy fuerte.

Llegamos por fin a la habitación en que se encontraba la herida. Llamé a la puerta con los nudillos. Oímos inmediatamente la voz de la diligente enfermera Craven:

—Entre.

Sosteniendo todavía, en parte, al viejo, me planté en la habitación. Había un biombo frente a la cama. Nos deslizamos a un lado del mismo...

La señora Luttrell apareció ante mis ojos muy blanca y frágil, con los ojos cerrados. Los abrió al acercarnos nosotros.

Con voz muy débil, murmuró:

—George... George...

—Daisy... querida...

Uno de los brazos de ella había sido vendado, llevándolo en cabestrillo. El otro, el libre, avanzó hacia su marido, tembloroso. El coronel dio un paso adelante, cogiendo la menuda mano de su esposa entre las suyas.

—Daisy... —repitió—. Gracias a Dios, no te ha pasado nada.

Mirando al coronel, viendo sus ojos, ligeramente enturbiados por las lágrimas, leyendo en ellos una profunda ansiedad, una gran ternura, me sentí avergonzado por mis fantasías de una hora atrás.

Salí silenciosamente de la habitación. No se podía pensar, en absoluto, en un accidente camuflado. Ningún actor hubiera podido fingir el gesto de alivio, de agradecimiento a la Providencia, del viejo coronel. Me sentí tremendamente aliviado.

El sonido del gongo me sobresaltó. Me deslizaba en aquellos instantes por el pasillo. Había perdido toda noción del tiempo. El accidente había sacado a todo el mundo de sus casillas. Pero en la cocina habían seguido trabajando para que la cena fuera servida a la hora de costumbre.

La mayor parte de nosotros se sentó a la mesa sin cambiarse de ropa. El coronel Luttrell no se dejó ver. La señora Franklin estaba muy atractiva. Se había puesto un vestido de noche de tono rosado. Hallábase entre nosotros, para variar, y daba la impresión de sentirse contenta. A su marido le vi caviloso y concentrado en sus pensamientos.

Tras la cena, con gran enojo por mi parte, Allerton y Judith se encaminaron juntos al jardín. Estuve durante un rato escuchando a Franklin y a Norton, que hablaban de enfermedades tropicales. Norton era un buen oyente. Lo de menos era que sobre el tema abordado no poseyera la erudición del doctor.

La señora Franklin y Boyd Carrington charlaban en el otro extremo de la mesa. Ella le estaba enseñando unas muestras de cortinas o cretonas.

Elizabeth Cole tenía un libro en las manos, que leía con toda atención. Tenía la impresión de que ante mí se sentía molesta, nerviosa. Esto arrancaba, bastante lógicamente, de las confidencias de la tarde. Lamentaba aquello. Esperaba que no se arrepintiera de haber tenido un arranque de sinceridad conmigo. Yo hubiera querido decirle que haría honor a la confianza que había depositado en mí y que sus palabras no trascenderían jamás. Pero no me había dado la menor oportunidad para que pudiera obrar así.

Al cabo de un rato, subí a la habitación a ver a Poirot.

Encontré al coronel Luttrell sentado en el círculo de luz proyectado por la única lámpara eléctrica que se hallaba encendida.

Estaba hablando y Poirot le escuchaba. Yo creo que el coronel hablaba más bien para sí, más que para su oyente.

—Lo recuerdo muy bien... Sí. Fue en un baile que se dio, con motivo de una cacería. Ella llevaba un vestido de tul, blanco... Flotaba a su alrededor... Era una chica preciosa... A mí me conquistó desde el primer momento. Y me dije: «Ésta es la chica que ha de ser mi mujer». No era para menos... Estaba muy bonita... No paraba de hablar... Siempre fue una persona de gran viveza, Dios la bendiga...

El coronel dejó oír una risita.

Me imaginé la escena. Me imaginé a Daisy Luttrell, en posesión de una faz juvenil y gordezuela, en posesión de una lengua que no paraba un instante, la misma lengua que con el paso de los años utilizaría para exteriorizar su mal genio.

Pero aquella mujer había sido el primer amor real del coronel. De eso estaba hablando él. De su Daisy...

Y de nuevo me sentía avergonzado al recordar las ideas que habían cruzado por mi cabeza unas cuantas horas antes.

Nada más irse el coronel Luttrell, expuse sin rodeos todo el asunto a Poirot.

Éste me escuchó atentamente, como siempre. No me fue posible deducir nada de la expresión de su rostro.

—Así que usted, Hastings, pensó que el disparo había sido deliberado...

—Sí. Y me siento avergonzado ahora por...

Poirot movió expresivamente una mano, desechando mis sentimientos de aquellos momentos.

—¿Eso lo pensó usted o le fue sugerida la idea por alguien?

—Allerton se expresó en es sentido —contesté, resentido—. Él pensaba así, desde luego.

—¿Y quién más?

—Boyd Carrington sugirió lo mismo.

—¡Oh! Boyd Carrington.

—Después de todo, es un hombre que ha vivido mucho en el mundo, que posee una gran experiencia.

—Cierto, cierto... No fue testigo del hecho, ¿verdad?

—No. Se había ido a dar un paseo. Deseaba hacer un poco de ejercicio antes de cambiarse de ropa para la cena.

—Ya.

Manifesté, nervioso:

—No vaya a creer que acepté ciegamente esa hipótesis. Yo, solamente...

Poirot me interrumpió.

—No tiene usted por qué sentir remordimientos al pensar en las sospechas que concibió, Hastings. A cualquiera podía ocurrírsele esa idea, dadas las circunstancias concurrentes en el caso. ¡Oh, sí! Era muy lógica.

Había algo en la actitud de Poirot que no acertaba a comprender. Notaba en él un poco de reserva. Sus ojos me estaban observando con una curiosa expresión.

Dije, vacilante:

—Quizá. Pero ahora, al ver cuanto quiere el coronel a su esposa...

Poirot asintió.

—Exactamente. He aquí el caso más frecuente. Pese a las riñas, a las mutuas incomprensiones, a las aparentes amarguras de la vida cotidiana, puede existir un afecto real, sincero, entre dos seres.

Me mostré de acuerdo. Y recordé la afectuosa mirada que sorprendí en los ojos de la señora Luttrell cuando su esposo se inclinó sobre el lecho en que yacía. Los gestos avinagrados, los ademanes de impaciencia, los arrebatos de mal genio, habían quedado atrás.

La vida matrimonial, pensé, cuando me dirigía al lecho, ofrecía facetas muy curiosas.

Todavía me preocupaba cierto detalle observado en las maneras de Poirot. Habíase mantenido a la expectativa... Como si hubiera estado esperando que yo viera... ¿qué?

Me estaba acostando cuando llegué a verlo... Aquello se me puso ante los ojos.

De haber muerto la señora Luttrell, nos habríamos hallado frente a un caso *semejante a los otros*. El coronel Luttrell, aparentemente, habría matado a su esposa. Aquello habría sido considerado un accidente. Pero nadie hubiera estado seguro de tal cosa; nadie habría podido afirmar si había existido una intención deliberada. Habrían faltado pruebas para hablar de un asesinato; pero las hubiera habido en cantidad suficiente para que se recelara, para que se sospechara el crimen.

Eso significaba... significaba...

¿Qué significaba?

Significaba, de querer buscar sentido al suceso, que *no* había sido el coronel Luttrell quien disparara sobre su mujer, sino X.

Y eso era claramente imposible. Yo lo había visto todo. Había sido el coronel Luttrell quien disparara. Nadie más que él había disparado.

A menos que... Pero, seguramente, eso era imposible. No. Quizá no fuera imposible... Simplemente: muy improbable. Posible, sí... Suponiendo que otra persona hubiese estado esperando un momento determinado, disparando sobre la señora Luttrell al mismo tiempo que el coronel oprimía el gatillo de su arma, tras apuntar (a un conejo)... En estas condiciones, se habría oído sólo un disparo. Un ligero desfase habría dado lugar a una especie de eco. (Ahora que pensaba en ello, creía recordar que había percibido un eco del disparo.)

Sin embargo... No, no podía ser. Esto resultaba absurdo. Existían procedimientos para identificar un proyectil. Las marcas existentes en éste tenían que coincidir con el rayado del cañón respectivo.

Pero recordé que la policía apelaba a estos extremos para conocer qué arma había disparado la bala. No habría indagaciones en aquel caso. El coronel Luttrell estaría tan convencido como los demás de haber hecho el disparo fatal. Este hecho sería admitido por todo el mundo, aceptado sin discusión. No habría «test» de ninguna clase. La única duda radicaría en esto: ¿habría sido hecho el disparo accidentalmente o con una intención criminal?... Ésta era una cuestión que nunca podría ser resuelta.

Por consiguiente, el caso era como los otros: el del trabajador Riggs, quien no recordaba nada, pero que suponíase autor de un doble asesinato; el de Maggie Cole, quien perdió la cabeza, confesándose autora de un crimen que no había cometido.

Sí. Este caso podía alinearse con los demás. Descubrí entonces el significado de la actitud de Poirot. Había estado esperando a que yo me diera cuenta de ese hecho.

CAPÍTULO X

1

ABORDÉ el tema con Poirot a la mañana siguiente. Su rostro se iluminó, moviendo la cabeza con un gesto que denotaba su aprecio.

—¡Magnífico, Hastings! Me había estado preguntando si llegaría a advertir la similaridad. No quería forzarle en sus razonamientos, ¿me comprende?

—Así pues, estoy en lo cierto. ¿Nos hallamos ante otro caso X?

—Indudablemente.

—Pero, ¿por qué, Poirot? ¿Cuál es el motivo?

Poirot denegó con la cabeza.

—¿No lo sabe? ¿No tiene ninguna idea sobre el particular?

Él contestó, distanciando las palabras:

—Me ronda por la cabeza una idea, sí.

—¿Se ha dado cuenta de la conexión existente entre los diferentes casos?

—Creo que sí.

—Entonces...

Apenas podía contener mi impaciencia.

—No, Hastings.

—Tengo que estar informado.

—Es mucho mejor que no lo esté.

—¿Por qué?

—Debe usted creerme.

—Es usted incorregible —repliqué—. Se ve castigado por la artritis, sentado en una silla de ruedas, sin poder valerse por sí mismo. Y aún quiere arreglárselas solo.

—Nada de eso. No pretendo arreglármelas solo. Usted, Hastings, es la prolongación de mi persona. Es usted mis ojos y mis oídos. Lo único que pasa es que me niego a facilitarle una información que puede resultar peligrosa.

—¿Para mí?

—Para el criminal.

—¿No quiere que sospeche que ha dado con su rastro? Sí. Esto debe de ser. O quizá piensa que yo no sé cuidar de mí mismo.

—Sólo deseo que tenga presente una cosa, Hastings: el hombre que ha matado una vez no vacilará en matar de nuevo... Y repetirá su acción, si es preciso.

—De todos modos —repuse, muy serio—, esta vez no ha habido un nuevo crimen. Una bala ha fallado.

—En efecto. Fue una suerte... Una gran suerte. Como ya le dije, estas cosas son difíciles de prever.

Poirot suspiró. Su expresión era la de un hombre hondamente preocupado.

Me retiré. Entristecido, comprendía que Poirot no se hallaba en condiciones ya de realizar un esfuerzo sostenido. Su cerebro tenía la viveza de siempre. Pero me encontraba ante un hombre enfermo y cansado.

Poirot me había advertido que no debía intentar averiguar la personalidad de X. Íntimamente, yo estimaba haber llegado ya a eso. En Styles había una persona que juzgaba maligna, concretamente. Sin embargo, mediante una sencilla pregunta yo podía asegurarme de una cosa. La prueba sería negativa, pero, no obstante, tendría cierto valor.

Abordé a Judith después del desayuno.

—¿Dónde estuviste ayer por la tarde? Recordarás que te acompañaba el comandante Allerton...

Cuando uno persigue un objetivo suele olvidar determinados detalles relacionados más o menos directamente con el mismo. Experimenté un fuerte sobresalto al ver que Judith me miraba con unos ojos centelleantes.

—La verdad, padre, no sé hasta qué punto puede ser eso de tu incumbencia.

No supe qué decir, correspondiendo a su mirada iracunda con otra de profunda perplejidad.

—Sólo te he hecho una pregunta.

—Sí, pero ¿por qué? ¿Por qué has de estar haciéndome preguntas continuamente? ¿Qué estaba haciendo? ¿A dónde iba? Quién me acompañaba ¡Esto es realmente intolerable!

Lo chocante de aquella situación es que no me importaba entonces dónde había estado Judith. Mi interés se concentraba exclusivamente en Allerton.

Intenté tranquilizarla.

—Bueno, Judith, ¿y por qué no he de poder yo hacerte una simple pregunta?

—No sé a qué viene tu curiosidad.

—Verás, verás... Me he estado preguntando por qué razón... ¡ejem!... ninguno de los dos, al parecer, sabía lo que había ocurrido.

—¿Te refieres al accidente? Yo había estado en el pueblo con objeto de comprar unos sellos.

—¿No te acompañaba Allerton en aquellos momentos?

Judith se mostró exasperada.

—No, no me acompañaba —contestó mi hija, furiosa—. La verdad es que nos vimos en las inmediaciones de la casa, dos minutos antes, más o menos, de que nos vieras tú. Espero que te consideres satisfecho. Pero quisiera decirte que si a mí se me antoja andar todo el día de un sitio para otro en compañía del comandante Allerton, esto es cosa mía. He cumplido los veintiún años, me gano ya la vida y soy libre... Invierto por tanto mi tiempo en lo que considero más conveniente.

—Tienes toda la razón del mundo —contesté, deseoso de que se aplacara.

—Me alegro de que lo comprendas —Judith parecía haberse ablandado. Haciendo un pequeño esfuerzo, sonrió—. ¡Oh, querido! ¿Por qué te empeñas en representar el papel de padre de otra época? No sabes hasta qué punto me saca de mis casillas. Déjate de tonterías que no conducen a nada.

—Esto no volverá a ocurrir, Judith —le prometí.

Franklin se deslizó a nuestro lado en este momento.

—Hola, Judith. Vámonos para el laboratorio. Hoy llevamos cierto retraso.

Su actitud se me antojó demasiado seca, nada cordial. Me sentí enojado. Yo sabía que Franklin era el jefe de mi hija, que tenía derecho a retenerla durante unas horas al día, ya que por eso recibía un sueldo de él. También podía darle órdenes. Sin embargo, no podía comprender por qué no se conducía cortésmente. Sus modales no eran un dechado de perfección con nadie, pero aquel hombre habría de hacer un esfuerzo para convivir con los demás. Ante Judith, yo lo veía dictatorial, extremoso. Jamás la miraba a los ojos cuando le hablaba. A Judith esto no parecía afectarle lo más mínimo. A mí, sí. Se me pasó por la cabeza la idea de que tan descorteses maneras contrastaban con las finas atenciones de Allerton. Indudablemente, John Franklin era diez veces mejor que Allerton como persona. Pero aquellos dos hombres no podían ser comparados desde el punto de vista del atractivo que suscitaban.

Observé a Franklin mientras avanzaba hacia el laboratorio. Me fijé en sus poco elegante andares, en su figura desgarbada, en la huesuda faz, en sus rojos cabellos, en sus pecas... Era un individuo feo, sin gracia. Tratábase de un buen cerebro. Ahora bien, las mujeres no suelen enamorarse de los buenos cerebros. Tienen que ir acompañados de otras cosas. Reflexioné, reparando en que Judith, por las circunstancias especiales de su trabajo, jamás estaba en contacto con otros hombres. No se le ofrecía la oportunidad de proceder a una comparación fructífera, aleccionadora. En comparación con el rudo Franklin, los encantos personales de Allerton —los que pudiera tener a los ojos de una mujer— resaltaban por efecto del contraste. Mi pobre hija no disponía de una ocasión para apreciarle en su verdadero valor.

¿Y si aquel hombre había llegado a enamorar en serio a mi hija? La irritabilidad que acababa de sorprender en Judith constituía un detalle inquietante. Allerton era una mala persona. Yo lo sabía. Probablemente, era algo más. ¿Y si Allerton era X...?

No resultaba nada disparatada la temida hipótesis. En el momento del disparo no se encontraba con Judith.

Pero, ¿cuál era el móvil de aquellos crímenes, al parecer carentes de objetivos? Estaba seguro de que en Allerton no había nada del clásico demente. Era un individuo cuerdo, totalmente cuerdo, si bien carente de toda conciencia.

Y Judith, mi Judith, estaba viendo a aquel hombre ahora con demasiada frecuencia.

2

Hasta aquellos momentos, aunque había estado preocupado con mi hija, mis rastreos sobre la posible identidad de X y las circunstancia de que podía ser cometido un crimen en cualquier instante, relegaron diversos problemas de carácter personal a un segundo plano en mi mente.

Ahora que había sido asestado el golpe, tras el intento de asesinato, que gracias a Dios había fallado, me encontraba en libertad para pensar en aquellas cosas. Y cuanto más pensaba en éstas, más inquieto me sentía. Por casualidad, me enteré un día de que Allerton estaba casado.

Boyd Carrington, que solía estar bien informado, me amplió aquel dato. La esposa de Allerton era católica. Le había dejado poco después de haber contraído matrimonio con él. A causa de su religión, nunca se había hablado de divorcio.

Boyd Carrington me habló con entera franqueza.

—Este planteamiento le va a las mil maravillas a ese granuja. Sus intenciones siempre son canallescas... Esa esposa eternamente en un segundo plano le libra de compromisos.

¡Muy agradable todo aquello para un padre!

Después del accidente, transcurrieron unos días bastante tranquilos... para los demás. Mis inquietudes personales, en cambio, iban en aumento.

El coronel Luttrell pasaba muchas horas con su esposa. Había llegado una enfermera para atenderla. La enfermera Craven tornó a concentrar su atención exclusivamente en la señora Franklin.

Suspicacia aparte, he de admitir que había observado en la señora Franklin algún desasosiego. Pensé que ya no se veía como la inválida *en chef*. El hecho de que la atención general se concentrara en la señora Luttrell produjo disgusto en la menuda dama, habituada como se hallaba a ser protagonista y no actriz secundaria dentro de nuestro pequeño mundo de Styles.

Se encontraba tendida en una hamaca. Habíase llevado una mano al pecho, quejándose de que sufría de palpitaciones Ninguno de los platos que eran servidos allí eran de su gusto. Todas sus exigencias aparecían enmascaradas con el disfraz del sufrimiento paciente.

—No sabe usted lo que odio esta actitud mía de nota discordante —murmuró en tono quejumbroso, dirigiéndose a Poirot—: Me siento avergonzada por mi falta de salud. Resulta verdaderamente humillante verse una obligada a pedir a los demás que se lo hagan todo. A veces pienso que la mala salud es realmente un crimen. Si una persona no goza de buena salud, si no está en condiciones de vivir adecuadamente en este mundo, lo lógico es que sea retirada silenciosamente del mismo.

—¡Oh, no, madame! —exclamó Poirot, siempre galante—. La flor delicada y exótica debe disfrutar de la protección del invernadero. No puede ser expuesta como las demás a las inclemencias del tiempo. Los hierbajos comunes, en cambio, son los que deben afrontar los fríos vientos, los duros cambios de temperatura. Piense en mi caso... He caído en una silla de ruedas, pero ni por un momento he creído en la conveniencia de abandonar esta vida. Tengo mis goces. Me gusta comer bien, sé saborear una copa de buen vino, disfruto con los esparcimientos de tipo intelectual.

La señora Franklin suspiró, murmurando:

—Su caso es diferente del mío. Sólo se ve obligado a pensar en usted. Yo tengo a mi John, a mi pobre John. Me doy cuenta de que soy una carga para él. Soy una esposa enferma, inútil. Es como si a él le hubieran colgado una piedra de molino del cuello...

—Jamás ha dicho su marido que usted represente una carga para él.

—¡Oh! No lo ha dicho, desde luego. Pero los hombres son muy transparentes. Y John no es precisamente de los que saben disimular sus sentimientos. No es desatento deliberadamente, pero..., Bueno, afortunadamente para él, es bastante insensible. No tiene sentimientos y cree que a los demás les ocurre lo mismo.

Es una suerte nacer así, y vivir protegido con semejante coraza.

—Yo no me atrevería a describir al doctor Franklin con esas palabras.

—¿No? ¡Ah, claro! Usted no puede conocerle tan a fondo como yo. Sé perfectamente que de no existir yo sería un hombre mucho más libre. En ocasiones, me siento tan terriblemente deprimida que pienso que lo mejor sería terminar de una vez con esta existencia absurda.

—¡Vamos, vamos, madame!

—Después de todo, ¿soy yo de alguna utilidad para alguien? ¡Oh! Salir de aquí, rumbo al Gran Misterio... —La mujer movió la cabeza, asintiendo—. Así, John recuperaría su hermosa libertad.

—Un disparate tras otro —comentó la enfermera Craven cuando le hubo referido la conversación anterior—. No hará nunca nada de eso. No se preocupe, capitán Hastings. Las personas que hablan con voz doliente de «acabar con todo de una vez» no abrigan la menor intención de dar el supremo paso.

He de señalar que cuando se calmó la excitación general, causada por el suceso protagonizado por la señora Luttrell y su marido, el coronel, la señora Franklin se animó notablemente.

Cierta mañana, particularmente agradable, Curtiss había dejado a Poirot en una esquina de la casa, bajo los abetos, en las proximidades del laboratorio. Le gustaba a mi amigo aquel sitio. Allí no soplaba ni la más leve brisa. Poirot siempre había aborrecido las corrientes de aire. Prefería hallarse en la casa, en general, pero últimamente toleraba el aire fresco convenientemente arropado.

Me uní a él. En aquel momento salía la señora Franklin del laboratorio.

Se había vestido con más cuidado que de costumbre y parecía encontrarse muy animada. Explicó que iba a visitar la casa de Boyd Carrington, pretendiendo ayudarle en la elección de unas cretonas.

—Ayer me dejé el bolso en el laboratorio, distraídamente —dijo la señora Franklin—. ¡Pobre John! Se ha ido a Tadcaster, con Judith. Necesitan adquirir unos reactivos, me parece.

Se dejó caer en un sillón, junto a Poirot, moviendo la cabeza y adoptando una cómica expresión.

—Los compadezco... Estoy muy satisfecha de no poseer una mentalidad... científica. En un día tan espléndido como éste, todas esas cuestiones parecen sumamente pueriles.

—No debiera usted expresarse así nunca, madame, frente a un hombre de ciencia.

—Claro que no —la expresión del rostro de ella cambió. Se puso muy seria antes de añadir—: No vaya usted a creer, monsieur Poirot, que yo no admiro a mi esposo. Lo admiro y mucho. Vive verdaderamente para su trabajo, y esto resulta siempre impresionante.

Había un ligero temblor en su voz.

Cruzó una sospecha por mi cabeza: a la señora Franklin le agradaba representar distintos papeles. En aquel momento, se mostraba como una esposa leal, haciendo de su marido un héroe y hasta le rendía culto como tal.

Se inclinó hacia delante, colocando una mano sobre la rodilla de Poirot.

—John, realmente, es una especie de *saint*. En ocasiones, me da hasta miedo.

Llamar a Franklin santo era excederse, pensé. Bárbara Franklin continuó hablando. Los ojos le brillaban mucho en estos instantes.

—Es capaz de hacer cualquier cosa... de aceptar cualquier riesgo... con el fin de incrementar el saber humano. Esto es magnífico, ¿no cree?

—Seguro, seguro —se apresuró a reconocer Poirot.

—En ocasiones, ¿sabe usted? —prosiguió diciendo

la señora Franklin—, me pone verdaderamente nerviosa. No sé a dónde va a llegar. Pienso en esa repugnante haba del Calabar, con la que está experimentando ahora. Tengo miedo de que un día utilice su propio cuerpo en sus pruebas.

—Adoptará las precauciones necesarias, de proceder así —aventuré.

Ella movió la cabeza a un lado y a otro, esbozando una sonrisa de tristeza.

—Usted no conoce a John. ¿No ha oído contar lo que hizo con motivo de unas investigaciones sobre un nuevo gas?

Hice un gesto negativo.

—Se deseaba saber las particularidades del nuevo gas. John se ofreció voluntario, siendo encerrado en un tanque, dentro del cual permaneció unas treinta y seis horas. Estuvieron estudiando su pulso, respiración y temperatura. Se quiso averiguar qué efectos producía aquella sustancia en el ser humano más tarde y en qué se diferenciaban de los observados en los animales. Estuvo expuesto a serios peligros, según me explicó más tarde uno de los profesores. Hubiera podido morir, incluso. Pero John es así... Su personal seguridad le tiene completamente sin cuidado. Es un modo de ser maravilloso el suyo, ¿no cree? Yo nunca me atrevería a hacer nada semejante. Me faltaría valor.

—Por supuesto, se necesita poseer valor y en alto grado para llegar a eso —reconoció Poirot.

—Es verdad —declaró Bárbara Franklin—. Estoy muy orgullosa de él, pero al mismo tiempo siento que mi marido me mantiene sumida en un perpetuo nerviosismo. Verá usted... Los conejillos de Indias y las ranas son útiles al hombre de ciencia hasta cierto punto. Éste, al fin, ansía conocer la reacción humana. Por ello, me asalta el temor de que mi esposo acabe inyectándose una dosis de la sustancia que actualmente estudia, exponiéndose a que le suceda algo irreparable

—la mujer suspiró—. Él se ríe cuando le expongo estos temores. Verdaderamente, es una especie de santo...

En este momento, se nos acercó Boyd Carrington.

—¡Hola! ¿Lista, Babs?

—Sí, Bill. Te estaba aguardando.

—Espero que no te fatigues mucho con la excursión.

—No. Nunca me he sentido mejor que hoy.

Ella se levantó, dedicándonos una sonrisa antes de alejarse de nosotros con su acompañante.

—El doctor Franklin, el santo moderno... ¡Hum! —dijo Poirot.

—Un cambio de actitud —comenté—. Responde a la manera de ser de la dama...

—¿Cómo la juzga usted?

—Es muy aficionada a representar diversos papeles. Un día se nos presenta como la esposa incomprendida, dejada a un lado... Luego, a lo mejor, nos quiere hacer creer que es una persona que sufre porque no quiere ser una carga para el hombre que ama. Hoy la hemos visto como la compañera del héroe. Lo malo es que se pasa de la raya en todos sus papeles.

Poirot preguntó, pensativo:

—¿Tiene usted a la señora Franklin por una estúpida?

—Yo no diría eso, exactamente... Bueno, sí, quizá no sea la suya una mente muy brillante.

—¡Oh! Ya veo que no es su tipo.

—¿Y cuál es mi tipo de mujer? —inquirí, secamente.

Poirot replicó, inesperadamente:

—Abra la boca y cierre los ojos para ver lo que los hados le envían...

No pude contestar porque la enfermera Craven se acercaba a toda prisa. Nos obsequió con una sonrisa amplia, que hizo brillar su dentadura, abrió la puerta del laboratorio, entró en el mismo y reapareció con unos guantes en la mano.

—Primeramente, un pañuelo y ahora unos guantes...

Siempre va dejándose las cosas por ahí —señaló rápidamente, encaminándose ya al sitio en que Bárbara Franklin y Boyd Carrington la aguardaban.

La señora Franklin, me dije, era así, efectivamente. Esperaba que las cosas, que lo que iba dejando en un lado y otro, fuesen recuperadas por los demás. Estimaba esto natural y hasta se sentía orgullosa de proceder de este modo. Habíala oído murmurar más de una vez, complacida: «Desde luego, tengo la cabeza hecha una zaranda».

Me quedé con la vista fija en la enfermera Craven, corriendo por el césped, hasta que se perdió de vista. Sus movimientos eran muy normales; poseía un cuerpo vigoroso y bien equilibrado. Impulsivamente, manifesté:

—Me imagino que una persona así acabará por odiar ese género de existencia. Pienso en los casos en que, como ocurre en éste, no se trata de hacer uso solamente de los conocimientos específicos de la profesión. No creo, por otra parte, que la señora Franklin sea particularmente considerada o amable.

La respuesta de Poirot a estas palabras mías fue irritante para mí. Sin que hubiese nada que los justificara, se limitó a murmurar, cerrando los ojos:

—Cabellos castaños, de un tono rojizo.

Desde luego, la enfermera Craven tenía esos cabellos, pero yo no comprendía por qué razón había escogido Poirot aquel momento para formular tal comentario.

Opté por no despegar los labios.

Capítulo XI

A la mañana siguiente, antes de que fuera servida la comida, se suscitó una conversación que me dejó vagamente inquieto.

Nos habíamos reunido casualmente Judith, Boyd Carrington, Norton y yo.

No recuerdo cómo se suscitó el tema. El caso es que empezamos a hablar de la eutanasia, examinando sus pros y sus contras.

Boyd Carrington, como ya resulta natural, llevaba la voz cantante en la discusión; Norton intervenía en la misma de vez en cuando, apuntando alguna frase que otra: Judith, en general, se mostraba reservada, pero escuchaba atentamente lo que allí se decía.

Yo había confesado que aunque parecían existir, por lo que se advertía, muchas razones justificatorias de esa práctica, me inclinaba a repudiarla por motivos sentimentales. Además, aduje, aquello suponía depositar demasiado poder en manos de los parientes.

Norton estaba de acuerdo conmigo. Afirmó que cuando la muerte era segura, tras prolongados sufrimientos, a su juicio debía actuarse conforme a los deseos del paciente.

Boyd Carrington dijo:

—¡Oh! Ahí está lo más curioso: ¿accederá la persona

más afectada por el problema a que alguien «la quite de en medio»?

Contó entonces un caso, auténtico, según declaró. Tratábase de un hombre que sufría terriblemente a consecuencia de un cáncer que no podía ser operado. Este hombre había rogado al médico que le atendía «que le administrara o diera algo que sirviera para terminar con sus padecimientos». El médico contestó: «Me pide usted algo, amigo mío, que no puedo hacer». Más tarde, al salir de la habitación, había dejado sobre la mesita de noche del enfermo unas tabletas de morfina, explicándole cómo había de usarlas y recomendándole que no sobrepasara la dosis prevista, pues era peligro. Aunque las tabletas quedaron en poder del paciente, quien hubiera podido ingerir las necesarias para originar un fatal desenlace, éste se abstuvo de utilizarlas.

—Esto prueba —agregó Boyd Carrington— que a pesar de sus palabras el hombre prefería sufrir a morir rápida y pacíficamente.

Fue entonces cuando Judith habló por vez primera. Lo hizo en un tono enérgico, con cierta brusquedad.

—Hay un error ahí —señaló—, y éste radica en que jamás debió ser el paciente quien decidiera la cuestión.

Boyd Carrington le pidió que se explicara un poco más claro.

—Una persona que se encuentra débil, que sufre, que está enferma, carece de la energía necesaria para tomar una determinación. No puede hacer nada de eso. Tiene que surgir alguien que obre por ella. Éste es un deber de la exclusiva competencia de otra persona que la ama...

—¿Un deber? —inquirí, nada convencido.

Judith se volvió hacia mí.

—Sí. Un *deber*. Es necesario el concurso de alguien

de mente clara que acepte la responsabilidad de la acción.

Boyd Carrington denegó con un movimiento de cabeza.

—¿Para acabar en el estrado de los acusados, como responsable de un asesinato?

—No es ineludible eso. Y de todas maneras, si usted ama a alguien sabrá encajar el riesgo.

—Bueno, bueno, Judith —medió Norton—. Ésa es una responsabilidad muy grave, casi aterradora...

—Yo no pienso igual. La gente tiene demasiado miedo a las responsabilidades. Las aceptan cuando se refieren, por ejemplo, a un perro... ¿Por qué no obrar de la misma forma tratándose de un ser humano?

—Bueno... Eso es otra cosa muy distinta, ¿no?

Judith afirmó:

—Pues... sí. Es más importante.

Norton murmuró:

—Me deja usted sin aliento.

Boyd Carrington preguntó, curioso:

—En consecuencia, usted aceptaría el riesgo, ¿no?

—Creo que sí. A mí no me da miedo afrontar peligros.

Boyd Carrington volvió a mover la cabeza, convencido.

—Sin embargo, no se puede proceder así. No es posible tolerar la existencia dentro del país de personas que se tomen la justicia por sus manos, decidiendo cuando se tercie sobre materias tan graves como son la vida y la muerte.

Norton manifestó:

—A mí me parece, Boyd Carrington, que sucedería esto: a la mayor parte de la gente le faltaría valor para aceptar esa responsabilidad —sonrió débilmente al mirar a Judith—. No creo que usted reaccionara así llegado el momento.

Judith repuso, muy serena:

—Nunca se posee una absoluta seguridad en nada. No obstante, pienso que no me faltaría ese valor.

Norton repuso, con un ligero pestañeo:

—No procedería así, Judith. Es decir, a menos que tuviera un motivo personal.

La joven se ruborizó ligeramente ahora, apresurándose a contestar, con viveza:

—Sus palabras demuestran que no me ha comprendido. De poseer yo un móvil de tipo personal, ya no podría hacer nada. ¿Es que no lo ven? —agregó Judith, mirándonos a todos alternativamente—. Tiene que ser una cosa totalmente impersonal. Uno puede asumir la responsabilidad de... acabar con una vida siempre y cuando esté seguro del móvil que le impulsa. Ha de ser una acción desprovista por entero de egoísmos.

—Con todo —insistió Norton—, usted no haría eso.

Judith replicó, terca:

—Sí que lo haría. Empezaré por decirle que yo no considero la vida una cosa sagrada, como ustedes la ven. Hay que echar a un lado las vidas inútiles, las que no sirven para nada. Somos muchos. Solamente quienes estén en condiciones de prestar un servicio honesto a la comunidad tienen derecho a sobrevivir. Los demás deben ser eliminados, evitándoles totalmente el dolor.

La joven apeló de repente a Boyd Carrington.

—Usted está de acuerdo conmigo, ¿verdad?

Él respondió, hablando lentamente:

—En principio, sí. Únicamente deben sobrevivir quienes valen la pena.

—¿No se tomaría usted la justicia por su mano, de ser necesario?

—Quizá —dijo Boyd Carrington, vacilante—. No lo sé...

Norton señaló, sereno:

—En teoría, encontrará mucha gente que esté de acuerdo con usted. Ahora bien, en el terreno práctico, la cosa cambia.

—Eso no es lógico.

—Desde luego que no —manifestó Norton, impaciente—. Todo queda reducido, realmente, a una cuestión de *courage*. No todo el mundo posee el *arranque* preciso para eso, por así decirlo.

Judith guardó silencio. Y Norton continuó hablando:

—Con franqueza, Judith: usted sería de las personas faltas del valor indispensable llegado el momento crítico.

—¿Usted cree?

—Estoy seguro.

—A mí me parece que está usted en un error, Norton —manifestó Boyd Carrington—. Yo creo que Judith posee suficiente valor para proceder en el sentido indicado. Por suerte, esas ocasiones a que ha aludido no se presentan con frecuencia.

Llegó hasta los oídos de todos el sonido del gongo, en la casa.

Judith se puso en pie.

Marcando bien las palabras, la joven dijo a Norton:

—Está usted en un error. Yo tengo más valor... mucho más valor del que usted me supone.

Judith echó a andar rápidamente hacia el edificio. Boyd Carrington la siguió.

—¡Eh! Espere un momento, Judith.

Yo eché a andar también tras ellos. Sin saber concretamente por qué, me sentía profundamente abatido. Norton, especialmente sensible ante ciertas actitudes, quiso consolarme.

—No vaya a tomar sus palabras en serio —me dijo—. ¿Qué cerebro juvenil no ha albergado alguna vez esas ideas? Por fortuna, luego no se practica nada de lo pensado. Y todo se queda en puro parloteo.

Creo que Judith le oyó, pues volvió la cabeza para dispensar a mi acompañante una furiosa mirada.

Norton bajó la voz.

—Las teorías no tienen por qué preocuparnos. Son sólo eso: teorías... Sin embargo, Hastings...

—¿Qué?

Norton me dio la impresión de sentirse un tanto embarazado.

—No quisiera que me juzgara un entrometido, pero... ¿Qué sabe usted de Allerton?

—¿De Allerton?

—Sí... Lamento inmiscuirme en cosas que... Con franqueza: yo, en su lugar, no dejaría que Judith frecuentara mucho esa amistad. Goza el hombre de una reputación no muy buena...

—Puedo ver por mí mismo qué clase de individuo es —contesté, con amargura—. Sin embargo, no es fácil intervenir en casos como éste.

—¡Oh! Ya sé. Todas las chicas afirman que saben cuidar perfectamente de sí mismas. Y es verdad, muchas veces. Pero sucede que Allerton dispone de una técnica personal para las «resistentes» —Norton vaciló unos segundos antes de añadir—: Creo que tengo la obligación de contárselo... Sé una cosa relacionada con ese individuo que revela perfectamente su catadura moral.

Norton me refirió sobre la marcha una historia indignante, que más adelante yo podría comprobar en todos sus detalles. Protagonista de aquélla: una chica segura de sí misma, moderna, independiente. Allerton se había visto obligado a emplear todos sus recursos. Luego, llegó el aspecto real, feo, de la aventura. Y posteriormente, el final trágico: la muchacha burlada se había quitado la vida ingiriendo una dosis mortal de somníferos.

Lo peor del caso era que aquella joven era del estilo de Judith: rabiosamente independiente, decidida a valerse siempre por sí misma. Esta clase de mujeres, por añadidura, cuando se enamoraban lo hacían con una entrega total, con un apasionamiento que ni siquiera era capaz de imaginar una chica vulgar.

Al entrar en el comedor me sentía terriblemente preocupado.

Capítulo XII

1

L E preocupa a usted algo, *mon ami*? —me preguntó Poirot aquella tarde.

No contesté nada. Me limité a mover la cabeza a un lado y a otro. Pensaba que no tenía derecho a inquietar a Poirot con lo que era realmente un problema estrictamente personal. Por otro lado, ¿qué podía hacer?

Judith no hubiera aceptado ninguna protesta por mi parte. Habría acogido mis palabras con la sonrisa de desdén típica en los jóvenes cuando se ven forzados a escuchar los consejos de los mayores.

Judith, mi Judith...

Aquél fue un día muy malo para mí. Posteriormente, pensando en el mismo, he llegado a la conclusión de que pesaba también sobre mí la especial atmósfera de Styles. Era lógico que entonces mi fantasía se disparara. Contaba el triste pasado de la mansión, los siniestros momentos de entonces... La sombra de un crimen... Un asesino que andaba suelto por la casa, moviéndose libremente.

Y yo estaba convencido de que ese asesino era Allerton. ¡Y Judith se estaba enamorando de él! Esto resultaba increíble, monstruoso. Yo no sabía qué determinación tomar.

Tras la comida, Boyd Carrington me llevó aparte para hablar conmigo. Se aclaró la garganta brevemente antes de abordar el tema. Por fin, me dijo, muy serio:

—No quisiera que me juzgara mal, pero me creo en el deber de advertirle que es necesario que hable con su hija. Póngala en guardia. Usted ya sabe que Allerton es un individuo que goza de pésima reputación... Judith no saldrá ganando nada con esa amistad.

A un hombre que no tiene hijos le resulta muy fácil expresarse en estos términos. Mi hija no aceptaría nunca mis consejos.

¿De qué podía servir mi intervención? ¿No empeoraría la situación con mis palabras?

Admito que sentí la tentación de mantenerme aparte, de callar. Pero después me dije que esta actitud suponía una cobardía tan sólo. Decidí, por último, poner las cartas sobre la mesa. Estaba atemorizado. Tenía miedo de que a mi bella Judith, joven, inexperta a pesar de todo, le ocurriera algo desagradable.

Fui de un lado a otro del jardín. Mis pensamientos eran progresivamente más confusos. En uno de aquellos precipitados paseos fui a parar al macizo de las rosas, donde, inesperadamente, descubrí a Judith, sentada. Nunca he visto en un rostro femenino una expresión mayor de preocupación.

Su presencia decidió mi conducta, sin más reflexión. Me acerqué a ella. Únicamente entonces me vio.

—Judith —le dije—. Judith, por amor de Dios, no estés tan preocupada.

Se volvió hacia mí, con un sobresalto.

—¿Qué quieres decir?

Las palabras acudían atropelladamente a mis labios. Pensé que sería terrible si se resistía a continuar escuchándome...

—Mi querida Judith... No vayas a pensar que no

lo sé, que no acierto a verlo. Él no vale la pena... ¡Oh! Créeme: no vale la pena.

Judith escrutó mi faz, alarmada. No obstante, respondió con serenidad:

—¿Crees realmente saber de qué estás hablando?

—Sí... A ti te atrae ese hombre, pero escúchame, querida: no te conviene, no...

Ella esbozó una sonrisa de tristeza, una sonrisa que me partió el corazón.

—Eso lo sé yo tan bien como tú, quizá.

—No, no lo sabes... ¡Oh, Judith! ¿Qué puedes sacar de todo esto? Se trata de un hombre casado. ¿Qué porvenir hay aquí para ti? Es algo que sólo puede acarrearte sufrimientos, algo con un desenlace saturado de amargura.

Su sonrisa se acentuó, y aún me pareció más triste.

—Con qué facilidad te expresas, ¿eh?

—Renuncia, Judith...

—¡No!

—Él no es digno de ti, querida.

Judith repuso, serenamente:

—Estás en un error, padre. Él se lo merece todo.

—No, no, Judith. Por favor, te ruego que...

La sonrisa se desvaneció. Judith se volvió hacia mí, furiosa, irguiéndose un poco.

—¿Cómo te atreves a hablarme así? ¿Por qué has de entrometerte en mis asuntos? ¡Es que no lo soporto! No vuelvas a hablarme en ese tono de nuevo. Haces que te odie. Eso no es de tu incumbencia. Se trata de *mi* vida... ¿Con qué derecho te inmiscuyes en mis asuntos privados?

Judith se puso en pie. Con firme mano, me echó suavemente a un lado, alejándose. Había salido disparada, hecha una furia. Me dejó profundamente abatido.

2

Un cuarto de hora más tarde continuaba en el mismo sitio, incapaz de decidir qué debía hacer seguidamente.

Elizabeth Cole y Norton se unieron luego a mí.

Los dos, según comprendí más adelante, fueron muy amables conmigo. Ambos debieron de darse cuenta de mi turbación mental en aquellos momentos. Comportándose con mucho tacto, no aludieron para nada a esto. Me obligaron a dar un paseo con ellos. Mis acompañantes eran, indudablemente, amantes de la naturaleza. Elizabeth Cole me habló de las flores silvestres que íbamos encontrando al paso. Norton me forzó a utilizar sus prismáticos en varias ocasiones para que pudiera contemplar a gusto unos pájaros.

Sus palabras eran interesantes. A mí me sirvieron de sedante. La conversación se centró exclusivamente en los graciosos seres alados y en la flora de la comarca. Poco a poco, fui volviendo a la normalidad. Sin embargo, por debajo de aquella aparente calma me poseía todavía un gran desasosiego.

Yo me inclinaba a pensar, como suele pasar en tales situaciones, que todo lo que pudiera ocurrir tendría a la fuerza que ver con mi personal perplejidad.

Por consiguiente, cuando Norton se llevó a los ojos sus prismáticos, para señalar que acababa de localizar a un pájaro carpintero de determinadas características, guardando silencio de pronto, recelé inmediatamente algo anormal. Alargué la mano para que me diera los gemelos.

—Déjeme ver.

Pronuncié estas dos palabras en un tono apremiante.

Norton se mostró inexplicablemente reacio, contestándome, nervioso:

—Me... me he equivocado. El pájaro ha volado... Creo que era un ejemplar corriente, la verdad.

Se había puesto muy pálido. Rehuía nuestras miradas. Parecía encontrarse sumamente desconcertado.

Llegué a una conclusión que incluso ahora estimo razonable: Norton acababa de contemplar algo que no quería que viera yo.

Fuera lo que fuera aquello, se había quedado tan desconcertado que Elizabeth Cole y yo no tuvimos más remedio que advertirlo.

Había enfocado con los prismáticos una zona de bastante vegetación que quedaba distante. ¿Qué era lo que había descubierto por allí?

—Déjeme los prismáticos un instante —insistí.

Se los arrebaté, casi. Él hizo un movimiento instintivo de resistencia. Actuó con torpeza. Y yo me mostré más bien brusco.

Norton murmuró, débilmente:

—En realidad, no era Bueno, el pájaro ha remontado el vuelo. Yo quisiera...

Mis manos temblaban levemente cuando empecé a ajustarme los prismáticos a los ojos. Eran éstos de gran potencia. Los enfoqué sobre el punto que a mi juicio había estado estudiando Norton.

Pero no vi nada... Bueno, distinguí algo blanco (¿un vestido femenino blanco?) que se perdía entre los árboles.

Sin pronunciar una sola palabra, devolví a Norton sus prismáticos. No me miró siquiera. Me dio la impresión de que se hallaba preocupado, perplejo.

Emprendimos el regreso a la casa juntos. Recuerdo que Norton no habló en todo el camino.

3

La señora Franklin y Boyd Carrington entraron poco después de haber vuelto nosotros. Él la había llevado en su coche a Tadcaster porque su acompañante pretendía comprar algunas cosas.

Ella había aprovechado bien el desplazamiento, según deduje. Del coche salieron numerosos paquetes. La señora Franklin estaba muy animada. No paraba de hablar ni de reír. Sus mejillas habían tomado un poco de color.

Envió a Boyd Carrington arriba con un paquete particularmente frágil y yo, galante, me hice cargo de otro por el estilo.

Hablaba con más rapidez y nerviosismo que de costumbre.

—Hace un calor espantoso, ¿verdad? Yo creo que va a estallar una tormenta. Tiene que cambiar el tiempo, forzosamente. Hace mucho que no llueve. Nos hallamos ante la peor sequía de los últimos años.

Volvióse hacia Elizabeth Cole, agregando:

—¿Qué han estado haciendo ustedes por aquí? ¿Dónde está John? Me dijo que le dolía la cabeza y que pensaba dar un paseo. Es raro que a él le duela la cabeza. Esto no suele ocurrirle... A mí me parece que anda preocupado con sus experimentos. Debe de estar tropezando con algunas dificultades. A mí me gustaría que fuese más explícito...

Hizo una pausa, dirigiéndose ahora a Norton:

—Está usted muy callado, señor Norton. ¿Le ocurre algo? Me da la impresión de hallarse... asustado. No habrá visto el fantasma de la señora *Como-se-llamara*, ¿eh?

Norton contestó:

—No, no he visto ningún fantasma, desde luego. Estaba... estaba pensando, simplemente.

En aquel instante, apareció Curtiss empujando la silla de ruedas de Poirot.

Se detuvo en el vestíbulo. Disponíase a llevar a su señor a la otra planta.

Poirot, repentinamente alerta, miró; una tras otra, nuestras caras.

—¿Qué sucede? —preguntó con viveza—. ¿Pasa algo?

Nadie contestó de momento. Luego, Bárbara Franklin, con una risita falsa, manifestó:

—No, no, por supuesto. ¿Por qué ha de pasar algo? Quizá, quizá sea todo efecto de la tronada que esperamos oír ¡Oh! Estoy terriblemente fatigada. ¿Quiere usted subirme estas cosas, capitán Hastings? Muchísimas gracias.

La seguí escaleras arriba y por el ala este. Ocupaba la habitación que quedaba más al fondo.

La señora Franklin abrió la puerta. Yo me encontraba a su espalda cargado de paquetes.

Se detuvo bruscamente en la entrada. Junto a la ventana, Boyd Carrington se dejaba examinar la palma de la mano por la enfermera Craven.

Él levantó la vista, sonriendo, un tanto turbado.

—¡Hola! Me están diciendo la buenaventura. La enfermera sabe leer en las palmas de las manos.

—¿De veras? No lo sabía —contestó Bárbara Franklin, con aspereza—. Hágase cargo de estos paquetes, ¿quiere, enfermera? —A mí me dio la impresión de que estaba enfadada con aquella mujer—. Prepáreme un ponche. Estoy muy cansada. Quiero también una botella de agua caliente. Me acostaré lo antes posible.

—Muy bien, señora Franklin.

La enfermera Craven comenzó a moverse de un lado para otro, con su habitual eficiencia de siempre.

—Por favor, Bill... Me siento extenuada.

Boyd Carrington se mostró muy solícito.

—Esto ha sido mucho para ti, Babs, ¿no? Lo siento. ¡Qué estúpido he sido, querida! No debiera haberte permitido hacer tantos esfuerzos.

La señora Franklin esbozó su angélica sonrisa de mártir, que ya conocíamos.

Los dos hombres salimos de la habitación, dejando en ésta a Bárbara Franklin y la enfermera.

Boyd Carrington declaró, en tono contrito:

—He sido un necio. Bárbara se hallaba tan animada que no me acordé de que es una mujer muy delicada. ¡Ojalá que este pequeño exceso de hoy no traiga consecuencias!

Repuse, mecánicamente:

—¡Oh! Me imagino que tras toda una noche de descanso se encontrará perfectamente.

Al llegar a la escalera, nos separamos. Decidí encaminarme al ala opuesta, donde se hallaba mi habitación y la de Poirot. Mi amigo estaría esperándome. Por primera vez, me sentí intimidado ante la idea de verle. Tenía demasiadas cosas en que pensar...

Avancé lentamente por el pasillo.

Oí unas voces en la habitación de Allerton. Me detuve inconscientemente unos momentos frente a la puerta. De repente, ésta se abrió, saliendo del cuarto mi hija Judith.

Se quedó como paralizada al verme. Cogiéndola por un brazo, la hice entrar en mi habitación. Me sentía indignado.

—¿Qué es lo que te propones visitando la habitación de ese individuo?

Ella me miró fijamente. No estaba enfadada, ahora. La notaba completamente fría. Guardó silencio durante unos segundos.

La así por un brazo, sacudiéndola.

—No toleraré esto, pese a todo. Tú no te das cuenta de lo que estás haciendo.

Judith me contestó en voz baja, incisiva:

—Yo diría que tienes una mente muy sucia...

—Es posible. Esto es un reproche que utilizan mucho los miembros de tu generación al enfrentarse con los de la mía. Nosotros, al menos, nos regíamos por ciertas normas. Que quede esto bien claro, Judith: te prohíbo que vuelvas a tener relación de un tipo u otro con ese hombre.

Ella continuó mirándome fijamente. Luego, repuso:

—Ya. De eso se trataba, ¿no?

—¿Niegas que estás enamorada de él?

—No.

—Pero... tú no sabes quién es él. No puedes saberlo...

Repetí la historia que me habían contado sobre Allerton.

—Ya ves qué clase de sujeto es —señalé, cuando hube terminado de hablar.

Judith no estaba impresionada, ni mucho menos. Sus labios se curvaron en una mueca de desdén.

—Puedo asegurarte que nunca pensé que fuera un santo.

—¿No significa nada para ti lo que acabo de referirte? Tú no puedes llegar a ese estado de depravación, ¿eh?

—Eres muy dueño de poner los nombres que se te antojen a las cosas.

—Judith: tú no puedes...

No acerté a concretar en palabras lo que pensaba. Ella liberó bruscamente su brazo de mi mano.

—Escucha esto, padre: yo haré lo que se me antoje más conveniente. No tienes por qué estar riñéndome a cada paso. Con mi vida puedo hacer lo que quiera, ya que es mía.

Judith salió de mi habitación disparada.

Me temblaban las rodillas.

Me dejé caer en un sillón. Todo resultaba ser peor de lo que yo me imaginaba. Judith estaba enamorada.

¿A quién recurrir en tales circunstancias? Su madre, la única persona a la cual ella hubiera escuchado, había muerto. Todo dependía de mí.

Nunca había sufrido yo tanto como en aquellos momentos...

4

Fui reanimándome. Me lavé, me afeité. Seguidamente, me cambié de ropa. Bajé al comedor. Creo que me comporté de una manera absolutamente normal. Nadie pareció advertir que me sucedía algo fuera de lo corriente.

En una o dos ocasiones, vi que Judith me observaba, curiosa. Pensé que debía de haberla sorprendido mi actitud, el control de mí mismo, de que hacía gala.

Había adoptado una decisión. Y a medida que pasaban los minutos sentíala más y más arraigada en mí.

Sólo necesitaba tener un poco de valor. Y actuar con la máxima cautela.

Después de la cena, salimos al jardín, formulando comentarios sobre el estado del tiempo. Todos creíamos que llovería, que se desencadenaría una fuerte tormenta.

Por el rabillo del ojo, vi que Judith se perdía tras una de las esquinas de la casa. A los pocos minutos, Allerton se dirigió al mismo sitio.

Me separé de Boyd Carrington con un pretexto cualquiera, encaminándome a aquel punto.

Norton intentó retenerme. Me sugirió que diéramos un paseo hasta los macizos de las rosas. Me desentendí de él.

Los vi en seguida. Allerton se había inclinado sobre Judith, abrazándola, besándola seguidamente.

Se separaron rápidamente. Di un paso adelante.

Norton, que no se había apartado del todo de mí, quiso impedir que continuara avanzando.

—Cuidado, Hastings! Usted no puede...

Le interrumpí bruscamente:

—¿Cómo que no puedo? Va usted a verlo...

—No conseguirá nada, amigo mío. Es lógico que esto le disguste, pero no puede hacer nada.

Guardé silencio. Él estaba convencido de que aquello tenía que quedar así, pero yo tenía más elementos de juicio.

Norton continuó diciendo:

—Es inútil, Hastings. Tiene usted que admitir la derrota. ¡Acéptela de una vez, hombre!

No quise contradecirle. Esperé, dejándole hablar. Luego, me encaminé al mismo lugar.

Los dos habían desaparecido ahora. Sin embargo, yo me figuraba dónde estaban. A poca distancia de allí, entre unos árboles, había un cenador.

Me dirigí hacia este punto. Creo que Norton, entonces, todavía me acompañaba, pero no estoy seguro de tal detalle.

Al acercarme más allá oí unas voces y me detuve. Estaba hablando Allerton:

—Bueno, querida, eso está acordado ya. No formules más reparos. Mañana, tú te vas a la ciudad. Yo diré aquí que voy a Ipswich, para un par de días, con objeto de ver a un amigo. Tú telegrafías desde Londres diciendo que no te es posible regresar. ¿Quién va a saber lo de nuestra cena en mi piso? Puedo prometerte que no te arrepentirás...

Sentí que Norton tiraba de mí. De repente, completamente calmado, me volví. Me dieron ganas de echarme a reír al ver su rostro, ansioso, preocupado. Le permití que me llevara a la casa. Fingí ceder porque en aquellos instantes sabía exactamente qué era lo que iba a hacer...

Le dije, serenamente:

—No se preocupe, amigo. Esto no conduce a nada... Me doy cuenta perfectamente ahora. No podemos inmiscuirnos en las vidas de los hijos. Esto se ha acabado.

Él se sintió absurdamente aliviado, por lo que vi.

Poco después, le anuncié que iba a acostarme, pese a que aún era temprano. Alegué que me dolía un poco la cabeza.

Norton no tenía ni la más leve idea acerca de mis propósitos.

V

Me detuve unos momentos en el pasillo. Reinaba un absoluto silencio. No había nadie por allí. A Norton, que tenía su habitación por aquella parte, lo había dejado abajo; Elizabeth Cole estaba jugando al bridge; Curtiss (lo sabía bien) estaría en la otra planta, cenando. Allí podía moverme a mis anchas.

Había estado trabajando con Poirot durante muchos años. Estaba al tanto, pues, de las precauciones a adoptar.

Allerton no se vería con Judith en Londres al día siguiente.

Allerton no iría a ningún sitio veinticuatro horas más tarde...

Todo aquello era de una sencillez impresionante.

Entré en mi habitación, cogiendo mi frasquito de las aspirinas. Seguidamente pasé a la de Allerton, penetrando en el cuarto de baño. En uno de los estantes de vidrio se hallaban las tabletas somníferas. Consideré que con ocho habría bastante. La dosis normal era una, o dos, a lo sumo. Con ocho, por consiguiente, lograría sin lugar a dudas el efecto apetecido. Leí el rótulo del medicamento: «Es peligroso aumentar la dosis prescrita.»

Sonreí.

Interpuse entre el frasquito y mi mano un pañuelo de seda en el momento de destaparlo. No podía dejar huellas dactilares.

Examiné las tabletas. Sí. Eran casi del mismo tamaño que las aspirinas. Introduje ocho aspirinas en la botellita, que llené con las tabletas somníferas, dejando fuera ocho. El frasquito tenía ahora el mismo aspecto que al principio. Allerton no advertiría nada anómalo.

Volví a mi habitación. Tenía en ella una botella de whisky, igual que los demás, en Styles, en sus cuartos respectivos. Cogí dos vasos y un sillón. Allerton era de los que nunca decían que no a la hora de echar un trago. Cuando subiera haría los debidos honores al último, seguramente, de la jornada.

Probé las tabletas en un poco de alcohol. Se disolvieron con bastante rapidez. Probé la mezcla. Tenía un sabor levemente amargo, pero apenas se notaba. Ya había concebido mi plan... Yo estaría preparándome un whisky cuando Allerton subiera. Le alargaría el vaso que tuviera en las manos, cogiendo el otro para mí. Todo parecería muy normal.

Probablemente, no estaba al corriente de mis sentimientos... Desde luego, podía ser que Judith se lo hubiera explicado todo. Consideré esta cuestión durante unos momentos, decidiendo que pisaba terreno firme. Judith jamás contaba nada a nadie.

Él creería que ignoraba sus planes.

Ya sólo me quedaba esperar. Pasaría una hora, o dos, antes de que Allerton se retirara a su habitación. El hombre era un trasnochador.

Aguardé, pacientemente...

Alguien llamó a la puerta, haciéndome experimentar un sobresalto. Era Curtiss. Poirot estaba preguntando por mí.

¡Poirot! No me había acordado de él en toda la noche. Debía de haber estado preguntándose qué había sido de mí. Me sentí avergonzado. Había estado manteniéndome lejos de él. Y ahora pretendía ocultarle qué había sucedido y estaba a punto de suceder, al mismo tiempo, algo imprevisto.

Eché a andar detrás de Curtiss.

—*Eh, bien!* —exclamó Poirot—. De manera que me ha abandonado usted por completo, *hein?*

Simulé un bostezo y sonreí sin ganas.

—Lo siento muchísimo, amigo mío —respondí—. Si quiere que le diga la verdad, le notificaré que he sufrido tal dolor de cabeza que apenas podía ver. Supongo que es efecto del tiempo... Éste me había puesto ya con anterioridad de mal talante. Ni siquiera me acordé de acercarme por aquí para desearle que descansara antes de retirarme a mi habitación.

Poirot se mostró inmediatamente muy solícito conmigo. Siempre reaccionaba así en tales casos. Me ofreció algunos remedios. Me riñó. Me dijo que hubiera debido evitar las corrientes de aire. (¡Y aquél había sido el día más caluroso del verano!) Me negué a tomar una aspirina, alegando que ya había ingerido una. En cambio, me fue imposible rechazar una taza de chocolate, un chocolate dulzón, que secretamente me repugnaba.

—El chocolate es un excelente alimento para los nervios —me explicó Poirot.

Apuré la taza para evitar discusiones, y después, resonando en mis oídos todavía las palabras afectuosas de mi amigo, le deseé que pasara una buena noche.

Regresé a mi habitación, procurando hacer un poco de ruido al cerrar la puerta. Luego la entreabrí cautelosamente. Oiría perfectamente los pasos de Allerton cuando llegara. Pero todavía tendrían que pasar algunos minutos.

Esperé. Pensé en mi difunta esposa. Llegué a decirme, en voz baja: «Voy a salvar a nuestra hija. ¿Me comprendes, querida?»

Ella me había confiado a Judith. Yo no pensaba defraudarla.

En el silencio de la noche, sentí de repente como si Cinders se hallara a mi lado.

Tuve la impresión de que se hallaba conmigo, dentro del cuarto, sí.

Y continué aguardando, sombrío, animado por las peores intenciones...

Capítulo XIII

I

Muchas veces nuestras acciones más trascendentales se ven afectadas por materialidades que son como sombras que atenúan la mayor o menor estimación que podamos sentir por nosotros mismos.

La verdad es que mientras permanecía sentado allí, esperando la llegada de Allerton, ¡me quedé dormido!

En realidad, esto no era de extrañar. Había dormido muy mal la noche anterior. Había estado como flotando a lo largo de todo el día. Andaba preocupado. Trataba de decidir qué era lo que convenía hacer en mi caso. Me sentía enervado por tantas tensiones. Y a todo eso no era ajeno el tiempo, con su amenaza de tormenta. También contribuyó a aquello el feroz esfuerzo de concentración que realizaba.

El caso es que me quedé dormido en mi sillón y que cuando abrí los ojos oí el familiar gorjeo de los pájaros de todas las mañanas El sol estaba ya bastante alto. Yo me hallaba entumecido, a consecuencia de la incómoda postura durante tantas horas, completamente vestido. Tenía muy mal sabor de boca y la cabeza parecía ir a partírseme en dos.

Me sentía disgustado profundamente. Apenas podía

dar crédito a aquello. Finalmente, experimenté un gran alivio, en cuanto dediqué al asunto unos minutos de reflexión.

Había estado forzando mucho las cosas; me había equivocado. Lo veía todo con perfecta claridad. Me había mostrado demasiado melodramático; había perdido todo sentido de las proporciones. En realidad, había estado pensando en asesinar a otro ser humano.

En este momento, mi mirada se detuvo en el vaso de whisky que tenía delante de mí. Sentí un estremecimiento. Me levanté, descorrí las cortinas de la ventana y arrojé el contenido del vaso al jardín. ¡Debía de haber estado loco la noche anterior!

Me afeité. Después de bañarme, me vestí. Sintiéndome ya mucho mejor, me encaminé a la habitación de Poirot. Siempre se levantaba temprano. Tomé asiento y le expliqué lo que me había pasado en las últimas horas.

Experimenté un gran alivio al proceder así.

Él movió la cabeza, comprensivo.

—¡Con qué locuras tiene uno que enfrentarse! Me alegro de que haya venido a confesarme sus pecados. Sin embargo, ¿por qué no procedió de este modo anoche, explicándome con todo detalle lo que se le había ocurrido?

Un poco avergonzado, repuse:

—Supongo que temía que usted no me dejara seguir adelante.

—Desde luego que le habría parado los pies, no le quepa la menor duda. ¿Cómo iba a consentir yo que muriera usted en la horca, por habernos librado de un granuja como el comandante Allerton?

—La policía no hubiera llegado a detenerme —contesté—. Adopté todas las precauciones necesarias.

—Ésa es una idea muy corriente en los asesinos. ¡Se había identificado bien con ellos! Permítame que le diga, sin embargo, *mon ami*, que no fue usted tan inteligente como se figura.

—Tomé mis medidas. Por ejemplo: en el frasquito no quedaron impresas mis huellas dactilares.

—Exactamente. Y también borró las huellas dactilares de Allerton. ¿Qué hubiera pasado al encontrarse su cadáver? Hecha la autopsia, el médico emite su dictamen: la muerte ha sido producida por una dosis excesiva de somnífero. La víctima pudo ingerirla accidentalmente. O intencionadamente. *Tiens!* Sus huellas digitales no están en la botellita. ¿Por qué? Él no iba a borrarlas tratándose de una cosa accidental o de un suicidio. Por fin, se estudian las restantes tabletas y entonces se descubre que casi la mitad de ellas han sido reemplazadas por aspirinas.

—Bueno... Todo el mundo, prácticamente, tiene tabletas de aspirina —murmuré.

—Sí, pero no todo el mundo tiene una hija que se ve perseguida por Allerton, con propósitos censurables o intenciones deshonestas, como se diría en uno de aquellos melodramas de fin de siglo. A todo esto, usted riñó con su hija al abordar el asunto el día anterior. Dos personas, Boyd Carrington y Norton, se hallaban en condiciones de jurar que el hombre le ha inspirado un fuerte odio.

»No, Hastings. La cosa no habría salido muy bien. La policía hubiera reparado en seguida en usted. Su estado especial de ánimo, sus mismos remordimientos, habrían dejado ver a un inspector de policía regularmente hábil que usted era culpable. También es posible que alguien le viera mientras operaba con las tabletas.

—No puede ser. No había nadie por los alrededores.

—Hay una terraza frente a la ventana. Alguien pudo estar curioseando desde allí. También podemos pensar que alguien miró por el ojo de la cerradura.

—Está usted obsesionado con los ojos de las cerraduras, Poirot. Contrariamente a lo que piensa, la gente no se pasa la vida escudriñando en el interior de las habitaciones a través de aquéllas.

Poirot manifestó con los párpados entreabiertos que yo había sido siempre una persona demasiado confiada.

—Le diré, de paso, que en esta casa suceden cosas muy chocantes precisamente con las llaves de las cerraduras. Yo prefiero que mi puerta esté cerrada con llave por dentro en todo momento, incluso cuando Curtiss se encuentra en la habitación contigua. Poco después de haber llegado yo aquí, mi llave desapareció misteriosamente. No hubo manera de encontrarla. Tuve que encargar que me hicieran otra.

—Bueno —dije con un profundo suspiro de alivio, conturbado aún por mis preocupaciones—, el caso es que eso no fue adelante. Es terrible... ¡Hay que ver hasta qué extremo puede llegar uno cuando se ve atormentado mentalmente! —bajo la voz—. Poirot: ¿usted no cree en la posibilidad de que, a causa... a causa del crimen que fue cometido aquí hace tiempo, pueda existir algo de carácter infeccioso en el aire?

—¿Un virus del crimen, quiere usted decir? Bien. Es una interesante sugerencia.

—Todas las casas tienen su atmósfera peculiar —manifesté, pensativo—. Esta casa tiene una mala historia.

Poirot asintió.

—Sí. Ha habido aquí gente (varias personas) que deseó la muerte de alguien... Esto es cierto.

—Yo creo que es una cosa que pesa sobre todos de alguna manera. Pero ahora, Poirot, lo que yo quisiera es que me dijera qué he de hacer con respecto a esto, a lo de Judith y Allerton. Hay que parar esa relación como sea. ¿Qué es lo mejor que puedo hacer, a su juicio?

—No haga nada —contestó Poirot, sin vacilar.

—Pero...

—Créame; siempre causará menos daño que interviniendo.

—Si yo abordara a Allerton...

—¿Qué puede usted decirle? ¿Qué puede hacerle? Judith tiene veintiún años. Es libre para decidir por sí misma...

—No obstante, yo debiera ser capaz de...

Poirot me interrumpió.

—No, Hastings. No se crea usted en posesión de la inteligencia, energía y astucia necesarias para imponer sus opiniones a esa pareja. Allerton está acostumbrado a habérselas con padres impotentes y enfadados. Probablemente, considera esto un buen pasatiempo. Judith no es de las jóvenes que se sienten intimidadas fácilmente. Yo le aconsejaría una conducta totalmente distinta de la que había pensado adoptar. En su lugar, yo confiaría en la chica.

Le miré fijamente.

—Judith —explicó Hércules Poirot— es una joven que posee excelentes condiciones... Yo la admiro mucho.

Repliqué, con voz nada firme:

—Yo también la admiro. Pero tengo miedo de que le suceda algo desagradable.

Poirot hizo un gesto afirmativo con gran energía.

—Yo también temo por ella. Pero no en la forma que usted... Tengo mucho miedo. Soy casi un inválido, a todo esto. Y los días van pasando. Nos enfrentamos con un peligro, Hastings, un peligro cada vez más inminente.

II

Yo sabía tan bien como Poirot que el peligro se acercaba... Tenía más razones para estar al tanto del mismo que él, a causa de lo que había oído la noche anterior.

Repasé una de las frases de Poirot cuando bajé a

desayunar: «En su lugar, yo confiaría en la chica.»

Me había proporcionado un consuelo muy grande. Y, casi inmediatamente, quedó justificada. Judith, evidentemente, había cambiado de idea con respecto a su viaje a Londres aquel día.

Después del desayuno se fue al laboratorio, con Franklin, directamente, como de costumbre. Todo indicaba que los dos iban a tener un día de mucho trabajo allí.

Me sentí inundado de felicidad. ¡Qué locura, qué desesperación, la de la noche anterior! Yo había dado por descontado que Judith acababa de ceder ante las propuestas sospechosas de Allerton. Reflexioné... En fin de cuentas, ésta era la verdad, ella no había dado claramente su consentimiento. Judith era demasiado inteligente, demasiado buena, para caer en aquella trampa. Habíase negado a acudir a la cita.

Allerton había desayunado muy temprano, saliendo luego para Ipswich. En consecuencia, se atenía al plan elaborado, debiendo suponer que Judith se trasladaría en su momento a Londres, como los dos habían hablado.

Pensé que se iba a llevar un chasco...

Boyd Carrington se me acercó, señalando que me veía muy animoso, muy optimista, aquella mañana.

—Pues sí —repliqué—. Me hallo en posesión de excelentes noticias.

Me comunicó que él no podía decir lo mismo. El arquitecto le había llamado por teléfono para notificarle que tropezaba con ciertas dificultades en su trabajo, motivadas por los reparos de la inspección local. También había recibido varias cartas nada gratas. Y temía haber dado lugar el día anterior a que la señora Franklin realizara esfuerzos nada convenientes para su delicada salud.

La señora Franklin, ciertamente, se estaba recuperando de su reciente salida de la normalidad. Según deduje de unas palabras de la enfermera Craven, no había quien la soportara.

La enfermera Craven había tenido que renunciar a su día libre. Pensaba haberlo pasado con unos amigos y se mostraba muy resentida. Desde una hora muy temprana de la mañana, la señora Franklin había estado pidiéndole botellas de agua caliente y cosas de comer y beber; la enfermera no había podido abandonar la habitación un momento. La esposa del doctor se quejaba de estar sufriendo unos fuertes dolores de cabeza, alegando también que sentía unos fuertes latidos de corazón, calambres en las piernas, escalofríos y no sé qué más...

Nadie allí mostraba tendencia alguna a sentirse alarmado. Todos atribuimos la situación a las inclinaciones hipocondríacas de la señora Franklin.

El doctor Franklin fue sacado de su laboratorio. Después de escuchar las lamentaciones de su esposa, le preguntó si quería que le viera el médico de la localidad. A estas palabras, la mujer correspondió con una violenta negativa. Entonces, él le preparó un calmante, hablándole serenamente para que se tranquilizara. A continuación se fue, metiéndose en el laboratorio nuevamente.

La enfermera Craven me dijo:

—Desde luego, él sabe a qué atenerse...

—¿No cree usted que le pase nada a esa mujer?

—¿Qué le va a pasar? Su temperatura es normal su pulso es correcto. Si quiere que le sea sincera, le diré que todo lo que hace la señora Franklin son puros aspavientos.

La enfermera Craven estaba irritada, mostrándose por ello un tanto indiscreta.

—A ella le molesta el espectáculo de la felicidad ajena. Ella quisiera que su marido se sintiera agotado, sin fuerzas, que yo la siguiera en todo momento con la lengua fuera... Incluso se las ha arreglado para llevar cierta preocupación a sir William, haciéndole ver que fue un bruto, que la dejó extenuada con su excursión. Esa mujer es así.

Claramente, se veía que aquel día la enfermera Craven hallaba a la señora Franklin insoportable. Deduje de su actitud que la esposa del doctor habíase portado groseramente con ella. La señora Franklin pertenecía al grupo de mujeres que caen mal instintivamente entre los servidores, no solamente por las molestias que ocasionan sino también por sus pésimos modales. Por tanto, como ya he dicho antes, ninguno de nosotros tomó su indisposición en serio.

Había que hacer una excepción: Boyd Carrington, quien vagaba de un lado para otro, con aire patético, haciendo pensar en la imagen de un chico que hubiera sido severamente reprendido.

He vuelto en muchas ocasiones sobre los acontecimientos de aquel día, intentado recordar algo que me hubiera pasado inadvertido, algún incidente insignificante, la disposición de ánimo de cada uno de los presentes allí entonces, su serenidad o nerviosismo...

Permítaseme una vez más que deje constancia aquí de cuanto recuerdo acerca de todos.

Boyd Carrington, como ya he señalado, parecía sentirse muy molesto y como si hubiera cometido alguna falta irreparable. Parecía pensar también que se había mostrado despreocupado el día anterior, sin reparar para nada en la frágil naturaleza de su acompañante. Se había acercado a la habitación de Bárbara Franklin, para preguntar por ella, y la enfermera Craven, que no se hallaba precisamente en una de sus más afortunadas jornadas, había contestado con sequedad a sus preguntas. Había ido a la población vecina, incluso, para comprar una caja de bombones. Ésta le había sido devuelta. «La señora Franklin no soporta los bombones.»

Con un gesto de desconsuelo, abrió la caja en cuestión en el salón de fumar. Con aire solemne, Norton, él y yo hicimos los debidos honores a las golosinas que contenía.

Estimo ahora que a Norton le rondaba algo por la cabeza aquella mañana. Se le veía abstraído. En una o dos ocasiones, le vi fruncir el ceño, como si le dominara alguna preocupación o intentara desentrañar algún misterio.

Le gustaban los bombones y comió muchos, siempre abstraídamente.

Fuera, el tiempo había tomado ya un giro definido. Llovía desde las diez.

Allí no se notaba la melancolía que a veces acompaña a un día húmedo. Realmente, aquello supuso un alivio para todos nosotros.

Poirot había sido bajado por Curtiss alrededor del mediodía, pasando al salón en su silla de ruedas. Elizabeth Cole se había unido a él, poniéndose a tocar el piano para entretenerle. La señorita Cole dominaba bien aquel instrumento, interpretando acertadamente a Bach y a Mozart, compositores que figuraban entre los favoritos de mi amigo.

Franklin y Judith llegaron a la una menos cuarto. La joven estaba pálida y fatigada. Se mostró muy callada; miró a su alrededor, como si estuviera soñando, y luego se fue. Franklin se sentó con nosotros. También él parecía estar cansado y abstraído. Evidentemente tenía los nervios de punta.

Recuerdo que aludió a la lluvia como un alivio, manifestando, rápidamente:

—Sí. A veces, es conveniente que las cosas se resuelvan de una manera u otra, que estallen...

No sé por qué, tuve la impresión de que no se limitaba a pensar en el tiempo. Torpe como siempre, en sus movimientos, dio un manotazo a la caja de bombones, derramando la mitad de su contenido. Con su habitual aire de sobresalto, se excusó... dirigiéndose más bien a la caja.

—¡Oh! Lo siento.

Aquello hubiera debido parecernos divertido, pero lo cierto es que no lo fue. Se inclinó atropelladamente, poniéndose a recoger los bombones.

Norton le preguntó si había trabajado mucho aquella mañana.

Su rostro se animó entonces con una sonrisa, una sonrisa ansiosa, de niño grande, que daba vida a su cara.

—No, no... acabo de comprender, de pronto, que he estado siguiendo un camino erróneo. Necesito recurrir a un proceso mucho más simple. De este modo podré valerme de algo así como un atajo...

El hombre osciló levemente sobre sus piernas, adoptando un aire ausente pero resuelto.

—Sí... Es un atajo. El mejor camino a seguir.

III

Durante la mañana, todos habíamos estado nerviosos e indecisos. La tarde resultó inesperadamente agradable. Salió el sol. La temperatura nos reanimó. La señora Luttrell abandonó su habitación, sentándose en la terraza. Estaba en plena forma... Sus maneras eran encantadoras. No advertimos ingratas reservas en su actitud. Ironizó un poco a costa de su esposo, pero lo hizo con mesura, con afecto, incluso. El estaba radiante. Nos gustó mucho a todos comprobar que se llevaban perfectamente.

Poirot se dejó ver también en su silla de ruedas, hallándose, igualmente, de buen humor. Creo que disfrutaba también viendo la buena armonía con que se desenvolvían las relaciones entre los Luttrell. El coronel estaba rejuvenecido en unos cuantos años. Veíase más seguro de sí mismo; se tiraba menos de las puntas de su bigote. Hasta sugirió que debía ser organizada una partida de bridge para la tarde.

—Daisy echa de menos el bridge —explicó.

—Es cierto —corroboró la señora Luttrell.

Norton apuntó que aquello podía resultarle fatigoso.

—Jugaré una mano —contestó la señora Luttrell, añadiendo, con un ligero parpadeo—: Procuraré portarme con discreción, sin atormentar al pobre George.

—Querida —protestó su esposo—: sé perfectamente que soy un jugador muy flojo.

—¡Mejor que mejor! —exclamó su mujer—. De otro modo, no se me depararía la oportunidad de meterme contigo a cada paso.

Todos nos echamos a reír. La señora Luttrell continuó diciendo:

—¡Oh! Conozco bien mis defectos. Ahora no pienso renunciar a ellos para siempre. George no tendrá más remedio que aguantármelos.

El coronel Luttrell la miró apasionadamente.

Creo que fue el espectáculo de aquella armonía lo que suscitó la discusión sobre el matrimonio y el divorcio, iniciada en las últimas horas del día.

¿Eran los hombres y las mujeres más felices en razón a las mayores facilidades ofrecidas por el divorcio? ¿Era cierto que tras una temporada de irritaciones y alejamientos —o dificultades con una tercera persona— venía un período de reanudación de afectos y atenciones mutuos?

Es extraordinaria la variedad de ideas de la gente con respecto a sus propias experiencias personales.

Mi matrimonio había sido increíblemente feliz, teniéndome yo por una persona más bien de pensamientos anticuados. Sin embargo, me confesaba partidario del divorcio, de cortar las amarras de uno y comenzar de nuevo. Boyd Carrington, a quien no le había ido mal en su matrimonio, se inclinaba por el matrimonio indisoluble. Manifestó que sentía el mayor de los respetos por la institución matrimonial, el pilar fundamental del estado.

Norton, carente de ataduras, sin experiencia personal, compartía mi punto de vista. Franklin, un científico moderno, se decía, cosa extraña, completamente opuesto al divorcio. Éste no se avenía con su ideal de acciones e ideas concretas, bien definidas. Uno asumía ciertas responsabilidades. Había que hacer frente a las mismas. Nada de darlas de lado, de escurrir el hombro. Un contrato, señaló, era un contrato. Uno participa en él por su propia voluntad y hay que respetarlo. Todo lo demás era un revoltillo desagradable. Nada de cabos sueltos. Todo debía quedar bien afirmado.

Recostándose en su asiento, con las largas piernas estiradas, rozando las patas de una mesa, declaró:

—El hombre escoge su mujer. Ha de ser totalmente responsable de ella hasta que muera... O hasta que él fallezca.

Norton apuntó, burlón:

—Bendita muerte a veces, ¿eh?

Nos echamos a reír. Boyd Carrington le dijo:

—Usted no puede hablar, amigo mío, ya que se ha mantenido soltero.

Norton movió la cabeza, como pesaroso.

—Y ya no puedo enmendar la cosa. He dejado pasar demasiado tiempo.

—¿Sí? —Boyd Carrington escrutó su rostro de una manera casi impertinente—. ¿Está seguro de eso?

Fue en este momento cuando apareció Elizabeth Cole. Había estado en la planta superior, con la señora Franklin.

No sé si fue una figuración mía... El caso es que me pareció que Boyd Carrington miraba alternativamente a la recién llegada y a Norton, y que éste acababa por ruborizarse ligeramente.

Una nueva idea se apoderó de mí. Estudié a Elizabeth Cole. Era una mujer todavía relativamente joven.

Por otra parte, resultaba muy femenina. Era una persona simpática, atractiva, capaz de hacer feliz a cualquier hombre. Últimamente, ella y Norton habían pasado muchas horas juntos. Mientras buscaban flores silvestres u observaban a los pájaros, se habían ido haciendo amigos. Recordaba haberle oído pronunciar unas frases elogiosas referidas a Norton.

Bien. Si las cosas estaban planteadas así, me alegraba por ella. Su felicidad, cuando ya llevaba cubierta parte de su andadura vital, atenuaría los efectos de la tragedia de su niñez. Mirándola con detención, me dije que ciertamente parecía más contenta, más alegre, desde luego, que cuando yo la viera por vez primera a mi llegada a Styles.

Elizabeth Cole y Norton... Sí, podía ser... ¿Por qué no?

Y de repente, sin saber de dónde partía, se apoderó de mí una vaga sensación de inquietud. Esto no era correcto, no era propio... Nadie podía pensar en planear su felicidad allí, en aquel escenario. Existía algo maligno en el aire de Styles. Lo noté ahora... De pronto, me sentí viejo y cansado. Y hasta atemorizado.

Un minuto más tarde, aquella sensación se había desvanecido. Nadie había advertido mi gesto, si exceptuaba a Boyd Carrington. Éste me preguntó en voz baja, poco después:

—¿Le ocurre algo, Hastings?

—No. ¿Por qué?

—Pues... Tenía usted una expresión... No acierto a explicarme...

—Era como un poco de aprensión.

—¿Como si presagiara algo malo?

—Sí..., ya que lo ha expuesto de esa forma. Tuve de súbito la impresión de que algo iba a ocurrir.

—Es extraño. A mí me ha pasado lo mismo en una o dos ocasiones. ¿Tiene usted alguna idea concreta sobre el particular?

Boyd Carrington escrutó mi rostro con ansiedad.

Moví la cabeza, denegando. La verdad era que mi aprensión no era nada definida. No había descubierto nada especial. Simplemente: me había asaltado una oleada de depresión y de temor.

Luego, Judith había salido de la casa. La vi caminar lentamente, con la cabeza erguida, apretando los labios, el rostro grave y, como siempre, bello.

Pensé que no se parecía en nada a Cinders, ni a mí. Tenía el aire de una joven sacerdotisa. Norton debió de pensar en aquellos momentos algo semejante, ya que le dijo:

—La otra Judith debió de ofrecer su mismo gesto poco antes de cortarle la cabeza a Holofernes...

La joven sonrió, enarcando las cejas un poco.

—No acierto a recordar por qué hizo ella eso

—¡Oh! Actuó así impulsada por motivos altamente morales, por el bien de la comunidad.

El tono ligeramente zumbón con que Norton pronunció estas palabras irritó a Judith. Se ruborizó y continuó andando para sentarse junto a Franklin.

—La señora Franklin se encuentra mucho mejor —declaró entonces—. Quiere que esta noche subamos a tomar el café con ella.

IV

La señora Franklin, desde luego, era una criatura de carácter muy mudable, pensé cuando nos dirigíamos a la planta superior, tras la cena. Después de haber hecho insoportable la vida de todo el mundo en el curso del día, ahora era todo dulzura.

Estaba vestida con una «negligée», de un género de color pálido, llamado *agua-del-Nilo*, y se encontraba tendida en su sillón extensible de costumbre. Junto a ella había una mesita giratoria, en cuyo tablero se hallaba instalada la cafetera. Sus dedos, diestros y blancos, seguían el ritual de su elaboración, ayudados en parte por la enfermera Craven. Estábamos allí todos, con la excepción de Poirot, quien se retiraba siempre antes de la cena; Allerton, que no había regresado de Ipswich, y el matrimonio Luttrell, que se había quedado en la planta baja.

Flotaba el aroma del café en todas partes, un olor delicioso... El de la casa era cenagoso fluido, de manera que esperábamos el de la señora Franklin con la máxima expectación.

Su marido se había sentado en el lado opuesto de la mesa, cogiendo las tazas a medida que ella las iba llenando. Boyd Carrington se encontraba de pie ante uno de los extremos de un sofá. Elizabeth Cole y Norton se habían acercado a la ventana. La enfermera Craven se había retirado hacia la cabecera del sillón. Yo me había sentado, entreteniéndome con el crucigrama del *The Times*, cuyas pistas leía en voz alta.

—«Una palabra relacionada con el amor...» —leí—. Ocho letras.

—«Flirtear» —propuso Franklin, sonriendo—. Más o menos...

Nos quedamos en actitud reflexiva durante unos momentos. Luego, seguí:

—«Los chicos del otro lado del monte son molestos.»

—«Importunos» —respondió Boyd Carrington, rápidamente.

—Una cita: «Siempre que al eco se le pregunta, éste responde...» La cita es de Tennyson. La palabra es de seis letras.

Elizabeth Cole contestó desde la ventana:

—La cita de Tennyson es la siguiente: «Siempre que al eco se le pregunta, éste responde: Muerte.»

Alguien contuvo de pronto el aliento a mi espalda.

Levanté la vista. Era Judith. Echó a andar hacia la ventana, pasando después a la terraza.

Hice una anotación en el crucigrama.

—Otra pista...

—Una nueva palabra relacionada también con el amor, como la del principio. Conocemos de ella la segunda letra. Ha de tener siete. Esa segunda letra es una «u».

—«Querido» —propuso Boyd Carrington.

La cucharita de Bárbara Franklin tintineó en el platillo. Pasé a otra pista.

—«Los celos son un monstruo de ojos verdes», dijo esta persona.

—Shakespeare —declaró Boyd Carrington.

—¿Será «Otelo»? O bien, «Emilia»... —inquirió la señora Franklin.

—La palabra ha de tener solamente cuatro letras.

—Yago.

—Estoy segura de que eso es del *Otelo*.

—Nada, nada. Estás en un error. La frase es de Romeo, dirigiéndose a Julieta.

Todos dimos a conocer nuestras opiniones respectivas. De pronto, desde la terraza, Judith gritó:

—¡Miren! Una estrella fugaz... Y otra.

Boyd Carrington preguntó:

—¿Por dónde? Debemos formular un deseo.

Salió a la terraza, uniéndose a Elizabeth Cole, Norton y Judith. La enfermera Craven procedió igual. Franklin se levantó para incorporarse al grupo. Todos miraban hacia el firmamento, profiriendo continuas exclamaciones.

Yo continué con la cabeza inclinada sobre el crucigrama. ¿Por qué había de molestarme en localizar una estrella fugaz en las alturas? Yo no abrigaba ningún deseo especial...

Inesperadamente, Boyd Carrington volvió a la habitación.

—Bárbara: tienes que salir a la terraza.

La señora Franklin contestó sin vacilar:

—No. No me es posible. Me encuentro demasiado fatigada.

—¡Tonterías, Babs! Debes salir a la terraza y formular un deseo —él se echó a reír—. No te molestes en protestar. Te llevaré yo mismo.

Sin más preámbulos, Boyd Carrington se inclinó, cogiéndola en brazos. Ella le opuso alguna resistencia, riéndose también.

—Déjame, Bill... Déjame, no seas tonto.

—Las niñas deben ir en busca de su estrella fugaz para formular un deseo.

Una vez llegados a la terraza, Boyd Carrington la acomodó en una silla.

Me incliné un poco más todavía sobre el periódico. Estaba recordando algo... Una clara noche, una noche tropical... Croaban las ranas... Una estrella fugaz, repentinamente, sobre nuestras cabezas. Yo estaba de pie junto a una ventana y me había vuelto para coger a Cinders en brazos, sacándola afuera para que viera las estrellas y formulara un deseo...

Las palabras, los números y los cuadros del crucigrama se tornaron borrosos para mí.

Una figura abandonó la terraza para entrar en la habitación. Tratábase de Judith.

Judith no debía sorprenderme nunca con los ojos llenos de lágrimas. Nunca me vería así. Apresuradamente, me dirigí a una estantería, fingiendo que buscaba en ella un libro. Recordaba haber visto allí una edición antigua de las obras de Shakespeare. Sí, allí estaba, en efecto. Pasé unas cuantas hojas del «Otelo».

—¿Qué estás haciendo, padre?

Murmuré algo sobre una de las pistas del crucigrama mientras estudiaba el texto... Sí. Había sido Yago.

«¡Oh! Cuidado, mi señor, con los celos;
Son el monstruo de ojos verdes que se burla
De la carne que lo alimenta.»

Judith recitó otros versos:

«Ninguna amapola, ninguna mandrágora,
Ninguno de los jarabes somníferos del mundo
Te proporcionarán ese dulce sueño que te poseyó
[ayer.»

Judith dijo estas palabras con voz profunda, matizada de bellas entonaciones.

Volvían a la habitación los otros, charlando y riendo. La señora Franklin se instaló de nuevo en el sillón extensible. Franklin tornó a sentarse en su sitio de antes, removiendo lo que quedaba de café en su taza con la cucharilla. Norton y Elizabeth Cole se excusaron antes de retirarse. Habían prometido a los Luttrell que se sentarían a su mesa para jugar con ellos una partida de bridge.

La señora Franklin apuró su taza de café, pidiendo luego sus «gotas». La enfermera Craven acababa de salir, por cuya razón Judith puso en sus manos el medicamento, que tuvo que ir a buscar al cuarto de baño.

Franklin vagaba sin rumbo por la habitación, terminando por tropezar con una de las mesitas. Su esposa le reconvino:

—Estás muy torpe, John.

—Lo siento, Bárbara. Estaba distraído, pensando en otras cosas.

La señora Franklin dijo a su marido:

—Te mueves como un oso, querido.

Estas palabras fueron pronunciadas en un tono afectivo, más bien.

Él la miró, siempre abstraído.

—Hace una noche preciosa. Voy a dar un paseo por ahí.

Seguidamente, el hombre abandonó la habitación.

La señora Franklin comentó:

—Mi marido es un genio, ¿saben ustedes? No hay más que ver su manera de comportarse. La verdad es que me inspira una gran admiración. Son pocos los hombres que se entregan a su trabajo con la pasión que él pone.

—Sí. Es un hombre muy inteligente —declaró Boyd Carrington, sólo a modo de cumplido.

Judith abandonó el cuarto precipitadamente, tan precipitadamente que estuvo a punto de chocar con la enfermera Craven en la entrada.

Boyd Carrington propuso:

—¿Y si jugáramos una partida de «picquet», Babs?

—Por mi parte, encantada. ¿Podría usted traerme las cartas, enfermera?

La enfermera Craven fue por las cartas. Yo di las gracias a la señora Franklin por el café, despidiéndome al mismo tiempo de ella.

Una vez fuera, alcancé a Franklin y a Judith. Estaban frente a la ventana del pasillo. Se hallaban juntos, uno al lado del otro, pero sin hablarse.

El doctor volvió la cabeza al oír mis pasos. Se apartó ligeramente de mi hija, preguntándole:

—¿Quiere que demos un paseo, Judith?

Mi hija le contestó negativamente con un movimiento de cabeza.

—Esta noche, no —añadió, bruscamente—: Voy a acostarme. Buenas noches.

Me trasladé a la planta baja en compañía de Franklin. Éste silbaba una cancioncilla, sonriendo.

Señalé, algo impertinente, ya que me sentía muy deprimido:

—Esta noche parece usted sentirse muy satisfecho de sí mismo.

Admitió que era así.

—Pues sí. He conseguido algo que estuve intentando durante largo tiempo. La cosa ha resultado extraordinariamente satisfactoria para mí.

Me separé de él en la planta baja. Durante un rato, seguía el juego de los que participaban en la partida de bridge. Norton me guiñó un ojo aprovechando un momento en que la señora Luttrell no miraba. Todo se desenvolvía allí con una armonía ejemplar, nada corriente.

Allerton no había regresado aún. A mí me pareció aquella casa más feliz, menos opresiva, que cuando bajo sus techos se refugiaba aquel individuo.

Entré en la habitación de Poirot.

Judith estaba allí. Sonrió al verme, pero no pronunció una sola palabra.

—Le ha perdonado, *mon ami* —dijo Poirot.

Una observación muy desafortunada la suya, ciertamente, pensé.

—¿Sí? —inquirí, casi ofendido—. Apenas podía figurarme...

Judith se puso en pie. Pasándome un brazo por el cuello, me besó.

—¡Pobre padre! —exclamó—. Tío Hércules no debe atentar contra tu dignidad. Soy yo la que ha de ser perdonada. Por tanto, perdóname y deséame que pase una buena noche.

No sé por qué, pero respondí:

—Lo siento, Judith. Lo siento muchísimo. Yo no quise...

Ella me interrumpió:

—Está bien, está bien. Olvidémoslo todo. Ya está todo arreglado —me dedicó una amplia sonrisa de adiós—. Todo vuelve a ser como antes —insistió.

Silenciosamente, abandonó la habitación.

Cuando se hubo ido, Poirot me miró.

—¿Y bien? —inquirió—. ¿Qué ha sucedido esta tarde?

Extendí las manos.

—No ha pasado nada... Nada va a pasar, probablemente —contesté.

La verdad es que me aventuré en mis suposiciones, ya que aquella tarde sucedió algo... La señora Franklin se puso muy enferma. Llamaron a dos médicos, quienes no pudieron hacer nada por ella. La señora Franklin murió a la mañana siguiente.

Tuvieron que transcurrir veinticuatro horas para que supiéramos que su muerte se había producido a consecuencia de un envenenamiento por fisostigmina.

Capítulo XIV

1

La encuesta tuvo lugar dos días más tarde. Era la segunda vez que yo asistía a una encuesta en aquella parte del país.

El «coroner» (1) era un hombre de mediana edad, de ojos astutos, muy seco y tajante en sus expresiones.

En primer lugar, se aportó la prueba médica. Quedó establecido el hecho de que la muerte se había producido a consecuencia de una intoxicación por fisostigmina, hallándose también presentes otros alcaloides del haba del Calabar. El veneno debía de haber sido ingerido por la víctima en el curso de la noche anterior, entre las siete y las doce. El doctor de los servicios policíacos y su colega se negaron a ser más precisos.

El siguiente testigo fue el doctor Franklin, quien produjo una buena impresión en todos los reunidos. Su aportación fue clara y sencilla. Tras la muerte de su esposa, se había metido en el laboratorio para inspeccionar sus soluciones. Descubrió en seguida que uno de los frascos, que debía haber contenido una solución

(1) Funcionario (frecuentemente médico) que investiga los casos de muerte violenta. (*N. del T.*)

concentrada de alcaloides del haba del Calábar, con la cual había estado realizando experimentos, estaba llena de agua, en la que sólo quedaban unos residuos de la sustancia original. No supo decir con certeza cuándo había sido llevado a cabo el cambio, pues no había utilizado aquel preparado en varios días.

Se estudió entonces la cuestión del acceso al laboratorio. El doctor Franklin manifestó que, habitualmente, se cerraba con llave, que él llevaba casi siempre encima en uno de sus bolsillos. Sus ayudantes, la señorita Hastings, disponía de una segunda llave. Cualquiera que deseara penetrar allí tenía que valerse de una de las dos. La señora Franklin había entrado ocasionalmente en el recinto, cuando olvidaba algún efecto personal en el laboratorio. El doctor Franklin no había llevado jamás a la casa ninguna solución de fisostigmina, ni a la habitación de su esposa. Tampoco creía posible que ella lo hubiera hecho accidentalmente.

Ampliando sus declaraciones y correspondiendo a las preguntas del «coroner», Franklin puntualizó que hacía algún tiempo que su esposa se hallaba particularmente nerviosa. No sufría ninguna enfermedad orgánica. Era víctima a menudo de fuertes depresiones. Pasaba del optimismo más sorprendente a un desesperanzador pesimismo.

En los últimos días, habíala visto animosa, considerándola muy mejorada, en general. No había habido ninguna discusión entre ellos. Se llevaban perfectamente. La última noche de su vida, su esposa la había pasado bien, contenta, sin dejarse llevar ni por un momento de la melancolía que la amenazaba en tantas ocasiones.

Franklin explicó que su mujer le había hablado alguna vez de sus propósitos de poner fin a su existencia, pero no tomó en serio tales declaraciones. Invitado a puntualizar, declaró que, en su opinión, su esposa no podía inscribirse en el grupo de los presuntos suicidas.

Opinaba así como médico y como marido de la víctima.

Luego le llegó el turno a la enfermera Craven. Estaba elegante en su impecable uniforme, y sus contestaciones eran escuetas. Eran dictadas por su probado profesionalismo. Llevaba al lado de la señora Franklin algo más de dos meses. Ésta sufría unas depresiones terribles. Habíala oído decir que deseaba «terminar con todo de una vez», alegando que su vida era inútil, que venía a ser una pesada piedra atada al cuello de su marido.

—¿Por qué se expresaba ella en tales términos? ¿Se había producido algún altercado entre los esposos?

—¡Oh, no! Sabía, por ejemplo, que a su marido le habían ofrecido recientemente un puesto como investigador en el extranjero. Él habíase apresurado a rechazarlo para no dejarla aquí sola.

—Y en ocasiones lamentaba este hecho, se torturaba recordándolo, ¿no es así?

—En efecto. Renegaba de su mala salud, sufría más...

—¿Se hallaba al tanto de lo que le ocurría el doctor Franklin?

—No creo que hablaran tan frecuentemente de eso.

—Pero se la veía constantemente un tanto deprimida, ¿no?

—¡Oh, sí!

—¿Habló ella alguna vez de suicidarse?

—Hablaba de «terminar con todo»... Ésta era la frase que empleaba, exactamente.

—¿Nunca aludió a ningún método concreto para quitarse la vida?

—No. Siempre se mostró vaga en tales manifestaciones.

—¿Hubo algo últimamente que pudiera haberle producido una intensa depresión?

—No. Por el contrario, se hallaba bastante animada...

—¿Está usted de acuerdo con el doctor Franklin

cuando éste afirma que durante la última noche de su vida se mostró en todo momento de buen humor?

La enfermera Craven vaciló.

—Bueno... Yo la noté un poco excitada. No había pasado muy bien la jornada... Sentía algunos dolores, notábase mareada... Por la tarde, se recobró. Pero su buen humor se me antojó falto de naturalidad. Ella parecía sentirse febril... Su alegría parecía un tanto artificial...

—¿Vio usted algún frasco que pudiera haber contenido el veneno?

—No.

—¿Qué había cenado? ¿Qué bebió?

—Le serví una sopa, una costilla, unos guisantes verdes y algunas patatas en puré. De postre, tomó un trozo de tarta de cerezas. Se bebió un vasito de borgoña.

—¿De dónde procedía el borgoña?

—Tenía una botella de este vino en su habitación. Quedó alguno en aquélla, pero creo que una vez examinado no se descubrió en el mismo nada de particular.

—¿Pudo ella haber depositado en su vaso la sustancia sin que usted lo advirtiera?

—Sí. Le habría sido fácil. Yo entraba y salía de la habitación, atenta a mis quehaceres. No estaba vigilándola, como es lógico. A su lado tenía un pequeño maletín y un bolso. En efecto, ella misma pudo prepararse convenientemente el borgoña, o el café, posteriormente, o la leche caliente, que fue lo último que le serví.

—¿Qué cree usted que pudo haber hecho con la botella después de haberse servido de ésta? Es un supuesto, claro.

La enfermera Craven reflexionó.

—Pudo haber arrojado el frasco por la ventana. También pudo haberlo tirado al cesto de los papeles... Quizá se hubiera decidido por lavarlo bien en el cuarto de baño, dejándolo en el botiquín. Hay en él siempre varios frascos vacíos, a los cuales, frecuentemente, se les encuentra aplicación.

—¿Cuándo vio usted por última vez a la señora Franklin, si lo recuerda?

—A las diez y media. La dejé en condiciones de que pudiera pasar la noche cómodamente. Tomó la leche y dijo que quería una aspirina.

—¿Cómo se encontraba ella en aquellos instantes?

La testigo se quedó pensativa.

—Pues... como de costumbre... No. Yo diría que se hallaba, quizá, más excitada que en otras ocasiones.

—¿No estaba en uno de sus momentos de depresión?

—No, no... Yo la veía muy enervada. Si está usted pensando en el suicidio, es posible que llegara a él por ese camino también. Tal vez considerara aquél un acto digno, noble...

—¿Juzgó usted a la señora Franklin una persona propensa al suicidio?

Se hizo el silencio. La enfermera Craven parecía estar esforzándose para llegar a una conclusión.

—Sí y no... En general, sí. Era una persona bastante desequilibrada.

Seguidamente fue interrogado Boyd Carrington. El hombre se hallaba muy afectado, pero formuló sus respuestas con toda claridad.

Había estado jugando al «picquet» con la señora Franklin en la noche de su muerte. No había advertido ninguna señal de depresión en ella entonces. En cambio, en el curso de una conversación, varios días antes, la señora Franklin había hablado del tema del suicidio. Era una mujer nada egoísta, que vivía profundamente disgustada, pues se tenía como un obstáculo para la carrera de su esposo. Quería mucho a éste, deseándole los mayores triunfos. Su falta de salud la hacía caer en unos momentos terribles de pesimismo.

Fue llamada a continuación Judith. Pero ésta tenía poco que decir.

No sabía nada acerca de la desaparición de la fisostigmina del laboratorio. La noche de la tragedia, la señora Franklin se había mostrado tal cual era siempre... Quizá la notara más excitada que de costumbre. Nunca había oído hablar a la víctima del suicidio.

El último testigo fue Hércules Poirot. Dio mucho énfasis a sus declaraciones y sus frases causaron una gran impresión. Aludió a una conversación que había sostenido con la señora Franklin el día anterior a su muerte. Habíase sentido muy deprimida entonces, expresando su propósito de «poner fin a todo». Su falta de salud le causaba muchas preocupaciones. Habíale confiado que a veces se sentía presa de una honda melancolía, diciéndose que la vida no valía la pena de vivirse. Manifestó que se le antojaba maravillosa la perspectiva de quedarse dormida para no despertar ya jamás...

Su siguiente respuesta causó mayor impresión todavía.

—¿Es cierto que en la mañana del día 10 de junio usted se hallaba sentado casi frente a la puerta del laboratorio?

—Sí.

—¿Vio usted salir del laboratorio a la señora Franklin?

—Sí.

—¿Llevaba algo en la mano?

—Llevaba en la mano derecha un frasquito.

—¿Está usted seguro?

—Sí.

—¿Se mostró turbada al verle a usted?

—Me dio la impresión de que se hallaba sobresaltada.

El «coroner» hizo un resumen de sus actuaciones. Afirmó que no iba a tener dificultades al declarar la causa de la muerte. La prueba médica era decisiva. La víctima había fallecido a consecuencia de un envenenamiento por sulfato de fisostigmina. Todo lo que tenían ellos que hacer era decidir si la señora Franklin había ingerido la sustancia voluntariamente o por accidente, o bien si le había sido administrada por una segunda persona.

Todos habían oído afirmar que la víctima sufría frecuentes ataques de melancolía, que su salud era escasa, que si bien no sufría ninguna enfermedad orgánica, estaba sumida constantemente en una tensión nerviosa atormentadora. El señor Hércules Poirot, un testigo que por su renombre pesaba mucho en aquellas actuaciones, había afirmado haber visto a la señora Franklin salir del laboratorio, portadora de un frasquito en la mano, añadiendo que había experimentado cierto sobresalto al verle.

Podía llegarse así a la conclusión de que había sacado la sustancia venenosa del laboratorio con la intención de quitarse la vida. Seguramente, era víctima de una obsesión: pensaba que era un estorbo para su marido, un obstáculo para su carrera. A juzgar por los testimonios aportados, el doctor Franklin había sido siempre un marido afectuoso, que jamás se había quejado al verla frecuentemente postrada, que nunca formulara el menor reproche. La idea que la dominaba había nacido en la mente de ella. Las personas que vivían en estas condiciones reaccionaban muchas veces así. Se ignoraba la forma en que había ingerido el veneno, y también la hora. Resultaba raro, quizá, que no hubiese sido encontrado el frasco que había contenido la sustancia. Probablemente, tal como la enfermera Craven había sugerido, la señora Franklin habíalo lavado cuidadosamente, colocándolo en uno de los estantes del cuarto de baño, de donde pudiera haberlo sacado en un principio. El jurado, tras lo expuesto, ya podía decidir...

No tardó en ser promulgado el veredicto.

El jurado decidió que la señora Franklin se había

quitado la vida en un momento de desesperación, sin darse cuenta exactamente de lo que hacía.

II

Media hora más tarde me encontraba en la habitación de Poirot. Me dio la impresión de que se encontraba muy fatigado. Curtiss lo había acostado. Habíale administrado un estimulante para que se reanimara un poco.

Tenía muchas ganas de hablar con él, pero tuve que refrenar mi impaciencia, esperando a que Curtiss abandonara el cuarto.

Finalmente, estallé...

—¿Es verdad lo que usted dijo, Poirot? ¿Es cierto que vio usted a la señora Franklin cuando salía del laboratorio con un frasco en la mano?

En los azulados labios de Poirot flotó una fantasmal sonrisa.

—¿No lo vio usted, amigo mío? —murmuró.

—No, no lo vi.

—Pero pudo pasársele inadvertido, *hein?*

—Ciertamente, no puedo jurar que ella no lo llevara —miré a mi amigo con desconfianza—. La pregunta es: ¿ha dicho usted la verdad?

—¿Me cree capaz de mentir?

—No me extrañaría en usted.

—¡Hastings! Me sorprende esa declaración. Me impresiona, incluso. ¿Qué ha sido de su sencilla fe?

—Bueno —concedí—. No creo que usted se aviniera a ser un perjuro.

Poirot repuso, suavemente:

—Eso no era posible. Yo no declaré bajo juramento.

—Entonces... ¿mintió usted?

Poirot levantó una mano, automáticamente.

—Lo que yo dije, *mon ami*, dicho está. No es necesario que discutamos mis palabras.

—¡No logro entenderlo, Poirot! —repuse, levantando la voz.

—¿Qué es lo que no entiende?

—Su declaración... Todo lo que contó acerca de las manifestaciones de la señora Franklin sobre la idea del suicidio, sobre sus depresiones.

Enfin, usted mismo la oyó hablar de esas cosas, ¿no?

—Pues sí. Pero ella divagaba, sin más. Usted no puntualizó eso.

—Quizá no quisiera puntualizarlo.

Le miré fijamente.

—¿Quería a toda costa, Poirot, que el veredicto fuese de suicidio?

Poirot se tomó unos segundos antes de contestar. Finalmente, declaró:

—Yo creo, Hastings, que usted no se da cuenta de la gravedad de la situación. Sí, en efecto, yo quería que hubiese un veredicto de suicidio...

—Sin embargo, usted no cree que ella se suicidara, ¿verdad?

Poirot movió a cabeza, denegando.

—¿Usted cree que fue asesinada?

—Sí, Hastings: la señora Franklin fue asesinada.

—Entonces, ¿por qué se esforzó para que su muerte fuese presentada como un suicidio? De esta manera, se detiene toda posible investigación.

—Precisamente.

—¿Deseaba llegar a eso?

—Sí.

—Pero... ¿por qué?

—¿Es que no lo ve? Resulta inconcebible para mí su ceguera, Hastings. No importa... No profundicemos en eso. Tiene usted que aceptar lo que le digo: hubo un asesinato..., perfectamente planeado. Ya le advertí,

Hastings, que aquí iba a cometerse un crimen, y que
era improbable que nosotros pudiéramos evitarlo... ya
que el asesino es despiadado y decidido.

Me estremecí, inquiriendo:

—¿Y qué va a pasar ahora?

Poirot sonrió.

—El caso ha quedado resuelto... Lleva el marbete
del suicidio. Ahora bien, usted y yo, Hastings, conti-
nuaremos trabajando en la oscuridad, moviéndonos
como si fuéramos topos. Y tarde o temprano, *nos ha-
remos con X.*

Objeté:

—Supongamos que, entretanto, alguien más es asesinado...

Poirot volvió a mover la cabeza.

—No creo que ocurra tal cosa. Es decir, a menos que
alguien viera algo, o supiera algo. Pero en tal caso,
seguramente, ese alguien habría dado un paso adelante
para hablar...

Capítulo XV

1

RECUERDO de un modo un tanto vago los acontecimientos de los días inmediatamente siguientes
a la encuesta sobre la muerte de la señora Franklin. Por supuesto, se celebró el funeral, al cual
asistieron muchos curiosos de Styles St. Mary. En tal
ocasión, me vi abordado por una vieja de ojos llorosos,
de maneras ligeramente repulsivas.

Se acercó a mí en el momento en que salíamos del
cementerio.

—Yo le recuerdo, señor...

—¿Sí? Bueno, es posible...

La mujer continuó hablando, sin prestar atención a
mis palabras.

—Han pasado veinte años... Me acuerdo de cuando
murió la anciana señora. Fue el primer crimen que tuvimos en Styles. «No será el último», dije entonces.
La señora Inglethorp... Por aquellas fechas, todos estábamos muy seguros de nuestras afirmaciones —la mujer me miró astutamente—. Quizá sea el esposo esta
vez...

—¿Qué quiere usted decir? —inquirí con viveza—.
¿No se ha enterado de que fue dado un veredicto de
suicidio?

—Eso es lo que el «coroner» dijo. Pero podría estar equivocado, ¿no cree? —La desconocida me dio un codazo—. Los médicos disponen de mil medios para desembarazarse de sus esposas. Y ella a éste no hacía más que entorpecerle.

Fulminé a la vieja con una mirada de enfado y ella se escabulló afirmando que no había querido dar a entender nada. Simplemente, se le antojaba raro aquel segundo asesinato en el mismo lugar.

—Y me extraña mucho, señor, su presencia aquí en las dos ocasiones...

Por un momento, me pregunté si aquella mujer estaría pensando en la posibilidad de que yo hubiera cometido los dos asesinatos. La idea no podía ser más inquietante.

Como ya he dicho, poco es lo que recuerdo bien de aquellos días. La salud de Poirot, por un lado, suponía para mí una grave preocupación. Curtiss fue en mi busca en cierto momento. Tenía el rostro alterado cuando me comunicó que mi amigo acababa de sufrir un ataque cardíaco.

Fui a ver a Poirot a toda prisa, quien negó enérgicamente lo sugerido por su servidor. Pensé que esto no se hallaba de acuerdo con su actitud en general. En mi opinión, siempre se había mostrado muy meticuloso en lo tocante a su estado físico, huyendo de las corrientes de aire, protegiéndose el cuello con tejidos de seda o lana, tomándose la temperatura a cada paso o acostándose en cuanto se creía a punto de resfriarse... «De otro modo, podría costarme esto una *fluxion de poitrine*.» Con motivo de ciertas indisposiciones sin importancia, yo sabía que se había apresurado siempre a consultar a un médico.

Ahora, encontrándose verdaderamente enfermo, su postura se invertía.

Sin embargo, quizá radicaba en eso la verdadera causa. Aquellas otras indisposiciones habían sido cosas menudas. Ahora, al ser realmente un hombre enfermo, no quería, tal vez, admitir la existencia de su enferme- dad. Tomaba eso a la ligera porque se sentía atemo- rizado.

Respondió a mis protestas con energía y amargura.

—¡Ah! Yo me he mantenido en contacto con la cien- cia. Me han visto muchos médicos y no uno solo. He visitado a Blank y a Dash (dos renombrados especia- listas)... ¿Y qué fue lo que hicieron por mí? Me envia- ron a Egipto, donde, inmediatamente, empeoré. Fui a ver también a R...

R. era otro especialista en enfermedades cardíacas. Inquirí, con viveza:

—¿Y qué le dijo?

Poirot correspondió a esta pregunta con una larga mirada de soslayo que me dejó angustiado.

—Hizo por mí cuanto puede hacerse humanamen- te... He tenido mis tratamientos, las medicinas a mano. Más allá de esto... no queda nada. En consecuencia, Hastings, no tiene objeto dedicarnos a buscar nuevos médicos. Esta máquina, *mon ami,* no puede dar más de sí. El organismo humano no es un coche, al cual se le puede cambiar el motor viejo por otro y empezar de nuevo a hacer kilómetros.

—Escuche, escuche, Poirot... Siempre habrá alguna solución. Curtiss...

—¿Qué pasa con Curtiss? —dijo Poirot, inquisitivo.

—Ha ido en mi busca... Estaba preocupado... Ha su- frido usted un ataque...

Poirot asintió lentamente.

—Sí, sí. Se dan esos ataques... Siempre resultan im- presionantes para los testigos. A mí me parece que Curtiss no se halla habituado a tales escenas.

—¿Se niega usted realmente a que le vea un mé- dico?

—Eso ya no puede servirme de nada, amigo mío.

Hablaba sin alterarse, pero con firmeza. Volví a experimentar la sensación angustiosa de momentos antes. Poirot me miró, sonriente.

—Éste, Hastings, será mi último caso. Será también el más interesante de todos... Tendré que habérmelas, además, con el más interesante de los criminales por mí conocidos, también. En efecto: en X observamos una técnica soberbia, magnífica, que suscita admiración, pese a todo. Hasta ahora, *mon cher*, este X ha operado con tanta habilidad que ha logrado derrotarme, a mí, sí, ¡a Hércules Poirot! Ha desarrollado una forma de ataque para la cual no puedo encontrar la respuesta adecuada.

—¡Ah, si usted no se hallase enfermo! —exclamé, deseoso de consolarle.

Pero, al parecer, estas palabras resultaban desacertadas en aquellos instantes. Inmediatamente, Poirot se puso muy furioso.

—¿Cuántas veces habré de decirle que no es necesario el esfuerzo físico aquí, que lo único que uno necesita es... pensar?

—Sí, claro... Desde luego que esto puede hacerlo muy bien...

—¿Muy bien? ¡De un modo superlativo! Tengo las extremidades inferiores paralizadas, mi corazón me hace jugarretas deleznables, pero mi cerebro, Hastings, mi cerebro funciona a la perfección, sin fallos de ninguna clase. Mi cerebro sigue siendo de primera calidad.

—Eso me parece espléndido —repuse, decidido a ayudarle en su afán de encontrar un consuelo.

Pero cuando bajaba las escaleras, muy despacio, pensativo, me dije que el cerebro de Poirot no actuaba con la rapidez de antaño. Recordé el accidente de la señora Luttrell... Y ahora nos enfrentábamos con la muerte de la señora Franklin. ¿Y qué estábamos haciendo nosotros de carácter práctico respecto a eso? Nada, nada, realmente.

2

Al día siguiente, Poirot me dijo:

—Usted me sugirió, Hastings, que debía ver a un médico.

—Sí —respondí, satisfecho—. Yo me sentiría mucho más a gusto si procediera así, Poirot.

—*Eh bien!* Accedo. Hablaré con Franklin.

—¿Con Franklin? —pregunté, confuso.

—Bueno, Franklin es médico, ¿no?

—Sí, pero se halla dedicado a la investigación.

—Nadie puede ponerlo en duda. A mí me parece que en el papel clásico del médico de consulta cotidiano no se habría abierto paso. No reúne las condiciones específicas de ese tipo humano. Pero es un profesional competente. Yo diría, incluso, que conoce algunas cosas de su profesión más a fondo que muchos de sus colegas.

No me satisfacía nada este razonamiento. Yo no había dudado nunca de la capacidad de Franklin, pero siempre habíale tenido por un individuo impaciente, nada interesado por las dolencias del ser humano. Probablemente, su actitud le iba bien a su trabajo de investigador. No hubiera podido convencer jamás, en cambio, al enfermo necesitado de atenciones médicas.

Con todo, aquello era ya para Poirot una concesión. Como no había por allí ningún profesional que se ocupara de mi amigo, Franklin se avino en seguida a echarle un vistazo. No obstante, señaló que sí precisaba una vigilancia continua habrían de ser requeridos los servicios de un médico de cabecera. Franklin no podía hacerse cargo del caso.

Éste sostuvo una larga entrevista con mi amigo.

Yo le esperaba en el pasillo. Cuando salió de la

habitación de Poirot, me apresuré a hacerle entrar en la mía, cerrando la puerta.

—¿Y bien? —inquirí, ansiosamente.

Franklin manifestó, pensativo:

—Es un hombre notable.

—¡Oh! Cierto... —Me desentendí de aquel hecho, más que evidente—. ¿Qué me dice de su salud?

—¿Su salud? —Franklin pareció quedarse sorprendido, como si yo hubiese acabado de mencionar algo que carecía de importancia—. Desde luego, en lo que respecta a su salud, el hombre es una ruina...

No era ésta una forma muy profesional de hablar. Y sin embargo, yo había oído decir —lo sabía sobre todo por Judith— que Franklin había sido uno de los brillantes médicos de su época.

—¿Está mal? —pregunté, angustiado.

Franklin me miró atentamente.

—¿Desea estar informado?

—Por supuesto.

¿Qué había estado pensando el muy estúpido?

Me puso al corriente de todo inmediatamente.

—La mayor parte de la gente no quiere saber nada —declaró—. Prefiere oír palabras vagas, consoladoras... Quiere abrigar esperanzas, seguridades... Desde luego, en medicina se han observado recuperaciones desconcertantes. Esto, no obstante, es algo que no cabe esperar en el caso de Poirot.

—¿Quiere usted decir que...?

Una fría mano pareció oprimirme el pecho.

Franklin asintió.

—Es inevitable... Y yo diría que el fin se producirá más bien pronto. No me expresaría en estos términos de no haber sido previamente autorizado por él.

—Así pues... Poirot lo sabe.

—Es consciente de su gravedad. Sabe que su corazón puede dejar de latir... en cualquier momento. Desde luego, uno no puede decir con exactitud *cuándo*.

Franklin hizo una pausa antes de añadir:

—De lo que me ha contado deduzco que le preocupa algo que se halla en trance de finalizar... ¿Usted está informado sobre el particular?

—Sí.

Franklin me dedicó ahora una mirada llena de curiosidad.

—Desea tener la seguridad de que el trabajo que lleva entre manos será terminado.

—Comprendido.

Pensé que John Franklin no debía de tener la menor idea sobre la naturaleza de aquel «trabajo».

Manifestó, caviloso:

—Espero que vea su deseo realizado. A juzgar por lo que me dijo, esto representa mucho para él —Franklin guardó silencio, declarando a continuación—: Se halla en posesión de una metódica mente.

Inquirí, preocupado:

—¿No podría hacerse algo todavía? ¿No existe ningún tratamiento que...?

Franklin denegó con la cabeza.

—No se puede hacer nada ya. Ahora tiene a su alcance unas ampollas de nitrato de amilo. Tendrá que recurrir a ellas tan pronto note que va a sufrir un ataque.

Luego, mi interlocutor dijo unas palabras que se me antojaron muy curiosas.

—Ese hombre siente un gran respeto por la vida humana, ¿eh?

—Pues sí, supongo que sí.

Muy a menudo, yo había oído decir a Poirot: «No apruebo el crimen». Tratábase de una declaración incompleta, que en numerosas ocasiones había estimulado mi imaginación.

Franklin agregó:

—He aquí una cosa que nos separa. Yo no pienso igual...

Le observé, extrañado. Él inclinó la cabeza, sonriendo levemente.

—Es cierto —insistió—. Puesto que la muerte ha de llegar de todos modos, ¿qué más da que sea antes que después?

—Y pensando así, ¿por qué diablos se hizo usted médico? —le pregunté, algo irritado.

—Mi querido amigo: la labor del médico no consiste en aplazar lo más posible el final. Su misión es más elevada: consiste en mejorar la vida. Cuando un hombre lleno de salud muere, la cosa carece de importancia realmente. Cuando muere un imbécil, o un cretino, la humanidad no pierde nada... Ahora, si mediante un tratamiento acertado de ciertas glándulas usted puede convertir a un cretino en un hombre saludable y normal, corrigiendo definitivamente su deficiente tiroides, habrá originado un hecho de la máxima importancia, en mi opinión.

Escruté el rostro de mi interlocutor con más curiosidad que antes. Desde luego, pensaba que de haberme encontrado en cama con la gripe no me hubiera decidido a llamar al doctor Franklin, pero tenía que rendir tributo a su ruda sinceridad. Estaba poseído por una clara energía. Yo había advertido cierto cambio en él, tras la muerte de su esposa. Había prescindido, por supuesto, de todos los signos exteriores reveladores de la pérdida sufrida. Veíalo más vivo, menos distraído, saturado de nuevos impulsos, fortalecido.

De pronto, me dijo, interrumpiendo mis reflexiones:

—Usted y Judith no se parecen, ¿eh?

—No, supongo que no.

—¿Es ella más bien como era su madre?

Reflexioné una vez más. Luego, contesté que no con un lento movimiento de cabeza.

—Mi esposa era una criatura alegre, que reía a todas horas. No solía tomar las cosas en serio... Intentó que yo la imitara, sin mucho éxito, me temo.

Franklin sonrió débilmente.

—Usted es más bien el clásico padre duro, ¿no? Así se expresa Judith. Judith no suele reír mucho... Es una joven bastante seria. Supongo que trabaja demasiado. Creo que de esto tengo yo la culpa.

El hombre se quedó de pronto absorto en sus pensamientos.

—Su trabajo debe de ser muy interesante —dije por decir algo.

—¿Cómo?

—He dicho que su trabajo debe de ser muy interesante.

—Sólo para media docena de personas. Para los demás resulta condenadamente aburrido... Probablemente estén en lo cierto estos últimos. De todos modos... —Franklin echó la cabeza hacia atrás, cuadrando los hombros. De repente, me pareció lo que era en realidad: un hombre fuerte, varonil—. ¡Se me ha ofrecido la oportunidad de mi vida! ¡Dios mío! Puedo proclamarla en voz alta. La gente del *Minister Institute* me lo hizo saber hoy. El puesto estaba aún por cubrir y es mío. Dentro de diez días puedo empezar a trabajar.

—¿En África?

—Sí. Es algo grande, ¿eh?

—¿Tan pronto?

Yo estaba impresionado.

Franklin escrutó mi cara.

—¿Qué quiere usted decir con eso de *tan pronto*? ¡Ah! —Su rostro se iluminó al comprender—. Usted estaba pensando en la muerte de Bárbara... ¿Por qué había de dejar pasar más tiempo? ¿Debo fingir pensando en el qué dirán que su muerte no ha sido el mayor de los alivios para mí?

Parecía sentirse divertido al observar la expresión asustada de mi rostro.

—Lo siento. No dispongo de tiempo para perderlo adoptando actitudes convencionales. Me enamoré de

Bárbara en su día... Era una chica preciosa. Nos casamos y al año todo lo del principio se había esfumado. Ni siquiera creo que durara un año... Desde luego, yo le produje una gran desilusión. Ella se figuró que podía influir en mí. Se llevó un chasco. Yo soy, por naturaleza, egoísta, obstinado, y acabo por hacer siempre lo que me propongo.

—Pero usted rechazó ese puesto de África por ella —le recordé.

—Sí. Se trataba, sin embargo, de una cuestión esencialmente económica. Me propuse que Bárbara llevara la vida que había llevado siempre. De haberme marchado, sus recursos financieros habrían quedado muy disminuidos. Pero ahora... —Franklin sonrió. Su gesto era sincero, franco, infantil—, ahora la suerte ha empezado a sonreírme.

Yo me sentía indignado. Ya sé que hay muchos hombres que encajan la pérdida de la esposa sin experimentar el menor dolor, pero al menos no hacen gala de ello, normalmente. Lo que estaba viendo en Franklin resultaba escandaloso.

Adivinó lo que estaba pensando, pero no por eso abdicó de su actitud.

—La verdad es raras veces apreciada. No obstante, evita lamentables pérdidas de tiempo y muchas palabras inútiles.

Inquirí, con aspereza:

—¿Y no le disgusta a usted saber que su esposa se suicidó?

Él replicó, caviloso:

—Yo no creo que ella se suicidara. Es muy improbable...

—¿Pues qué cree usted que pasó entonces?

—No lo sé. Creo que... no quiero saberlo. ¿Me entiende?

La expresión de sus ojos era ahora fría y dura.

—No quiero saberlo —repitió—. No me interesa. ¿Me comprende?

No le comprendía. Ni me gustaba en absoluto aquello.

3

No sé en qué momento me di cuenta de que a Stephen Norton le preocupaba algo. Habíase mostrado muy silencioso tras la encuesta. Después del funeral, le vi caminar como sin rumbo y con los ojos fijos en el suelo, frunciendo el ceño. Tenía la costumbre de pasarse los dedos por entre los cabellos, grisáceos y cortos, dejando sus puntas erizadas. Tratábase de un movimiento inconsciente y cómico, que revelaba cierta perplejidad. Si se le hablaba en estas circunstancias, daba unas respuestas distraídas. Finalmente, llegué a la conclusión de que algo le traía caviloso. Le pregunté a modo de sondeo si había recibido alguna mala noticia de un tipo u otro, contestándome con una negativa inmediatamente.

Pero más adelante me dio la impresión de que intentaba conocer mi opinión sobre el asunto en que había estado pensando. Le vi entonces torpe, tendiendo a dar muchos rodeos.

Tartamudeando un poco, cosa que le pasaba siempre que abordaba con seriedad un tema de conversación, se recreó en una complicada historia centrada en una cuestión de ética.

—Usted sabe, Hastings, que debiera resultarnos a todos muy sencillo decir cuando una cosa es acertada o errónea... Sin embargo, cuando llega el caso, eso no es sencillo. Verá... Uno puede llegar a conocer algo... algo que está destinado a otra persona... Ha sido un hecho accidental... Uno no puede aprovecharse, pero es que puede ser de la máxima importancia... ¿Usted me comprende?

—No muy bien, a decir verdad —confesé.

Norton frunció el ceño de nuevo. Se pasó los dedos por los cabellos, erizándolos por las puntas, como en tantas otras ocasiones.

—Resulta difícil de explicar. Vamos a ver... Supongamos que usted ha leído algo en una carta privada (una carta que ha sido abierta por error)... una carta destinada a otra persona... Usted ha comenzado a leerla porque creía que estaba dirigida a su nombre. Por tal causa, lee algo que no hubiera debido saber. Esto sucede antes de que comprenda lo que ha pasado... Es una cosa que puede ocurrir, ¿verdad?

—¡Oh, sí! ¡Claro que puede ocurrir!

—Bueno, y en este caso, ¿qué es lo que debe uno hacer?

Estudié el problema durante unos momentos.

—Supongo que lo lógico es ir a la persona interesada y decirle: «Lo siento, pero abrí esta carta por error».

Norton suspiró, alegando que la cuestión no era tan simple como yo creía.

—Sucede, Hastings, que uno ha leído algo... bastante delicado...

—Cuya divulgación sentará mal a la otra persona, ¿quiere usted decir? En ese caso, habría que fingir que en el error no se había llegado a determinada parte, que uno se dio cuenta de la equivocación oportunamente.

—Sí... —contestó Norton al cabo de unos segundos.

No parecía pensar que hubiéramos desembocado en una solución satisfactoria del problema.

Añadió, más caviloso que nunca:

—¡Cómo me gustaría saber qué es lo que debo hacer!

Manifesté que no acertaba a descubrir otra salida.

Norton declaró, con el ceño más fruncido que nunca:

—Hay algo más, Hastings... Supongamos que lo que uno leyó fuese... fuese de bastante importancia para alguien más.

Perdí la paciencia.

—La verdad, Norton: no le entiendo. ¿Cómo va a poder ir de un lado para otro leyendo las cartas ajenas?

—No, no, desde luego que no. No me refería a eso. Además, no fue una carta... Hablé de ella para intentar explicarme. Naturalmente, una cosa vista, oída o leída accidentalmente debemos reservárnosla, a menos que...

—¿A menos que...?

Norton respondió lentamente:

—A menos que se trate de algo acerca de lo cual estemos *obligados* a hablar.

Miré con atención a mi interlocutor repentinamente interesado.

Él continuó diciendo:

—Vamos a ver... Digámoslo así: supongamos que uno ha visto algo mirando por... el ojo de una cerradura...

¡Esta última frase me hizo pensar en Poirot! Norton continuó hablando:

—Lo que yo quiero decir es... Podía existir una rarón válida, una razón que justificara el hecho de mirar por el ojo de la cerradura. Por ejemplo: la llave pudo quedarse en ella y con el deseo de comprobar si fue o no así... Claro, caben otras cosas... Y entonces uno sorprende lo que nunca había esperado ver...

Por un momento, me desentendí de sus vacilantes frases. Se me había venido algo a la memoria. Me acordé de cierto día, cuando hallándonos fuera de la casa, Norton se llevó los prismáticos a los ojos para observar los movimientos de un pájaro carpintero. Habíale visto de pronto nervioso, embarazado, tratando por todos los medios de impedir que yo mirara por los gemelos. En aquellos instantes, yo había llegado a la conclusión de que él acababa de ver algo que estaba relacionado conmigo... Pensaba en Allerton y Judith. Pero, ¿y si no había sido eso? ¿Y si él había visto otra cosa? Yo había supuesto que se trataba de Allerton y Judith porque su amistad constituía para mí una obsesión. No podía apartar mi imaginación de aquel problema.

Bruscamente, inquirí:

—¿Fue algo que usted vio a través de sus prismáticos?

Norton se sintió sobresaltado y aliviado a la vez.

—¿Cómo lo adivinó, Hastings?

—Fue aquel día en que usted, Elizabeth Cole y yo coincidimos en un punto cercano a la casa, ¿no?

—Sí, sí.

—Y usted no quiso que yo viera aquello, ¿eh?

—Es que... Era algo que no hubiéramos debido ver ninguno de nosotros.

—¿De qué se trataba?

Norton frunció el ceño de nuevo.

—Espere... ¿Debía decirlo, realmente? Era... era como espiar. Yo vi algo que no hubiera debido ver. No era aquello lo que buscaba... Estuve observando, ciertamente, un pájaro carpintero, una avecilla encantadora. Y luego... luego vi la otra cosa.

Norton guardó silencio. Yo sentía curiosidad, mucha curiosidad, pero decidí respetar sus escrúpulos.

Inquirí:

—¿Tratábase de algo... de importancia?

Mi interlocutor repuso, vacilante:

—Podía ser importante, no sé...

Pregunté a continuación:

—¿Es algo que está relacionado con la muerte de la señora Franklin?

Norton se sobresaltó.

—Es raro que haya dicho usted eso.

—¿Tiene o no tiene nada que ver con la muerte de la señora Franklin?

—No, no... Es decir, directamente. Pero pudiera haber una relación —añadió, pensativo—: Proyectaría una nueva luz sobre determinadas cosas. Significaría que... ¡Oh! ¡Diablos! No sé qué hacer!

Me encontraba en un dilema. Me consumía la curiosidad, pero observaba que Norton se resistía a contar lo que había visto. Comprendía su actitud. A mí, en su caso, me hubiera ocurrido lo mismo. Siempre resulta desagradable hacerse con una información llegada a nuestro poder por un medio que cualquier persona ajena al asunto no vacilaría en calificar de dudoso.

Finalmente se me ocurrió una idea.

—¿Por qué no consulta el caso con Poirot?

—¿Con Poirot?

Norton se mostró vacilante una vez más.

—Sí. Pídale consejo.

—Bien. Es una salida. Sólo que... desde luego, él es un extranjero...

El hombre calló, poseído por cierta desazón.

Sabía lo que estaba pensando. Me eran demasiado familiares determinadas observaciones de Poirot sobre el tema de la «participación en el juego». Me pregunté por qué mi amigo no había pensado también en dedicarse a estudiar los pájaros valiéndose de unos prismáticos. Lo habría hecho, de haber pensado en aquello.

—Sabrá respetar sus confidencias —apremié—. Y si no le gustan sus consejos no tiene por qué seguirlos.

—Es verdad —consideró Norton, menos preocupado, evidentemente—. Sí, Hastings. Eso es lo que voy a hacer.

4

Me quedé atónito al comprobar la reacción de Poirot al escuchar mis palabras.

—¿Qué es lo que está usted diciendo, Hastings?

Dejó la fina tostada que había estado mordisqueando, adelantando la cabeza hacia mí.

—Explíquese, explíquese de nuevo, rápidamente.

Volví a contarle la historia.

—Aquel día él vio algo a través de sus prismáticos —repitió Poirot, pensativo—. Algo que no ha querido decirle —su mano salió disparada, oprimiendo mi brazo—. No habrá referido a nadie nada de eso, ¿eh?

—No creo... Bueno, estoy seguro de que no.

—Tenga mucho cuidado, Hastings. Es muy importante que no hable con nadie... Ni siquiera una insinuación sería permisible. Podría ser peligroso.

—¿Peligroso?

—Muy peligroso.

Poirot estaba muy serio.

—Hable con él, *mon ami*. Que venga a verme esta tarde. Una visita amistosa, simplemente, ¿comprende? Nadie debe sospechar que me visita por un motivo especial. Y sea prudente, Hastings. Tenga mucho, mucho cuidado. ¿Cuál era la otra persona que dijo usted que les acompañaba cuando lo de los prismáticos?

—Elizabeth Cole.

—¿Observó ella algo raro en las maneras de Norton?

Me esforcé por recordar...

—No lo sé. Es posible. ¿Le pregunto si...?

—Usted no va a preguntar nada, Hastings, absolutamente nada.

Capítulo XVI

1

Pasé a Norton el mensaje de Poirot.

—Subiré a verle, ciertamente, con mucho gusto. Ahora, lamento haber hablado de esto, Hastings. Ni siquiera debí mencionarlo ante usted...

—A propósito —contesté—. No habrá formulado ningún comentario sobre ese particular en otra parte, hallándose con otras personas, ¿eh?

—No... Al menos... No, por supuesto que no...

—¿Está seguro?

—Sí. No he contado nada a nadie.

—Bueno, pues siga guardando silencio. Por lo menos, hasta que se haya entrevistado con Poirot.

Había notado su vacilación con la primera respuesta, pero en su segunda contestación descubrí una gran firmeza. De aquella leve vacilación tenía que acordarme después, sin embargo.

2

Me encaminé a la herbosa prominencia en que nos reuniéramos aquel día Norton, Elizabeth Cole y yo.

La joven se encontraba allí hoy. Volvió la cabeza cuando yo ascendía por la ladera.

—Le veo a usted muy excitado, capitán Hastings —me dijo la señorita Cole—. ¿Ocurre algo?

Intenté serenarme.

—No, nada. Vengo con la lengua fuera... No sé por qué he apretado el paso —a continuación, añadí algo que era un tema común—. Va a llover.

Ella paseó la mirada por el nuboso y tristón firmamento.

—Sí, es lo más probable.

Permanecimos silenciosos durante unos momentos. Había algo en aquella mujer que suscitaba mi simpatía. Esto arrancaba del instante en que me revelara su identidad, contándome la tragedia que había marcado su vida. Las personas que han conocido la desgracia se sienten unidas frecuentemente por ciertos lazos afectivos. No obstante, yo sospechaba que a ella se le ofrecía ahora una segunda primavera.

Impulsivamente, manifesté.

—La verdad es que me siento muy deprimido hoy. Me han dado malas noticias con respecto a mi viejo amigo.

—¿Se refiere a monsieur Poirot?

Su afectuoso interés hizo que me descargara un tanto de mis preocupaciones.

Cuando hube terminado de hablar, la señorita Cole me preguntó, bajando la voz:

—Entonces, ¿puede sobrevenir el fin en cualquier momento?

Asentí, incapaz de hablar.

Tras una opresora pausa, declaré:

—Cuando él se haya marchado para siempre me sentiré completamente solo en el mundo.

—¡Oh, no! Tiene usted a su hija Judith, a sus otros hijos...

—Están esparcidos por el mundo... En cuanto a

Judith, le diré que tiene su trabajo. No necesita de mí para nada.

—Me imagino que los hijos sólo necesitan de sus padres cuando tienen problemas de un tipo u otro. Esto se ha convertido en una especie de ley fundamental. Hablando de mí, le diré que estoy mucho más sola que usted. Mis dos hermanas se encuentran lejos de aquí: una en América y la otra en Inglaterra.

—Mi querida amiga —repuse—: su vida no ha hecho más que empezar.

—¿A los treinta y cinco años?

—¿Y qué son treinta y cinco años? ¡Cuánto me gustaría tener su edad! —agregué, maliciosamente—: He de decirle que no estoy ciego...

Ella me miró inquisitivamente, ruborizándose luego.

—¿No habrá pensado...? ¡Oh! Stephen Norton y yo somos amigos solamente. Compartimos muchas ideas...

—Tanto mejor.

—Él es.., es muy amable conmigo.

—¡Oh, querida! —exclamé—. No lo atribuya todo a su cortesía. En estos casos, suele haber algo más.

Elizabeth Cole se puso de repente muy pálida.

—Es usted cruel... Está ciego... ¿Cómo puedo pensar yo en el matrimonio? Piense en mi triste historia... Una de mis hermanas cometió un asesinato... Hubo quien la calificó de loca.

Repliqué, enérgico:

—No permita que esa idea se apodere de su mente. Tenga presente que puede ser que no cometiera ningún crimen.

—¿Qué quiere usted decir?

—¿No se acuerda de lo que me contó? Lo sucedido no respondía a la manera de ser de Maggie...

Ella contuvo el aliento.

—Es lo que una presiente.

—En ocasiones, presentimos la verdad.

La señorita Cole escrutó mi rostro.

—¿Qué quiere usted decir?

—Su hermana no mató a su padre —repuse.

Ella se llevó una mano a la boca, abriendo mucho los ojos.

—Está usted loco —dijo—. Usted debe de estar loco. ¿Quién le ha dicho tal cosa?

—Eso da igual —manifesté—. Es la verdad. Algún día se lo demostraré.

3

En las inmediaciones de la casa, tropecé con Boyd Carrington.

—Mi última noche aquí —declaró—. Me marcho mañana.

—¿Se traslada usted a Knatton?

—En efecto.

—Éste debe de ser un momento emocionante para usted.

—¿Cómo? Pues sí, supongo que sí —el hombre suspiró—. Le seré sincero, Hastings: no me importa decirle que me alegra abandonar esto.

—La comida, ciertamente, es mala, y el servicio deja bastante que desear.

—No estaba pensando en esas cosas. En fin de cuentas, el precio del hospedaje es bajo y no hay que esperar grandes condiciones en esta clase de establecimientos... Yo, Hastings, iba más allá de las incomodidades. No me gusta esta casa... Existe aquí una maligna influencia. Ocurren cosas continuamente...

—Es cierto.

—No sé explicarme bien. Probablemente, cuando en una casa se ha cometido un crimen ésta deja de ser la que era... Francamente: no me gusta esto. Primero hubo el accidente de la señora Luttrell que pudo convertirse en desgracia irreparable. Y luego sucedió lo de la pobre Bárbara —Boyd Carrington hizo una pausa—. Jamás se me pasó por la cabeza la idea de que ella pudiera acabar suicidándose. Ninguna persona en el mundo había menos propensa a tal fin.

Vacilé.

—Bueno, yo no sé si iría tan lejos al pensar en tal cuestión.

Boyd Carrington me interrumpió.

—Yo sí... Verá usted... Yo estuve con ella a lo largo de casi todo el día anterior. Se hallaba muy animada. Gozó mucho con la inocente escapada. Su única preocupación era John.., Temía que por el hecho de hallarse demasiado absorto en sus experimentos le llevara a cometer una torpeza a convertirse en víctima de su propio trabajo. ¿Se da cuenta de lo que estoy pensando, Hastings?

—No.

—Su esposo es el responsable de su muerte. Supongo que la irritaba continuamente. Encontrándose conmigo, ella era siempre feliz. Él la hizo ver que había constituido un obstáculo para su preciosa carrera y esto la atormentaba. Es duro ese tipo, ¿eh? La muerte de Bárbara no le ha producido la menor impresión. Me contó con toda tranquilidad que ahora piensa irse a África. La verdad, Hastings: a mí no me sorprendería que él la hubiese asesinado...

—Usted habla en broma —repliqué.

—No, no es ninguna broma esto. Tampoco hablo en serio. Y es porque de haberla asesinado él se hubiera valido de otro procedimiento. Trabajando como trabaja con la fisostigmina, lo lógico es pensar que no se hubiera valido de tal sustancia. No obstante, Hastings, no soy el único que juzga a Franklin un sujeto raro. Hablé con una persona que tiene buenos motivos para hallarse bien informada.

—¿A quién se refiere usted? —inquirí rápidamente.

Boyd Carrington bajó la voz:

—A la enfermera Craven.

—¿Cómo?

—¡Ssss! No levante usted la voz. La enfermera Craven me metió esa idea en la cabeza. Usted ya sabe que es una mujer inteligente. Franklin es un hombre que no le agrada. No le ha agradado nunca.

Me quedé pensativo. Yo hubiera dicho que había sido su paciente el blanco de las antipatías de la enfermera. De pronto, me dije que ésta debía de saber muchas cosas acerca de los Franklin.

—Se queda aquí esta noche —declaró Boyd Carrington.

—¿Sí?

Me sentí más bien sobresaltado. La enfermera Craven se había ido inmediatamente después del funeral.

—Sólo para descansar una noche entre dos casos —explicó Boyd Carrington.

El retorno de la enfermera Craven me produjo cierta desazón, si bien yo no hubiera sabido explicar por qué. ¿Existía alguna razón que justificara su regreso? Boyd Carrington había dicho que Franklin le desagradaba...

Procurando tranquilizarme, contesté con repentina vehemencia:

—Ella no tiene ningún derecho a sugerir cosas raras acerca de Franklin. Después de todo, fue su testimonio lo que contribuyó a cimentar la idea de un suicidio, reforzado con la declaración de Poirot, que había visto a la señora Franklin en el momento de salir del estudio con un frasco en la mano.

Boyd Carrington saltó, secamente:

—¿Y qué significa un frasco en manos de una mujer? Las mujeres se pasan la vida manipulando frascos... de perfume, de lociones para el cabello, de lacas para las uñas. ¿Cómo vamos a pensar que por el hecho de llevar en las manos una botellita de lo que fuera aquella noche la señora Franklin pensara en suicidarse? ¡Qué tontería!

Mi interlocutor calló ahora. Allerton se acercaba. A lo lejos, apropiadamente, como en un melodrama, se oyó el rumor de un trueno. Me dije algo en lo que ya había caído antes: Allerton reunía todas las condiciones precisas para representar el papel del villano.

Pero había estado lejos de la casa la noche en que Bárbara Franklin muriera. Además, ¿cuáles hubieran podido ser sus posibles móviles?

Luego, pensé que X nunca había tenido un motivo para actuar. Esto era precisamente lo que fortalecía su posición. Era eso, y eso solamente, lo que nos contenía. Y, sin embargo, en cualquier momento, podía producirse ese diminuto centelleo que lo iluminara todo.

4

Quiero hacer constar que en ningún instante consideré, ni por un solo momento, la posibilidad de que Poirot pudiera fallar. En un conflicto que enfrentaba a Poirot con X nunca había calibrado la probabilidad de que X saliera victorioso. A pesar de la mala salud de Poirot, de sus debilidades físicas, tenía fe en él, le juzgaba potencialmente más fuerte que su oponente. Yo estaba acostumbrado a ver a Poirot siempre triunfante.

Y fue el mismo Poirot quien llevó la primera duda a mi mente.

Me acerqué a verle antes de trasladarme a la planta baja para cenar. No sé cómo fuimos a parar a aquello... El caso es que, de repente, pronunció una frase que captó mi atención: «Si a mí me pasa algo...»

Protesté inmediatamente. No iba a pasarle nada... Imposible.

—*Eh bien!* Entonces, usted no ha hecho caso de lo que le dijo el doctor Franklin.

—Franklin no está al tanto de estas cosas. Usted tiene cuerda para muchos años todavía, Poirot.

—Es posible, amigo mío, aunque también improbable en extremo. Pero yo estoy hablando en un sentido particular, no general. Aunque puede ser que muera pronto, es posible que mi óbito no se produzca en el momento preferido por nuestro amigo X.

—¿Cómo?

Mi rostro debió de expresar claramente la terrible impresión que me causaron las anteriores palabras.

Poirot asintió.

—Sí, Hastings. Después de todo, X es inteligente. Muy inteligente, en realidad. Y X tiene que haberse dado cuenta de que mi eliminación, aunque precede a la muerte por causas naturales en unos días, podría suponer una gran ventaja.

—Pero... pero... ¿qué pasaría luego?

Mi desconcierto era enorme.

—Cuando el coronel cae, *mon ami*, su lugarteniente se apresura a continuar la lucha. Usted seguirá...

—¿De qué manera? Yo estoy completamente a oscuras.

—Ya he tomado mis medidas. Si a mí me pasa algo, amigo mío, usted encontrará aquí... —Su mano acarició la cartera que tenía al lado— todas las pistas necesarias. Como verá, lo tengo previsto todo.

—No hay por qué proceder así. Póngame al corriente de todo lo que hay ahí y estamos al cabo de la calle.

—Nada de eso, amigo mío. El hecho de que usted no sepa ciertas cosas que yo conozco es un factor positivo, de gran valor.

—¿Me deja usted ahí un relato escrito con toda claridad?

—Por supuesto que no. Pudiera apoderarse X de él.

—¿Qué es lo que hay ahí entonces?

—Algo parecido a unas indicaciones. Éstas no significarán nada para X, con toda seguridad, pero le llevarán a usted al descubrimiento de la verdad.

—No estoy yo tan seguro de eso. ¿Por qué hace gala de su tortuosa mente, Poirot? Se perece usted por ponerlo todo difícil. ¡Siempre ha procedido así!

—¿Va usted a decirme que eso me apasiona? Sí. Es posible. Pero, esté tranquilo: mis indicaciones le conducirán a la verdad —Poirot hizo una pausa, añadiendo—: Quizá más tarde se arrepienta de haber llegado tan lejos, prefiriendo haber podido decir en el momento más crítico, simplemente: «¡Abajo el telón!»

Algo en su voz despertó en mí un vago temor que yo había sentido en una o dos ocasiones, a modo de espasmos. Era como si en alguna parte, fuera de mi vista, hubiese un hecho que yo no quisiese contemplar... cuyo conocimiento no pudiese soportar. Era algo que ya, en lo más profundo de mí, *conocía...*

Una vez conseguí desentenderme de aquella sensación, bajé a cenar.

Capítulo XVII

1

L A cena resultó bastante animada. La señora Luttrell hizo acto de presencia, mostrándose artificialmente alegre. Franklin no había estado nunca tan locuaz y optimista. Por primera vez, vi a la enfermera Craven sin su uniforme profesional. Más natural ahora, comprobé que era una mujer sumamente atractiva, como ya me imaginara en otras circunstancias.

Tras la cena, la señora Luttrell sugirió una partida de bridge, proyecto que no llegó a cuajar. A las nueve y media, Norton declaró su intención de subir a ver a Poirot.

—Buena idea —manifestó Boyd Carrington—. Lamento que no se haya encontrado muy bien últimamente. Iré a verle, también.

Tuve que actuar con rapidez.

—Bueno, si no le importa La verdad es que a mi amigo le fatiga mucho hablar con más de una persona a la vez.

Norton me siguió en el acto, remachando mi propósito.

—Le prometí prestarle un libro sobre pájaros.

Boyd Carrington contestó:

—Está bien. Dejaré mi visita para otra ocasión. ¿Volverá usted, Hastings?

—Sí.

Acompañé a Norton. Poirot nos esperaba. Cruzamos unas palabras y abandoné la habitación. Una vez abajo, nos entretuvimos jugando.

Creo que Boyd Carrington se sentía resentido aquella noche, por culpa de la atmósfera de despreocupación que se observaba en Styles. Pensaba, quizá, que era demasiado pronto todavía para que fuera olvidada la tragedia de que había sido escenario la casa. Le vi distraído, cometiendo errores continuamente. Por fin, se excusó, dejando la mesa.

Fue a una de las ventanas y la abrió. Oíase a lo lejos un rumor de truenos. Se había desencadenado una tormenta, la cual aún no había llegado hasta nosotros. Cerró la ventana y volvió sobre sus pasos. Durante unos minutos, estuvo viendo cómo jugábamos. Finalmente, se marchó de allí.

Subí para acostarme a las once menos cuarto. No quise entrar en la habitación de Poirot. Podía haber estado durmiendo. Además, no tenía ganas de seguir pensando en Styles y sus problemas. Deseaba dormir... Quería entregarme al sueño y olvidarlo todo.

Me hallaba medio amodorrado cuando oí un sonido. Pensé que alguien acababa de llamar a la puerta de mi cuarto.

—¡Entre! —dije.

Como no me contestara nadie encendí la luz. Luego, me levanté, echando un vistazo al pasillo.

Norton acababa de salir del cuarto de baño, entrando en su habitación. Llevaba una bata a cuadros, de un color particularmente raro. Tenía los cabellos erizados, como de costumbre. Después de entrar en su dormitorio, cerró la puerta. Luego, hizo girar la llave en la cerradura.

Sobre mi cabeza, escuché un vago rumor de truenos. Se acercaba la tormenta.

Me volví a la cama, presa de una ligera inquietud, suscitada precisamente por el sonido de aquella llave al girar...

Sugería, levemente, siniestras posibilidades. ¿Cerraba Norton siempre la puerta con llave por la noche?, me pregunté. ¿Le había prevenido Poirot que debía proceder así? Recordé con un repentino sobresalto entonces que la llave de la puerta de la habitación de Poirot había desaparecido misteriosamente.

Me tendí en la cama. Mi inquietud iba en aumento. El rugido de la tormenta, sobre mi cabeza, contribuía a incrementar mi nerviosismo. Me levanté, por fin, cerrando mi puerta con llave. Seguidamente, volví a la cama, quedándome dormido.

2

Entré en la habitación de Poirot antes de trasladarme a la planta baja para desayunar.

Estaba acostado. A mí me impresionó mucho su mal aspecto. Tenía unas profundas ojeras y todo delataba un gran cansancio en su rostro.

—¿Cómo se encuentra usted, amigo mío?

Poirot me miró, parpadeando.

—Simplemente: existo. Todavía existo.

—¿Le duele algo?

—No... Sólo me encuentro cansado —suspiró, añadiendo—: muy cansado.

Guardé silencio un momento, preguntándole a continuación:

—¿Qué pasó anoche? ¿Le dijo Norton lo que vio aquel día?

—Me lo dijo, sí.

—¿Y qué fue?

Poirot se quedó pensativo largo rato antes de contestar:

—No estoy seguro, pero me inclino a pensar, Hastings, que lo mejor es no decírselo. Usted pudiera dar una interpretación equivocada...

—¿De qué me está hablando?

—Norton —manifestó Poirot, resueltamente— dice que vio a dos personas...

—Judith y Allerton —puntualicé—. Es lo que me figuré desde el primer momento.

—*Eh bien, non.* No se trataba de Judith y Allerton. Me imaginé que llegaría usted a una interpretación errónea... ¡Es usted un hombre obsesionado por una sola idea!

—Lo siento —repuse, azorado—. Explíquese.

—Se lo explicaré todo mañana. Deseo reflexionar ahora sobre varias cosas.

—¿Contribuye... eso a aclarar el caso?

Poirot asintió. Cerró los ojos, echándose hacia atrás, recostándose en las almohadas.

—El caso ha terminado. Sí. Ha quedado liquidado. Sólo nos quedan por atar unos cuantos cabos. Váyase a desayunar, amigo mío. Haga el favor de enviarme a Curtiss.

Salí de allí. Quería ver a Norton. Sentía mucha curiosidad por saber qué le había dicho a Poirot.

No me sentía del todo satisfecho. La falta de alegría en los gestos de Poirot me había sorprendido desagradablemente. ¿Por qué aquella persistente reserva? ¿Por qué aquella profunda e inexplicable tristeza? ¿Qué *verdad* existía detrás de todo aquello?

Norton no se encontraba en el comedor.

Unos minutos después, fui al jardín. Tras la tormenta, podía respirarse allí un aire puro, fresco, que ensanchaba los pulmones. Observé que había llovido mucho. Boyd Carrington estaba dando un paseo. Me ale-

gré de verle y me hubiera gustado entonces confiar a
él mis pensamientos. Hacía varios días que sentía tales deseos. Ahora me inclinaba más que nunca a proceder así. Poirot, realmente, no era el hombre idóneo
ya para llevar adelante aquel asunto.

Esta mañana, Boyd Carrington se presentaba ante
mí animado por una gran vitalidad. Me sentí seguro de
mí, cordial.

—Hoy se ha levantado tarde, ¿eh? —señaló Boyd
Carrington.

Hice un gesto de afirmación.

—Es que me acosté bastante tarde también —repuse.

—Anoche hubo una tormenta regular. ¿No oyó los
truenos?

Recordé que en pleno sueño había sido consciente de
oírlos.

—Ayer no me sentía muy bien, por efecto del tiempo, supongo —declaró Boyd Carrington—. Hoy me encuentro mucho mejor.

Mi interlocutor estiró los brazos, bostezando.

—¿Dónde para Norton? —inquirí

—No creo que se haya levantado todavía. Es muy
perezoso, por lo visto.

Como si nos hubiésemos puesto de acuerdo, los dos
levantamos la vista al mismo tiempo. Las ventanas de
la habitación de Norton quedaban ante nosotros, precisamente. Experimenté cierta extrañeza. En el muro que
teníamos delante, las únicas ventanas que seguían cerradas eran las de Norton.

—¡Qué raro! —exclamé—. ¿Se habrán olvidado de
llamarle?

—Resulta chocante, sí. Espero que no esté enfermo.
Vayamos a verle.

Subimos al piso. La doncella, una criatura de aire
bastante estúpido, se encontraba en el pasillo. Respondiendo a la pregunta que le formulamos, contestó que

el señor Norton no le había contestado al llamar a su puerta. Había repetido la llamada con idéntico resultados, dos o tres veces. La puerta estaba cerrada con llave.

Me invadió un desagradable presentimiento. Apliqué los nudillos a la puerta con fuerza, diciendo al mismo tiempo:

—¡Norton! ¡Norton! ¿Está usted despierto?

Y con creciente inquietud, repetí:

—¿Está usted despierto, Norton?

3

Cuando tuvimos la certeza de que no íbamos a obtener contestación, nos fuimos en busca del coronel Luttrell. Nos escuchó atentamente. Sus azules ojos reflejaron una vaga alarma. Se tiró nerviosamente de las puntas de su bigote.

La señora Luttrell, siempre inclinada a adoptar decisiones radicales, no se anduvo, tampoco ahora, con rodeos.

—Hay que abrir esa puerta como sea. ¿Qué otra cosa podemos hacer?

Por segunda vez en mi vida, dentro de Styles, veía una puerta abierta violentamente. Y ahora tenía ocasión de contemplar lo mismo que viera en la primera ocasión.

Norton estaba tendido en su lecho embutido en su bata. En uno de los bolsillos se hallaba la llave de la puerta. En su mano tenía una pequeña pistola, un juguete, a primera vista, pero capaz de producir los mismis efectos que cualquier otra arma de mayor tamaño. Exactamente, en el centro de su frente, se advertía un menudo orificio.

Por espacio de unos minutos, no acerté a concretar

lo que me recordaba aquello. Tratábase, seguramente, de algo muy viejo...

Me encontraba también demasiado cansado para recordar.

Nada más entrar en la habitación de Poirot, éste supo interpretar lo que reflejaba mi rostro.

Inquirió, rápidamente:

—¿Qué ha pasado? ¿Norton...?

—¡Ha muerto!

—¿Cómo? ¿Cuándo?

Le expliqué brevemente lo ocurrido.

Añadí fatigado:

—Aseguran que se trata de un suicidio. ¿Qué otra cosa puede afirmarse? La puerta estaba cerrada con llave. Las ventanas, también. La llave estaba en el bolsillo de su bata. ¡Pero si en realidad yo llegué a verle entrar en su habitación y le oí cerrar la puerta!

—¿Le vio usted, Hastings?

—Sí, anoche.

Le di unas explicaciones complementarias.

—¿Está seguro de que era Norton?

—Desde luego. Hubiera podido identificar esa terrible bata en cualquier parte.

Por un momento, Poirot volvió a ser el hombre de los viejos tiempos.

—¡Ah! Es un hombre lo que está usted identificando, y no una bata. ¿No lo comprende? *Ma foi!* Cualquier persona sería capaz de embutirse en una bata.

—Es verdad —reconocí— que no llegué a verle la cara. Pero aquéllos eran sus cabellos, y la figura cojeaba un poco...

—¡Cualquiera es capaz de cojear, *mon Dieu!*

Miré a Poirot, sobresaltado.

—¿Quiere usted sugerirme, Poirot, que no era Norton el hombre que yo vi?

—No estoy sugiriendo nada de eso. Me siento, simplemente, enojado por las razones tan poco científicas que aduce a la ahora de asegurar que se trata de Norton. No, no... Ni por un solo instante he querido sugerir que no fuera Norton aquel hombre. Resulta difícil que se tratara de otro... Todos los hombres de la casa son altos, muchos más altos que él... En fin, no se puede ocultar la talla. Él mediría un metro y sesenta y cinco centímetros, diría yo. *Tout de même*, eso es como un truco de prestidigitador, ¿no? Entra en su habitación, cierra la puerta con llave, se la guarda en un bolsillo de la bata, y es encontrado horas más tarde con una pistola en la mano... y la llave en su bolsillo.

—Así pues, ¿usted no cree que se suicidara?

Lentamente, Poirot movió la cabeza, denegando.

—No. Norton no se suicidó. Norton fue asesinado.

4

Bajé las escaleras. Mi mente era un hervidero de revueltas ideas. Aquello resultaba en extremo inexplicable. Puede perdonárseme, en consecuencia, que no advirtiera el siguiente paso, inevitable. Estaba ofuscado. Mi cerebro no funcionaba adecuadamente.

Y sin embargo, ¡era todo tan lógico! Norton había sido asesinado... ¿Por qué? Porque alguien había querido impedir que dijera lo que había visto... Es lo que yo creía.

Pero él había confiado a otra persona aquel conocimiento.

Por tanto, esa persona se encontraba también en peligro...

Estaba en peligro y, además, se hallaba imposibilitada.

Hubiera debido darme cuenta de eso.

Hubiera debido preverlo.

—*Cher ami!* —había exclamado Poirot cuando yo abandoné la habitación.

Fueron aquéllas las últimas palabras que había de oír de sus labios. En efecto, cuando Curtiss entró en la habitación para atenderle encontró a su señor muerto...

Capítulo XVIII

1

No quisiera escribir sobre esto una sola línea. Quería pensar en ello lo menos posible. Hércules Poirot había muerto... Y con él había muerto también buena parte de Arthur Hastings.

Facilitaré los hechos escuetamente, sin adornos literarios. No podría proceder de otro modo.

Poirot murió, se dijo, por causas naturales. Concretamente, murió a consecuencia de un fallo cardíaco. Franklin declaró que había esperado en todo momento que falleciera de eso. Indudablemente, la muerte de Norton le había producido una intensa emoción. Por un descuido, al parecer, las ampollas de nitrato de amilo no se encontraban en la mesita de noche, junto a su cama.

¿Tratábase de un descuido realmente? ¿Las quitó alguien deliberadamente de allí? Tenía que haber habido algo más. X no podía contar solamente con el ataque cardíaco.

Lo confieso: me niego a creer que la muerte de Poirot fuese debida a causas naturales. Poirot fue asesinado... Lo mismo que Norton, igual que Bárbara Franklin. Y yo no sé por qué murieron estas personas... ¡Y no sé quién las asesinó!

Celebróse una encuesta con motivo de la muerte de Norton, siendo promulgado un veredicto de suicidio. El único punto dudoso fue el expuesto por el forense, quien manifestó que resultaba muy difícil para una persona dispararse un tiro en el centro exacto de su frente. Pero se trataba únicamente de la sombra de una duda... Todo aparecía muy claro, muy sencillo. La puerta de la habitación había sido cerrada con llave por dentro; esta llave fue encontrada en uno de los bolsillos de la bata que vestía la víctima; las ventanas estaban cerradas; una de las manos del muerto empuñaba una pistola... Norton se había quejado con frecuencia de que sufría agudos dolores de cabeza. De otro lado, últimamente, había efectuado erróneas inversiones de dinero. No eran éstas unas razones muy sólidas para explicar un suicidio, pero fueron traídas a colación...

La pistola, al parecer, era suya. La doncella del piso la había visto en un par de ocasiones sobre la cómoda, durante su estancia en Styles. En eso había quedado todo. Otro crimen bien montado. ¿Con qué otra solución podía darse?

En el duelo entablado entre Poirot y X, X había ganado la partida.

Había llegado para mí la hora de actuar.

Entré en la habitación de Poirot, llevándome su cartera de mano.

Sabía que me había nombrado su albacea, de manera que yo tenía perfecto derecho a comportarme así. La llave colgaba de un hilo, sujeto al cuello.

Una vez en mi cuarto, abrí la cartera a fin de examinar su contenido.

Inmediatamente, sufrí un fuerte sobresalto. *Los «dossiers» referentes a los casos de X habían desaparecido.* Yo los había visto allí un día o dos antes, cuando Poirot abrió la cartera. De haber necesitado una prueba de la intervención de X, ya la tenía. Una de dos: o Poirot había destruido aquellos papeles por sí mismo (cosa improbable), o bien era X quien había procedido de este modo.

X... X... Siempre aquel condenado enemigo denominado X.

Pero la cartera no estaba vacía. Recordé unas palabras de Poirot: éste me había prometido que encontraría otras indicaciones cuya existencia ignoraría X.

¿Se hallaban allí tales indicaciones?

Localicé en la cartera un ejemplar, en edición barata, de una de las obras de Shakespeare: *Otelo*. El otro libro hallado fue *John Fergueson*, de St. John Ervine. Contenía un marcador en las páginas del tercer acto.

Me quedé absorto, contemplando los dos libros, sin saber qué pensar.

Aquéllas eran las pistas que Poirot me había dejado... ¡A mí no me decían nada!

¿Qué podían significar realmente?

Sólo se me ocurrió una idea: ¿me encontraría frente a un especie de código o clave? Podía tratarse, sí, de un código de palabras basado en las obras.

Pero, en tal caso, ¿cómo podía valerme de él?

Allí no había palabras ni letras subrayadas, para hacerlas resaltar. Realicé distintas combinaciones, sin el menor resultado.

Leí con toda atención el tercer acto de *John Fergueson*, desde la primera hasta la última página. Hay en él una admirable, una emocionante escena, con parlamentos de Clutie John, escena que termina con la salida del joven Fergueson, que marcha en busca del hombre que ha engañado a su hermana. Se trata de un personaje magistralmente descrito, pero... ¡yo no podía pensar que Poirot se empeñara en mejorar mis gustos literarios!

Y luego, cuando pasaba una de las hojas de la obra, vi una tira de papel que caía al suelo. Poirot había escrito en ella una frase:

«*Hable con mi criado George.*»

Bien. Allí ya tenía algo. Probablemente, el código —de existir alguno— obraba en poder de George. Tenía que hacerme con sus señas y visitarle.

Pero antes había de enfrentarme con la triste tarea de enterrar a mi amigo.

Aquí había vivido al principio de su llegada a este país. Aquí descansaría para siempre.

Judith se mostró muy afectuosa conmigo durante aquellos días.

Se pasó muchos días a mi lado, ayudándome en todo lo que yo llevaba entre manos. Era afable, cariñosa. Fueron también muy buenos conmigo Elizabeth Cole y Boyd Carrington.

Elizabeth Cole me sorprendió. Creí al principio que se sintiría muy afectada por la muerte de Norton. Pero no fue así. En fin, si sintió algún pesar supo disimularlo, al menos.

Todo terminó de esta manera...

2

Sí, debo exponerlo.

Debo dejar constancia aquí de ello.

El funeral había llegado a su fin. Me senté junto a Judith, tratando de esbozar unos necesarios planes para el futuro.

Ella dijo entonces:

—Es que... ¿no lo sabes, querido? *Yo no estaré aquí...*

—¿Que no vas a estar aquí?

—*No me encontraré en Inglaterra.*

La miré fijamente.

—No he querido decírtelo antes, padre. No quise ser un nuevo motivo de preocupación para ti. Ahora ya no tengo más remedio que ponerte al corriente. Espero que la noticia no te disguste. Me voy a África, ¿sabes?, con el doctor Franklin.

Salté como impulsado por un resorte. Estallé. ¡Imposible! Judith no podía hacer una cosa semejante. Una cosa era que trabajara en Inglaterra como ayudante del doctor Franklin, máxime viviendo la esposa de éste, y otra muy distinta irse con el médico a África, los dos solos. Esto no podía ser. Era algo que tenía que prohibir radicalmente a mi hija. Judith no podía cometer semejante disparate.

Ella me dejó hablar. Sonrió levemente.

—Pero, padre —objetó—, si yo no voy a África como ayudante del doctor Franklin, sino como su legítima esposa.

Abrí los ojos desmesuradamente, supongo, asombrado.

Contesté, tartamudeando:

—¿Y All...Allerton?

Mi hija parecía sentirse divertida.

—Nunca hubo nada con Allerton. Hubiera llegado a decírtelo en su momento de no haberme enfadado tanto contigo. Además, yo quería que tú pensaras... bueno... lo que pensaste. Yo no quería que vieras que mi intención se centraba en John.

—Sin embargo... Una noche, estando los dos en la terraza, vi que él te besaba...

Ella contestó, con un dejo de impaciencia en la voz:

—¡Oh! Aquella noche me sentía disgustada... Son cosas que pasan. Tú, seguramente, sabrás de ellas...

Objeté:

—Tú no puedes casarte con Franklin aún... tan pronto.

—Sí que puedo. Quiero irme con él y tú mismo acabas de indicarme que todo cambia en las condiciones señaladas. Ya no tenemos por qué esperar... ahora.

Judith y Franklin. Franklin y Judith.

¿Quién no será capaz de adivinar las ideas que se adentraron en mi mente? Afloraban ahora unos pensamientos hasta entonces soterrados...

Vi a Judith con un frasco en la mano. Oí decir a Judith, con apasionada voz, que las vidas inútiles debían dejar paso a otras de utilidad... Aquella joven era mi Judith, a la que yo tanto amaba, a la que Poirot también había amado. Norton había visto a dos personas: ¿Judith y Franklin? Pero en ese caso... en ese caso... No, no podía tratarse de Judith. Franklin, quizás... Era éste un hombre extraño, un individuo rudo, un sujeto que si había acomodado su mente a la idea del crimen podía asesinar una y otra vez.

Poirot se había mostrado dispuesto de buen grado a consultar con Franklin.

¿Por qué? ¿Qué le había dicho él aquella mañana?

Pero Judith, no. Mi joven, mi encantadora y grave hija Judith, no.

Y no obstante, qué extraña me había parecido la actitud de Poirot. Todavía resonaban en mis oídos aquellas palabras: «Usted puede preferir decir: "Abajo el telón"...»

Repentinamente, entonces, una nueva idea se apoderó de mi mente... ¡Monstruoso! ¡Imposible! ¿Era toda la historia relativa a X pura invención? ¿Habíase presentado Poirot en Styles porque temía una tragedia en el seno del matrimonio Franklin? ¿Se había presentado allí para observar a Judith? ¿Era ésa la razón de que, resueltamente, se negara a contarme nada? ¿Por el hecho de ser la historia de X una patraña, una fantasía, una especie de cortina de humo?

¿Estaba en el corazón de la tragedia Judith, mi hija?

¡*Otelo*! La noche en que la señora Franklin muriera, yo había sacado de un estante aquella obra: *Otelo*. ¿Era ésta la pista?

Alguien había dicho que Judith, aquella noche, hacía pensar en el personaje de su mismo nombre antes de cortar la cabeza a Holofernes. ¿Llevaba Judith la muerte en su corazón?

Capítulo XIX

Estoy escribiendo todo esto en Eastbourne. He venido a Eastbourne para ver a George, en otro tiempo criado de Poirot.

George había convivido con Poirot muchos años. Era un hombre muy corriente, carente por completo de imaginación. Tomaba las cosas siempre en su sentido literal, por su valor aparente tan sólo.

Bueno. Fui a verle. Le di la noticia de la muerte de Poirot. George reaccionó como era lógico que reaccionara. Le vi muy afectado, muy apesadumbrado, pero consiguió disimular sus sentimientos bastante bien.

Luego, inquirí:

—¿Le hizo entrega de un mensaje para mí, no?

George respondió, inmediatamente:

—¿Para usted, señor? No. No que yo recuerde.

Me quedé sorprendido. Insistí, pero el hombre se mostró firme.

Finalmente, declaré:

Supongo que debo de estar en un error. Perfectamente. ¿Qué vamos a hacerle? Habría preferido que hubiese estado usted con mi amigo en sus últimos momentos.

—Yo también, señor.

—Claro, encontrándose su padre enfermo, tenía la obligación de atenderlo...

George me miró de una manera muy curiosa.

—¿Cómo? —inquirió—. No le entiendo del todo.

—Usted tuvo que separarse de monsieur Poirot para atender a su padre, ¿no es así?

—Yo no quería irme. Pero monsieur Poirot insistió...

—¿Le envió él aquí? —pregunté.

—Acordamos que yo debería volver a ponerme a sus órdenes más tarde. Si me fui fue por expreso deseo suyo. Monsieur Poirot me fijó una remuneración adecuada, que percibiría mientras me hallara aquí, con mi anciano padre.

—Pero eso, George, ¿por qué?, ¿por qué?

—En realidad, no sé explicárselo, señor.

—¿No le hizo ninguna pregunta?

—No, señor. Creí que debía callar y obedecer. Monsieur Poirot tenía sus cosas. Sabía desde hacía mucho tiempo que era un hombre muy inteligente, sumamente respetado, además.

—Sí, sí —murmuré, abstraído.

—Era muy especial en lo tocante a sus ropas. Le gustaban las telas extranjeras, más bien de fantasía... No sé si me explicaré bien. Bueno, eso es comprensible, ya que él era también un caballero extranjero. Cuidaba mucho sus cabellos, y su bigote.

—¡Oh! Su famoso bigote.

Sentí una dolorosa punzada al recordar lo orgulloso que mi amigo se había sentido siempre de aquél.

—Era muy especial con su bigote, sí, señor —continuó diciendo George—. No era un bigote a la moda de estos tiempos, pero a él le caía bien. ¿Me comprende?

Hice un gesto afirmativo. Luego, murmuré:

—Supongo que se teñía el bigote, al igual que hacía con los cabellos...

—Se trataba ligeramente el bigote, pero se había desentendido por completo de los cabellos... en los últimos años.

—¡Qué disparate! —exclamé—. Sus cabellos eran tan

negros como las alas de un cuervo. Eran tan poco naturales en cuanto a su aspecto, que daba la impresión de que usaba peluca.

George tosió discretamente.

—Perdone, señor: se trataba de una peluca. A monsieur Poirot se le había estado cayendo el cabello en abundancia últimamente, de manera que optó por usar peluca.

Pensé que resultaba extraño que un simple criado supiese más cosas acerca de Hércules Poirot que su amigo más íntimo.

Torné a abordar la cuestión que me desconcertaba más.

—¿De veras que no tiene usted la menor idea acerca del por qué de su separación de monsieur Poirot? Reflexione, hombre, reflexione.

George hizo un esfuerzo en tal sentido. Pero, evidentemente, este tipo de actividades no se le daba muy bien.

—Lo único que puedo sugerir —manifestó finalmente— es que me envió aquí porque deseaba tener a Curtiss a su servicio.

—¿A Curtiss? ¿Por qué había de tener interés en que le sirviera Curtiss?

George tosió de nuevo.

—No sé... Cuando lo vi por vez primera no se me antojó un profesional de los más brillantes, precisamente. Era un individuo de gran fortaleza física, por supuesto, pero en general su modo de ser no se acomodaba a los gustos personales de monsieur Poirot. Creo que Curtiss había estado trabajando durante cierto tiempo en un manicomio.

Miré fijamente a mi interlocutor.

¡Curtiss!

¿Era ése el motivo de que Poirot se hubiera mostrado tan reservado, tan poco explícito? No me había detenido un solo momento a pensar en Curtiss. Y Poirot se había dado por satisfecho viendo cómo repasaba los rostros de los huéspedes de Styles, en busca del misterioso X. Sin embargo, X no era un huésped.

¡Curtiss!

En otro tiempo, ayudante en un manicomio. ¿Y dónde había leído yo que a veces los pacientes de los hospitales o asilos para enfermos mentales se quedan o vuelven a los mismos para trabajar como ayudantes?

Un hombre extraño, torpe, de raro aspecto, un estúpido... un individuo que podía matar por cualquier razón forzada por su mente.

Y de ser así.., de ser así...

Entonces, pareció disiparse la gran nube que tenía ante mí.

¿Curtiss...?

POSDATA

Nota del capitán Arthur Hastings: *El siguiente manuscrito llegó a mi poder cuatro meses después de haberse producido el fallecimiento de mi amigo Hércules Poirot. En su momento, recibí una comunicación de una firma de abogados, rogándome que me presentara en sus oficinas. En éstas, "de acuerdo con las instrucciones de su cliente, el difunto monsieur Hércules Poirot", me fue entregado un paquete sellado. Reproduzco su contenido a continuación.*

Manuscrito de Hércules Poirot:

«*Mon cher ami:*
»Cuando usted lea estas palabras habrán transcurrido ya cuatro meses desde la fecha de mi fallecimiento. He estado reflexionando largo tiempo sobre la conveniencia o no conveniencia de escribir esto, decidiendo por último que es necesario que alguien conozca la verdad sobre el segundo «*Affaire* Styles». He estado imaginándome también que por la fecha en que usted lea las presentes cuartillas habrá llegado a desarrollar las más sorprendentes hipótesis, atormentándose día tras día, indebidamente.

»Pero permítame decirle esto: Usted hubiera debido

llegar, *mon ami,* al conocimiento de la verdad. Vi que poseía todas las indicaciones precisas. Si no es así, ello se debe, como siempre, a su carácter, demasiado recto y confiado. *A la fin comme au commencement.*

»Pero usted debiera saber, por lo menos, quién mató a Norton... aunque esté todavía a oscuras en lo tocante a la identidad del asesino de Bárbara Franklin. Esto último puede suponer una fuerte impresión para usted.

»Usted ya sabe que yo le llamé. Empecemos por esto. Le dije que le necesitaba. Era cierto. Le indiqué que deseaba hacer de usted mis oídos y mis ojos. También esto era cierto, muy cierto... si bien no en el sentido que usted lo tomó. Usted tenía que ver lo que yo quería que viese, y oír lo que yo deseaba que oyera.

»Usted se quejó, *cher ami,* alegando que yo no procedía "lealmente" en la presentación del caso. Me negué a decirle algo que yo sabía. Es decir, no quise revelarle la identidad de X. Esto es verdad. Tenía que proceder así... aunque no por las razones que aduje. Conocerá éstas luego.

»Y ahora, ocupémonos de X. Le presenté una relación de varios casos resumidos. Señalé que en cada caso se veía bien claramente que la persona acusada, o sospechosa, había cometido realmente el crimen en cuestión, no existiendo otra solución del enigma. Después, pasé al segundo hecho importante: en cada caso, X había estado en el escenario del crimen o estrechamente implicado en el mismo. Entonces, usted formuló una deducción que, paradójicamente, era verdadera y falsa a la vez. Usted dijo que X había cometido todos los crímenes.

»Pero, amigo mío, las circunstancias concurrentes eran de tal naturaleza que en cada caso (o en casi todos) *solamente* la persona acusada podía haber cometido el crimen. Por otra parte, siendo así, ¿cómo explicar lo de X? Únicamente una persona relacionada con la fuerza policíaca o con una firma de abogados especializados puede estar implicada en cinco casos de asesinato. No cabe pensar en un hombre o mujer ordinarios... ¡Es algo que no suele suceder! ¿Lo comprende? Nunca, nunca sale nadie diciendo en tono confidencial: "Bien. Yo conozco realmente a cinco asesinos." No, no, *mon ami.* Esto no es posible. Así llegamos a un curioso resultado. Tenemos aquí un caso de catálisis: una reacción entre dos sustancias que tiene lugar solamente en presencia de una tercera, y esta tercera sustancia, aparentemente, no toma parte en la reacción, permaneciendo inalterada. Ésta es la situación. Ello significa que donde X estaba presente se producía el crimen... Pero X no tomó parte activa en esos crímenes.

»¡Una situación extraordinaria, anormal! Y me di cuenta de que había llegado por fin, al término de mi carrera, a dar con el criminal perfecto, con el criminal inventor de una técnica que le permitía *no ser declarado nunca culpable de sus crímenes.*

»Esto era desconcertante. Pero no nuevo. Existían ciertos paralelismos. Y aquí viene la primera de las *pistas* que le dejé. La obra titulada *Otelo.* En ella, magníficamente dibujada, hallamos el original de X. Yago es el asesino perfecto. Las muertes de Desdémona, de Cassio —del mismo Otelo— son todas crímenes de Yago, planeados por él, llevados a cabo por él. Y él permanece fuera del círculo, no afectado por la sospecha... O así pudo haber sido. Pues su gran Shakespeare, amigo mío, tuvo que enfrentarse con el dilema suscitado por su propio arte. Para desenmascarar a Yago tuvo que recurrir al más torpe de los artificios —el pañuelo—, algo que no está al nivel de la técnica general de Yago.

»Sí. Ahí está la perfección del arte del crimen. Ni siquiera una palabra de sugerencia *directa.* Él siempre aparta a los otros de la violencia, rechazando con horror sospechas que no han sido ideadas antes de que él las mencione.

»Y la misma técnica se descubre en el brillante tercer acto de *John Fergueson,* donde el *bobo* de Clutie John induce a otros a matar al hombre que él mismo odia. Se trata de un maravilloso ejemplo de sugerencia psicológica.

»Ahora, Hastings, hemos de comprender esto. En todos alienta un criminal en potencia. En todos nosotros surge de vez en cuando el *deseo* de matar... aunque no la *voluntad* de matar. "Me puso ella tan furioso, ¡que la hubiera matado!" He aquí una frase que usted ha podido pronunciar, que habrá oído en distintas ocasiones de labios de otros. "Por haber dicho eso, hubiera matado a B." "Me sentía tan irritado que lo hubiera matado." ¿Para qué seguir con otras frases semejantes? Y todas esas declaraciones son literalmente ciertas. La mente de uno, en tales momentos, se halla perfectamente despejada. A uno le gustaría matar... *Pero no lo hace.* La voluntad tendría que acomodarse al deseo, al impulso.

»En los chiquillos, el freno actúa imperfectamente. Yo sé de uno que, enojado con su gatito, dijo: "Estáte quieto si no quieres que te dé con algo en la cabeza y te mate." Así lo hizo, para quedarse aterrorizado unos momentos más tarde, al comprender que su gatito no podía revivir... En realidad, el niño amaba al pequeño animal.

»Por tanto, todos somos criminales en potencia. Y el arte de X consistía no en sugerir el *deseo* sino en quebrantar la honesta y normal resistencia. Era un arte perfeccionado por una larga práctica. X conocía la palabra exacta, la frase exacta, la entonación que había que dar a la sugerencia, incluso. Sabía acumular presión en un punto débil. Esto podía conseguirse. Se llevaba a cabo hasta sin que el sujeto sospechara nada. No se trataba de hipnotismo... Con el hipnotismo no se habría logrado nada positivo. Era algo más insidioso, más mortal. Era una ordenación de las fuerzas del ser humano, tendente a ampliar la brecha en lugar de repararla. Se recurría a lo mejor de la persona para promover una alianza con lo peor de ella.

»Usted debiera haber sabido esto, Hastings... Por el hecho de que a usted mismo le había sucedido...

»Ahora, quizá, comenzará a ver realmente el significado de algunas de mis observaciones, que tanto le irritaron y confundieron. Cuando yo hablaba de un crimen que iba a ser cometido, no me refería siempre al mismo. Le dije que yo me encontraba en Styles con un fin. Estaba allí, dije, porque iba a cometerse un crimen. Usted se mostró sorprendido por la seguridad de que hacía gala yo en lo tocante a tal punto. Tenía que estar seguro forzosamente, debido a que el crimen en cuestión... iba a ser cometido *por mí mismo*...

»Sí, amigo mío. Esto es extraño... cómico... ¡y terrible! Yo, que no he aprobado nunca el crimen... yo, que siempre he valorado la vida humana... he terminado mi carrera cometiendo un crimen. Quizás haya tenido que enfrentarme con este tremendo dilema por el hecho de haber sido demasiado recto, demasiado consciente de la rectitud. Pues existen dos facetas, Hastings. Mi trabajo, durante mi ciclo vital, ha consistido en salvar al inocente —en *impedir* el crimen—, y éste, éste es el único medio de que puedo valerme. Sin incurrir en ningún error, X no podía verse afectado por la ley. Estaba a salvo. Él no podía ser derrotado por ninguno de los otros procedimientos que se me ocurrieran.

»Y sin embargo, amigo mío, yo me resistía. Veía lo que tenía que hacerse, pero no acertaba a decidirme a hacerlo. Yo era como Hamlet, eternamente aplazando el día maligno... Y después se produjo el siguiente intento... el intento de asesinato contra la señora Luttrell.

»Yo me sentía curioso, Hastings. Deseaba comprobar si funcionaría debidamente su acreditado olfato. Así fue. Su primera reacción se produjo ante Norton, con una leve sospecha. Y estaba usted en lo cierto. Norton era el hombre. No tenía usted ninguna razón que justificara su postura... si exceptuamos la perfectamente clara y tenue sugerencia de que él era insignificante. Por aquí, estimo, se acercó usted mucho a la verdad.

»He estudiado su historia personal con algún detenimiento. Norton era hijo único de una mujer dominante y ordenancista. Nunca, al parecer, poseyó dotes para reafirmarse, ni para influir con su personalidad en otras personas. Siempre había cojeado ligeramente al andar, no pudiendo participar en los juegos de sus condiscípulos en el colegio.

»Una de las cosas más significativas de que usted me habló fue la escena de su enfrentamiento con un conejo muerto, en la escuela, cuando a la vista del mismo se sintiera trastornado, casi enfermo. Todos se habían reído de él entonces. Aquel incidente debió de producirle una profunda impresión, me imagino. Le disgustaban la sangre y la violencia, por cuyo motivo sufrió su prestigio. Yo diría que en su subconsciente esperaba redimirse a sí mismo apareciendo ante los demás algún día como un individuo atrevido, despiadado.

»Me figuro que era joven todavía cuando descubrió que poseía cierto poder que le permitía influir en la gente. Es un hombre que sabe escuchar, tranquilo, que resulta simpático, afectuoso. Sin destacarse mucho, caía bien entre quienes lo trataban. Lamentó lo primero, en un principio, y luego procuró sacar partido de eso. Vio lo absurdamente fácil que resultaba influir en el prójimo utilizando las palabras adecuadas al caso, aportando los correctos estímulos. Lo único que tenía que hacer era comprender a los otros, adentrarse en sus pensamientos, descubrir sus secretas reacciones y deseos.

»¿No lo comprende usted, Hasting? Un descubrimiento de tal naturaleza podía alimentar una sensación de poder. Allí estaba él, Stephen Norton, quien caía bien entre sus semejantes, viéndose al mismo tiempo desdeñado... Y no obstante, él era capaz de lograr que la gente realizara cosas que no deseaba hacer... o bien (fíjese en esto) que creía que no quería hacer.

»Puedo imaginármelo desarrollando este "hobby" personal. Poco a poco, sin duda, adquirió un gusto morboso por la violencia de segunda mano. Él carecía de energías para aplicar aquélla. Precisamente por esto había sido objeto de muchas burlas.

»Sí... Su "hobby" toma cuerpo en él más y más, hasta que se convierte en una pasión, ¡en una necesidad! Era una droga, Hastings. Era una droga que él necesitaba, como hubiera podido necesitar el opio o la cocaína.

»Norton, el hombre de buenas maneras, el hombre afectuoso, era un sádico. Era un adicto del dolor, de la tortura mental. Había habido una epidemia de eso en el mundo de los últimos aaños... *L'appétit vient en mangeant.*

»Satisfacía con aquello dos ansias: la dictada por su sadismo y las de su afán de poder. Él, Norton, poseía las llaves de la vida y de la muerte.

»Al igual que cualquier drogadicto, tenía que disponer de sus dosis... Localizó víctima tras víctima. Estoy convencido de que hubo más casos aparte de los cinco descubiertos por mí. En todos representó el mismo papel. Conoció a Etherington; pasó un verano en la población en que vivía Riggs; alternó con éste en los bares de la localidad. Conoció durante un crucero a Freda Clay, haciéndole ver lo que ella ya había visto a medias: que la muerte de su anciana tía sería realmente una buena cosa, una liberación para la vieja y una fuente de ingresos para la sobrina, que le ayudaría a vivir mejor, despreocupadamente. Se hizo amigo de los Litchfield. Y hablando con él, Margaret Litchfield llegó a verse a sí misma como una heroína, liberando a sus hermanas de su condena a cadena perpetua. Pero yo no creo, Hastings, que esas personas hubieran llegado a hacer lo que hicieron por sí mismas exclusivamente, sin mediar la influencia de Norton.

»Y ahora llegamos a los acontecimientos de Styles. Yo llevaba ya algún tiempo tras la pista de Norton. Se hizo amigo de los Franklin y en seguida adiviné el peligro. Tiene usted que hacerse cargo: Norton tenía que arrancar siempre de un núcleo. Una cosa puede desarrollarse a base de contar con un punto de arranque. En *Otelo,* por ejemplo, siempre he abrigado la creencia de que en la mente del protagonista de ese nombre existía ya la convicción (probablemente correcta) de que el amor que sentía Desdémona por él era la inclinación desequilibrada y apasionada (una especie de culto) de la joven ante un guerrero famoso y no el amor de una *mujer* por Otelo el *hombre.* Él pudo adivinar que Cassio era su auténtico ídolo y en que en su momento ella comprendería ese hecho.

»Los Franklin presentaban un planteamiento agradable a los ojos de Norton. ¡En aquel matrimonio había todo tipo de posibilidades! Indudablemente, usted sabrá ahora, Hastings, algo que cualquier persona sensata descubriría desde el principio: que Franklin estaba enamorado de Judith y que ésta correspondía a su amor. Sus brusquedades, su costumbre de no mirar nunca a la muchacha, de eliminar todo gesto de cortesía, hubieran debido darle a entender que el hombre se había enamorado perdidamente de su hija. Pero Franklin es un hombre de gran fuerza de carácter, sumamente recto. Sus frases, frecuentemente rudas, no revelan sus sentimientos. Ahora bien, se trata de una persona de normas muy definidas. Con arreglo a su código personal, el hombre debe permanecer fiel a la esposa elegida.

»Judith amaba también a Franklin, como ya he señalado. Me figuré que usted advertiría este hecho nada más llegar. Ella creyó que se había dado cuenta de eso el día en que la encontró en el jardín de las rosas. De ahí su furiosa explosión. Hay caracteres así, como los de Judith y otras personas a ella semejantes, que no soportan las expresiones de piedad o simpatía. Es como si se tocara una herida en llaga viva...

»Luego, ella descubrió lo que usted pensaba realmente: que su atención se centraba en Allerton. Fomentó entonces esa idea, hurtándose por tal medio a una torpe compasión y evitando otro doloroso sondeo de la herida. Estuvo coqueteando con Allerton, en una especie de desesperado solaz. Sabía perfectamente con qué clase de individuo se enfrentaba. Él la divertía, la distraía. Pero a Judith no le inspiró ese hombre jamás ningún sentimiento amoroso.

»Norton, por supuesto, sabía muy bien por dónde iban los tiros. Vio bastantes posibilidades en el trío Franklin. Puedo afirmar que empezó su trabajo primeramente con el doctor. Pero no sacó nada en limpio de éste. Franklin es de los hombres totalmente inmunes a las insidiosas sugerencias que era capaz de formular Norton. Franklin se halla en posesión de una mente bien clara y despejada, en blanco y negro, por así decirlo, poseyendo un exacto conocimiento de sus sentimientos... Las presiones exteriores le tienen sin cuidado, por completo. Además, la gran pasión de su vida es su trabajo. Su concentración en él le hace menos vulnerable.

»Con Judith, Norton tuvo más suerte. Hábilmente, aludió al tema de las vidas inútiles. Esto era un artículo de fe para Judith... Ella ignoraba que sus secretos deseos estaban de acuerdo con aquella tesis. Norton veía en la idea una especie de aliado. Obró con mucho tacto... Adoptó el punto de vista opuesto, ridiculizando suavemente el pensamiento de que la joven poseyera valor suficiente para emprender tan decisiva acción. "Se trata de una de esas cosas que la gente joven siempre dice..., pero que nunca hace." Es una treta muy vieja,

Hastings. Pero, ¡cuán a menudo da resultado! ¡Son tan vulnerables esos chicos y chicas! Se lanzan con frecuencia, sin darse cuenta de que en realidad son lanzados.»

»Eliminada Bárbara, el camino quedaba completamente despejado para Franklin y Judith. Esto no se dijo nunca... Nunca se puso al descubierto. Se insistió en que el *ángulo* personal no tenía nada que ver con aquello, nada en absoluto. Pues de no haber sido así, Judith habría reaccionado violentamente. Ahora, con un drogadicto del asesinato en grado tan avanzado como Norton, no había suficiente con aquello. El hombre ve oportunidades para el placer en todas partes. En seguida encontró un objetivo en los Luttrell.

»Haga memoria, Hastings. Recuerde su primera partida de bridge. Norton formuló luego ante usted unas observaciones en voz alta, hasta el punto de que usted temió que fueran oídas por el coronel Luttrell. ¡Naturalmente! ¡Norton quería que él las oyera! Nunca desperdició una ocasión de escarbar en la herida, de irritarla... Y finalmente, sus esfuerzos desembocaron en el éxito. Todo pasó ante usted, Hastings. Y sin embargo, no se dio cuenta de cómo se hizo aquello. Los cimientos habían quedado puestos... El coronel se nota portador de una pesada carga; está avergonzado ante los hombres de la casa; en su pecho alienta, progresivamente creciente, un profundo resentimiento contra su esposa.

»Recuerde exactamente lo que pasó. Norton dice que tiene sed. (¿Sabía él que la señora Luttrell estaba en la casa y que acudiría al lugar en que se desarrollaba aquella escena?) El coronel reacciona como es lógico en él, un caballero, un anfitrión hospitalario. Ofrece algo de beber. Y se marcha en busca de las botellas. Todos ustedes se hallan sentados junto a una ventana. Llega la esposa... Y se produce la inevitable escena. El hombre sabe que todos han oído las palabras de su mujer. Aparece de nuevo. El incidente hubiera podido ser suavizado. Boyd Carrington hubiera podido llevar a cabo una buena labor en tal sentido. (Posee bastante tacto, es un hombre de mundo... Para mí, no obstante, es un sujeto aburrido, cargante, pretencioso.) Usted mismo habría zanjado la desagradable cuestión sin mucha dificultad. Pero Norton se apresura a hablar, empeorando las cosas. Alude al bridge (hace recordar otras humillaciones), habla sin ton ni son de incidentes producidos en las cacerías. Y siguiendo su discurso, el estúpido de Boyd Carrington refiere la historia del asistente irlandés que disparó contra su hermano, una historia que *Norton contó a Boyd Carrington,* convencido de que el muy necio la sacaría a relucir como de su cosecha personal siempre que se encontrara ante un auditorio adecuado. Como ve, la suprema sugerencia no partiría de Norton. *Mon Dieu, non!*

»Todo está dispuesto, pues. Hay un efecto acumulativo. Se llega al punto de rotura. Afrontado como anfitrión, avergonzado ante los hombres de la casa, sufriendo porque sabe que ellos están convencidos de que no tiene valor para nada, de que sólo sirve para aguantar las impertinencias de su mujer, el coronel escucha las palabras clave que provocaran el accidente. Un rifle... episodios desgraciados de caza.., la historia del hombre que disparó contra su hermano... De repente, a lo lejos, ve la cabeza de su mujer... "Nada que sospechar... Un simple accidente... Ahora les haré ver que... Ya verá ella si... ¡Maldita sea! ¡Quisiera verla muerta! ¡La mataré!"

»No la mató, Hastings. Yo pienso que al disparar, instintivamente, erró el tiro *porque así lo quiso.* Y después... Después, el maligno hechizo quedó roto. Ella era su esposa, la mujer amada, a pesar de todo.

»Uno de los crímenes de Norton que no llegó a *cuajar.*

»¡Ah! ¿Y qué decir de su siguiente intento? ¿Se da

cuenta, Hastings, de que luego le llegó el turno a usted? Haga memoria. Recuérdelo todo con detalle. ¡Usted, mi honesto, mi amable Hastings! Él localizó los puntos débiles de su mente. Estudió sus reacciones de persona decente y consciente, también.

»Allerton es un tipo humano que le inspira repugnancia y temor. Usted piensa que esa clase de hombres debiera ser rechazada por la sociedad. Y todo lo que oyó acerca de él, todo lo que pensó, era cierto. Norton se apresura a referirle determinada historia... No es una historia inventada por lo que se refiere a los hechos. (Aunque realmente la chica afectada era una neurótica, salida de un medio pobre.)

»Todo va muy bien con sus instintos convencionales y algo anticuados. Este hombre es el villano, el seductor, el hombre que provoca la perdición de las jóvenes, conduciéndolas al suicidio. Norton induce a Boyd Carrington a ampliar el cuadro. Usted se ve impulsado a *hablar con Judith*. Judith, como usted pudo prever, le responde inmediatamente declarando que ella hará con su vida lo que le plazca. Esto le hace pensar a usted lo peor.

»Examine ahora las diferentes *teclas* que toca Norton. El amor que, naturalmente, le inspira su hija. El intenso y anticuado sentido de la responsabilidad que siente un hombre como usted con respecto a sus hijos. La importancia que se da a sí mismo como consecuencia de lo anterior: "Debo hacer algo. Todo depende de *mí*." Echa de menos el prudente juicio de su difunta esposa. Se siente leal... No puede desertar de sus obligaciones. Básicamente, cuenta mucho aquí también su vanidad... Por efecto de su asociación conmigo, ¡ha aprendido usted todas las tretas del oficio! Por último, hay que mencionar un soterrado sentimiento que alienta en la mayor parte de los hombres cuando de sus hijas se trata: unos celos irrazonables, un instintivo impulso de repugnancia a la vista del hombre elegido por ellas, del hombre que las aparta del padre. Norton tocó esas cuerdas sensibles, Hastings, como un virtuoso hubiera tocado las de un instrumento musical. Y usted respondió perfectamente a todos sus premeditados tanteos.

»Usted acepta las cosas en su valor nominal con excesiva facilidad. Siempre ha procedido así. Usted creyó de buenas a primeras, sin la menor duda, que era Judith la mujer con quien Allerton estuviera hablando en el cenador. Sin embargo, usted no la vio; ni siquiera *la oyó hablar*. Increíblemente, a la mañana siguiente, usted continuaba pensando en Judith como la figura femenina del cenador. Sintióse animado porque ella "había cambiado de opinión".

»Pero si usted se hubiera tomado la molestia de examinar los hechos, habría descubierto inmediatamente que no tenía por qué preocuparse ante la posibilidad de una visita de Judith a Londres aquel día. Y falló al no formular una evidente deducción. Había alguien que *iba* a ausentarse aquel día, y que se sintió furiosa al no poder llevar a cabo su propósito: la enfermera Craven. Allerton no es de los hombres que limitan su actividad amatoria a una sola conquista. Sus relaciones con la enfermera Craven habían progresado más que el simple coqueteo con Judith.

»Nueva maniobra de Norton...,

»Usted vio a Allerton y a Judith besándose. Norton le hace doblar la esquina de la casa. Indudablemente, está enterado de que Allerton está citado con la enfermera Craven en el cenador. Tras una breve discusión, le deja ir, pero todavía le acompaña. La frase que oyó de labios de Allerton encaja magníficamente en sus propósitos y luego, rápidamente, le aleja de allí, antes de que se le depare la oportunidad de descubrir que la mujer en cuestión no es Judith.

»¡Sí! ¡Es un auténtico virtuoso en estas lides! Y su reacción, Hastings, es inmediata. Responde usted a la perfección a sus manejos. Es entonces cuando su mente se acomoda a la perspectiva del crimen.

»Pero, afortunadamente, Hastings, usted disponía de un amigo cuyo cerebro funcionaba todavía correctamente. ¡Y no solamente su cerebro!

»He dicho al principio de esto que si usted no llegó al conocimiento de la verdad fue debido a su carácter, excesivamente confiado. Usted cree siempre lo que le dicen. Usted creyó lo que le conté...

»Sin embargo, le hubiera resultado muy fácil descubrir la verdad. Yo hice que George se separara de mí... ¿Por qué? Yo había puesto en su lugar a un hombre menos experto que él, mucho menos inteligente... ¿Por qué? Ningún médico me atendía... Y hay que tener en cuenta que siempre he estado muy pendiente de mi salud... Me empeñaba, por añadidura, en no ver a ninguno... ¿Por qué?

»¿Comprende ahora por qué le necesitaba en Styles? Yo tenía que disponer de alguien *que aceptara lo que yo dijera sin discusión*. Le dije que había regresado de Egipto mucho peor que cuando fuera allí, y usted dio por buena tal declaración. ¡La verdad es que volví muy mejorado! Usted pudiera haber descubierto esto de haberse tomado la molestia de realizar algunas averiguaciones. Pero no procedió así. *Me creyó*. Envié a George a su casa porque no hubiera podido convencerle nunca de que de pronto mis extremidades habían quedado inutilizadas. George es extremadamente inteligente. Habría advertido que yo estaba fingiendo...

»¿Se hace cargo, Hastings? Me fingía un ser desvalido, engañando a Curtiss. Pero todo era falso. Yo podía caminar... cojeando ligeramente.

»Le oí subir aquella noche. Noté que vacilaba, penetrando luego en la habitación de Allerton. Inmediatamente, me mantuve alerta. Sabía ya mucho en cuanto a su estado mental.

»No perdí el tiempo. Me encontraba solo. Curtiss

había bajado a cenar. Abandoné mi habitación, cruzando el pasillo. Le oí andar por el cuarto de baño de Allerton. Después, amigo mío, hice algo a sus ojos deplorable: me arrodillé, mirando por el ojo de la cerradura del cuarto de baño.

»Percibí sus manipulaciones con las píldoras somníferas. Comprendí qué era lo que estaba usted pensando.

»Entonces, amigo mío, pasé a la acción. Regresé a mi habitación, llevando a cabo mis preparativos. Al llegar Curtiss, le pedí que fuera en su busca. Se presentó usted bostezando, alegando que le dolía la cabeza. Me mostré muy preocupado por esta circunstancia. Tenía que proporcionarle algún remedio. Para tranquilizarme, consintió usted en tomar una taza de chocolate. Se bebió mi chocolate rápidamente, para poder marcharse lo antes posible. *Ahora bien, yo disponía, asimismo, de píldoras somníferas.*

»Y así fue cómo se quedó profundamente dormido... Por la mañana, cuando se despertó, ya descansado, con la mente despejada, comprendió con horror que había estado a punto de cometer horas antes un gravísimo disparate.

»Se encontraba a salvo ya... Estas cosas no suelen intentarse dos veces. Sobre todo cuando se ha recuperado plenamente la cordura.

»Pero esto hizo que me decidiera, Hastings. Usted no es un asesino, pero hubiera podido morir en la horca, a causa de un crimen cometido por otra persona, la cual pasaría ante los ojos de la ley como inocente.

»Usted, mi buen Hastings, mi honesto y honorable amigo, un hombre amable, consciente, inofensivo...

»Sí. Debía actuar. Sabía que disponía de poco tiempo, cosa que me alegraba. Pues la peor parte del crimen, Hastings, es su efecto sobre el asesino. Yo, Hércules Poirot, podía llegar a creerme señalado por una divina designación sobre la muerte de todos y cada uno. Pero, afortunadamente, no habría tiempo para que eso sucediera. El fin llegaría pronto. Y Norton, temía yo, podía triunfar en el caso concerniente a una persona muy querida por nosotros. Le estoy hablando de su hija...

»Así es como llegamos a la muerte de Bárbara Franklin. Cualesquiera que hayan sido sus ideas sobre este tema, Hastings, no creo que haya llegado ni por un momento a sospechar la verdad.

»Pues fue *usted*, Hastings, quien mató a Bárbara Franklin.

»*Mas oui!* ¡Fue usted!

»Había que considerar otro ángulo del triángulo. Uno que yo no había tomado plenamente en consideración. Norton empleaba unas tácticas invisibles e inaudibles para nosotros. Pero no abrigo la menor duda en cuanto a la utilización de ellas por su parte...

»¿No llegó usted a preguntarse nunca, Hastings, por qué razón la señora Franklin se avenía a permanecer en Styles? Piense en ello. Styles no se acomodaba a sus gustos. A la señora Franklin le gustaba la comodidad, la buena comida, y, especialmente, la vida de sociedad. Styles no es un sitio alegre; no está bien regido; se encuentra en una zona de la comarca carente de atractivos. Y no obstante, la señora Franklin insistió en pasar el verano allí.

»Sí. Existía un tercer ángulo: Boyd Carrington. La señora Franklin era una mujer desilusionada. Esto era algo que se encontraba en la raíz de su enfermedad de neurótica. Era ambiciosa, tanto en el terreno social como en el financiero. Habíase casado con Franklin porque esperaba que éste tuviera una brillante carrera.

»Franklin es un profesional brillante, pero no del estilo preferido por ella. Su trabajo no le reportaría nunca notoriedad, popularidad, una buena reputación de altos vuelos. Franklin llegaría a ser conocido por una docena de hombres pertenecientes a su propia profesión y publicaría artículos en las revistas especializadas. El mundo exterior no sabría nunca de él. Y, ciertamente, no haría dinero.

»Pensemos en Boyd Carrington, un baronet con dinero... Y Boyd Carrington se ha mostrado siempre muy tierno con una mujer que conoció a los diecisiete años, siendo una linda muchacha. Estuvo a punto de pedirle, incluso, que se casara con él. Boyd Carrington va a Styles y sugiere a los Franklin que se trasladen allí... Y Bárbara se presenta en Styles.

»¡Qué tormento el suyo! Evidentemente, ella no ha perdido ninguno de sus antiguos encantos a los ojos de aquel hombre rico y atractivo. Pero se trata de una persona anticuada. No es capaz de sugerir la idea del divorcio. Tampoco John Franklin ha pensado jamás en tal cosa. De morir John Franklin, ella podría convertirse en lady Boyd Carrington... ¡Oh! ¡Qué maravillosa vida le hubiera esperado entonces!

»Yo creo que Norton se lo encontró todo listo aquí...

»Piense en ello, Hastings. Todo resultaba demasiado evidente. Aquellos primeros intentos para establecer hasta qué punto ella quería a su esposo... La mujer se excedió un poco... al hablar de terminar con todo de una vez por ser una rémora para su marido.

»Luego, surge una orientación enteramente nueva. Ella abriga el temor de que Franklin esté utilizando su propio cuerpo en sus experimentos.

»¡Todo esto hubiéramos debido verlo con entera claridad, Hastings! Ella estaba preparándonos. Nos habituaba a la idea del fallecimiento de John Franklin a consecuencia de un envenenamiento por fisostigmina. Nada de pensar que pudiera haber alguien que quisiera envenenarlo... ¡Oh, no! Todo se reducía a la pura investigación científica. Él ingiere el alcaloide inofensivo, el cual después resulta ser dañino, mortal.

»Un solo reparo: el proceso es excesivamente rápido. Usted me contó que a ella no le gustó que la enfermera Craven le adivinara el porvenir a Boyd Carrington. La enfermera Craven era una mujer joven y atractiva, que sabía calibrar a los hombres. Había llevado a cabo una tentativa de aproximación al doctor Franklin, la cual no tuvo éxito. (De ahí la aversión que le inspiraba Judith.) Alterna con Allerton, pero se da cuenta de que él no es serio. Inevitablemente, tenía que poner los ojos en el rico y todavía atractivo sir William. Y éste, quizás, estaba más que dispuesto a admirar sus encantos. Había visto ya en la enfermera Craven una mujer llena de salud, muy bien parecida.

»Bárbara Franklin decide actuar rápidamente. Cuanto antes se convierta en una patética, encantadora y nada inconsolable viuda, mejor.

»Y así, tras una mañana de muchos nervios, dispone la escena.

»¿Sabe usted, *mon ami*? Siento cierto respeto por el haba del Calabar. Esta vez, ¿comprende?, dio resultado. Ahorró una vida inocente y acabó con el culpable.

»La señora Franklin le pide a usted que suba a su habitación. Hace café con muchos aspavientos, sin dejar un momento de hablar. Tal como usted me dijo, su taza se encuentra a su lado. La de su esposo está en el punto opuesto de la mesita de la librería.

»Luego, viene lo de las estrellas fugaces. Todos salen de la habitación. Se queda usted solo entonces, con su crucigrama y sus recuerdos... Y para disimular su emoción, da la vuelta a la estantería, localizando una cita de Shakespeare.

»Regresan los otros y la señora Franklin se lleva a los labios la taza de café que contiene el alcaloide, preparada para matar a John Franklin, el científico, mientras que éste coge la otra, la del café inofensivo, destinada a la inteligente señora Franklin.

»Si bien comprendí lo que había sucedido, Hastings, me di cuenta de que allí sólo cabía hacer una cosa. Yo no podía probar lo que había pasado. Y si la muerte de la señora Franklin no era considerada un suicidio, inevitablemente serían mirados como sospechosos Franklin y Judith. Se trataba de dos personas completamente inocentes. Hice, pues, lo que debía hacer: insistir en las declaraciones de la señora Franklin formuladas anteriormente acerca de su propósito de poner de una vez fin a todo.

»Tenía derecho a proceder así. Probablemente, era yo la única persona que podía dar tal paso. Mis palabras pesaban mucho. Soy un hombre de gran experiencia en cuestión de crímenes... De mostrarme yo convencido de que aquello había sido un suicidio, todos aceptarían mi veredicto.

»Usted se quedó desconcertado, según pude ver. Y nada convencido. Pero, por suerte, no llegó a sospechar el verdadero peligro.

»¿Pensará en ello luego, después de haberme ido yo? ¿Permanecerá la idea, igual que un reptil, como agazapado en su mente, para levantar de vez en cuando la cabeza y sugerir: "Supongamos que Judith..."?

»Es posible. Y por tal motivo estoy escribiendo esto. Usted debe conocer la verdad.

»Había una persona a quien el veredicto de suicidio no satisfizo nada: Norton. Se sentía frustrado. Ya he dicho que era un sádico. A él le gustaba saborear siempre la escala completa: emociones, sospechas, temores, los senderos en ocasiones intrincados de la ley. Había sido privado de todo eso. El crimen que había preparado acababa de írsele de las manos, por así decirlo.

»Pero más adelante vio una manera de conseguir el desquite. Comenzó a esbozar ciertas sugerencias. Anteriormente, dio a entender que había visto algo especial a través de sus prismáticos. En realidad, intentó dar la impresión de que había descubierto a Allerton y a Judith en una actitud comprometida. Pero como no había concretado nada, se hallaba en condiciones de valerse de ese incidente de otra manera.

»Supongamos, por ejemplo, que dice que vio a Fran-

klin y a Judith. Con esto dará lugar a un nuevo e interesante punto de vista relativo al caso de suicidio. Quizás empiecen a surgir dudas: ¿se trataba de un suicidio
realmente?

»En consecuencia, *mon ami,* decidí que lo que había
de hacer tenía que ser hecho inmediatamente. Y dispu-
se lo necesario para que usted le hiciera subir a mi
habitación aquella noche...

»Le contaré con exactitud lo que sucedió. Norton,
indudablemente, se sentía encantado ante la perspectiva de contarme su historia, bien preparada. No le di
tiempo para eso. Aludí sin rodeos a cuanto sabía acerca de su persona.

»No se molestó en negar nada. No, *mon ami.* Se
recostó en su sillón, sonriendo. *Mais oui.* Sonrió. Me
preguntó a continuación qué pensaba hacer con aquella divertida idea de mi cosecha. Le contesté que me
proponía ejecutarle.

»—¡Oh! —exclamó—. Ya comprendo. Ya comprendo.
¿Y de qué va a valerse para su propósito: de la daga
o de la taza de veneno?

»Todo estaba preparado para saborear los dos mi
chocolate. A monsieur Norton le gustaban las cosas
dulces.

»—El procedimiento más simple —respondí— es el
de la taza de veneno.

»Y le alargué la taza de chocolate, que yo acababa
de verter.

»—En ese caso —me contestó—, ¿tendría usted inconveniente en cederme su taza a cambio de la mía?

»—En absoluto —repuse.

»Era lo mismo... Como ya he dicho, yo también
tomo píldoras somníferas. Lo que ocurre es que por el
hecho de llevar ya mucho tiempo tomándolas me he
habituado a ellas y la dosis que era capaz de producir
un profundo sueño en monsieur Norton apenas me
producía a mí efectos. La dosis oportuna se encontraba

ya en el chocolate. Los dos ingerimos lo mismo. Poco después, Norton se quedaba dormido. Yo, en cambio, continuaba despierto y para anular la modorra que me produjo aquel chocolate recurrí a una dosis de mi tónico a base de estricnina.

»Llegamos así al último capítulo de la presente historia. Cuando Norton se hubo quedado dormido, lo acomodé en mi silla de ruedas —cosa fácil, por el hecho de contar con toda clase de mecanismos—, colocándole pegado justamente a la ventana, detrás de las cortinas.

»Curtiss apareció luego, para "acostarme". Una vez reinó el más absoluto silencio en la casa, llevé a Norton a su habitación, valiéndome también de la silla de ruedas. Ya sólo quedaba para mí sacar partido de los ojos y los oídos de mi excelente amigo Hastings.

»Es posible que usted no lo advirtiera, Hastings, pero la verdad es que uso peluca. Y ni siquiera se le habrá pasado por la cabeza esta idea: mi bigote es postizo. (¡Ni siquiera George conoce tal detalle de mi persona!) Fingí quemármelo accidentalmente poco después de venir Curtiss, pidiendo en seguida a mi peluquero una réplica del auténtico.

»Me puse la bata de Norton, ericé mis grisáceos cabellos por las puntas, salí al pasillo y rocé con los nudillos la puerta de su habitación. Luego apareció usted, contemplando con ojos somnolientos el corredor. Usted vio a Norton en el momento de abandonar el cuarto de baño, cojeando por el pasillo, en dirección a su dormitorio. Y oyó el ruido de la llave al girar en la cerradura, por dentro.

»Seguidamente, le puse la bata a Norton, tendiéndolo en la cama. A continuación le disparé un tiro en la frente, valiéndome de una pequeña pistola que adquiriera en el extranjero, la cual he mantenido siempre cuidadosamente oculta bajo llave, excepto en dos ocasiones. Aprovechando que no había nadie en el piso, la coloqué sobre la cómoda de Norton, precisamente para que se viera. Aquella mañana, el hombre se había ido no sé a dónde.

»Abandoné la habitación después de haber colocado la llave en el bolsillo de Norton. Cerré la puerta con llave desde fuera, utilizando una duplicada que poseía desde hacía algún tiempo. Tras esto, hice avanzar la silla de ruedas hacia mi dormitorio.

»Por entonces, me apliqué a la tarea de redactar estas explicaciones...

»Estoy muy cansado... Las últimas cosas por las cuales he pasado me han dejado agotado. No creo que pase mucho tiempo antes de que...

»Hay un par de detalles que yo quisiera hacer resaltar.

»Los crímenes de Norton fueron crímenes perfectos.

»El mío, no. No fue proyectado como tal.

»El camino más fácil y mejor para eliminarlo hubiera sido el de la vía abierta. Hubiera podido planear, por ejemplo, un accidente con mi pequeña pistola. Yo habría demostrado un profundo pesar, un disgusto terrible... Un desgraciado accidente, sí. Todos habrían comentado: "Ese viejo chochea. No se dio cuenta de que el arma estaba cargada... *Ce pauvre vieux.*"

»Me negué a obrar así.

»Le diré por qué.

»Porque preferí mostrarme *deportivo,* Hastings.

»*Mais oui!* Deportivo, he dicho. Estoy haciendo todo aquello que, de acuerdo con sus reproches frecuentes, eludía. Estoy jugando limpio con usted. Doy la medida justa. Participo honestamente en el juego. Usted dispone de todos los elementos preciosos para descubrir la verdad.

»Por si no me cree, enumeraré todas las pistas.

»Las llaves.

»Usted sabe, *porque yo se lo dije,* que Norton llegó aquí *después* que yo. Usted sabe, *porque se lo han di-*

cho, que yo cambié de habitación tras mi llegada aquí. Usted sabe, *porque también se lo han dicho,* que la llave de mi habitación de Styles desapareció y que tuve que ordenar que me hicieran otra.

»Por consiguiente, siempre que se pregunte quién pudo haber matado a Norton, quién pudo haberle pegado un tiro en la frente, dejando su habitación cerrada por dentro (aparentemente), ya que la llave se encontraba en la bata de Norton, tendrá que contestarse: "Hércules Poirot, quien casi desde el día de su llegada aquí poseía un duplicado de la llave de una de las habitaciones."

»El hombre que usted vio en el pasillo.

»Yo mismo le pregunté si estaba seguro de que el hombre que viera en el pasillo era Norton. Usted se sobresaltó, inquiriendo si yo intentaba sugerirle que *no* se trataba de aquél. (Naturalmente, después me tomé muchas molestias para sugerirle que *era* Norton.) Posteriormente, traje a colación la cuestión de la talla. Todos los hombres de la casa, señalé, eran mucho más altos que Norton. Pero había en cambio un hombre que era más bajo que éste: Hércules Poirot. Y resultaba relativamente fácil *incrementar* la estatura de uno mediante unos tacones altos o una suela suplementaria.

»Usted se hallaba bajo la impresión de que yo era un inválido. Pero, ¿por qué? *Porque yo se lo dije,* solamente. Y yo había enviado a George a su casa. Ésta fue mi última indicación: "Vaya a hablar con George."

»Otelo y Clutie John le hicieron ver que X era Norton.

»Entonces, ¿quién pudo haber matado a Norton?

»Hércules Poirot, solamente.

»De haber sospechado usted esto, todos los elementos del rompecabezas habrían encajado perfectamente en su sitio, las cosas que yo había dicho y hecho, mi inexplicable reticencia. Los doctores de Egipto, mi médico de Londres, le habrían dicho que yo era capaz de andar. George le hubiera dicho que yo usaba peluca. Había algo que no podía disimular, algo en lo cual hubiera debido pensar: que mi cojera era más acentuada que la de Norton.

»Por último, consideremos la cuestión del disparo. Una debilidad mía. Lo comprendo: habría debido aplicarle el cañón a la sien. No logré producir un efecto natural, digamos. Me procuré un blanco simétrico, en el centro exacto de la frente.

»¡Oh, Hastings, Hastings! Todo eso hubiera podido revelarle la verdad.

»Pero es posible que, después de todo, usted haya sospechado la verdad. Quizá, cuando lea esto, sabe ya a qué atenerse.

»No sé por qué, sin embargo, me inclino a pensar que no es así.

»Es usted demasiado confiado...

»Tiene usted demasiado buen carácter...

»¿Qué debo decirle más? Franklin y Judith sabían la verdad, aunque no se lo dirán. Serán dos personas felices. Serán pobres siempre y sufrirán las picaduras de innumerables insectos tropicales, y estarán enfermos, víctimas de raras fiebres... Ahora bien, cada uno tiene sus ideas particulares sobre la vida perfecta, ¿no?

»¿Y qué será de usted, mi pobre y solitario Hastings? Mi corazón sangra por su causa, amigo mío. ¿Aceptará usted por última vez el consejo de su viejo amigo Poirot?

»Cuando haya terminado de leer estas cuartillas, tome un tren, o un coche, o una serie de autobuses, y vaya a ver a Elizabeth Cole, es decir, Elizabeth Litchfield. Hágala leer esto o explíqueselo. Dígale que usted también pudo hacer lo que su hermana Margaret hizo. Sólo que Margaret Litchfield no disponía de ningún Poirot que se mantuviera alerta. Haga que se disipe su pesadilla; hágala ver que su padre fue asesinado no por su hermana sino por aquel amable y afectuoso amigo de la familia, aquel "honesto Iago" llamado Stephen Norton.

»No hay derecho, amigo mío, a que una mujer como ella, todavía joven, todavía atractiva, rechace la vida porque se crea manchada. No, esto no es justo. Dígaselo usted así, amigo mío. Háblele usted, un hombre que todavía resulta atractivo a los ojos de las mujeres...

»*Eh bien!* Ya no tengo más que decirle. No sé, Hastings, si existe o no una justificación para lo que he hecho. No, no lo sé. Estimo que un hombre no debe tomarse la justicia por su mano...

»Pero, por otro lado, ¡yo soy la ley! Siendo muy joven, cuando pertenecía a la fuerza policíaca belga, abatí a tiros a un criminal desesperado que se había encaramado a un tejado, dedicándose a disparar sobre todas las personas que pasaban por la calle. En los estados de emergencia, se proclama la ley marcial.

»Al suprimir a Norton salvé otras vidas, vidas inocentes. Pero todavía no sé... Quizá me esté bien empleado esto de no saber a qué atenerme. Me he mostrado siempre tan seguro... Demasiado seguro...

»Ahora, no obstante, me siento muy humilde y digo, igual que un chiquillo: "No sé..."

»Adiós, *cher ami*. He quitado de mi mesita de noche las ampollas de nitrato de amilo. Prefiero ponerme en las manos del *bon Dieu*. ¡Deseo conocer cuanto antes su castigo, o su misericordia!

»No volveremos a cazar juntos de nuevo, amigo mío. Nuestra primera expedición fue aquí... Y también la última...

»¡Qué buenos tiempos aquéllos!

»Sí, fueron magníficos...»

(Fin del manuscrito de Hércules Poirot.)

Nota del capitán Arthur Hastings: «*He terminado la lectura... Todavía no puedo creerlo... Pero tiene razón. Debía haberlo adivinado... Debía haberlo adivinado al ver el orificio de la bala, exactamente situado en el centro de la frente.*

Es raro —acabo de recordarlo ahora— el pensamiento que cruzó por mi cabeza aquella mañana.

El oscuro punto en la frente de Norton... era la marca de Caín...»

FIN